www.tredition.de

UTA-MARIA BIENDL

***

OCH NÖ... NICHT SCHON WIEDER AUSSCHLAFEN

Joblos werden ist nicht schwer - joblos sein
dagegen sehr

www.tredition.de

© 2017 Uta-Maria Biendl

Covergestaltung: TomJay bookcover4everyone / www.tomjay.de
Titelbild: (c) HitToon / Shutterstock.com

Verlag und Druck: tredition GmbH, Halenreie 40-44
22359 Hamburg

ISBN
Paperback: 978-3-7439-8033-4
Hardcover: 978-3-7439-8034-1
e-Book: 978-3-7439-8035-8

„Ich glaub's nicht! Wie kann man in so einem kleinen Büch-
lein bloß so viele Fragen stellen?"

„Und noch viel schlimmer: Wie kann man so viele Fragen un-
beantwortet lassen?" Wir sitzen zu dritt in meiner Küche. Anne
legt die ersten Seiten meines Manuskripts zur Seite und schaut,
als ob sie mich zum ersten Mal sieht. Glaubt sie, dass ein grün
leuchtendes Band mit einer Zustandsanalyse quer über meine
Stirn tickern wird? Auf der steht:

„Alles OK – kein Grund zur Sorge – Patientin hat bloß Tagebuch geführt und sich ein paar Gedanken gemacht." Oder wartet
sie auf eine Offenbarung, dass ich im Grunde an einem litera-
risch-philosophischen Werk arbeite und dies bloß so schnöde
getarnt habe, um keinen Neid aufkommen zu lassen.
Nein nicht wirklich.

Und dabei fing alles so harmlos an.

Montag 13.10

Ein ganz normaler Montag. Ich sitze im Auto und fahre zur
Arbeit. Begeisterung fühlt sich anders an. Aber ich will mich
nicht beschweren:

„Sei froh, dass du einen Job hast. Andere Menschen wären
froh, wenn sie einen hätten." Diesen Satz meiner Mutter werde
ich wohl nie wieder aus meinem Gehirn bekommen. Das ist ungefähr so, wie der andere Klassiker:

„Ess deinen Teller leer. Die armen Kinder in Afrika wären
froh, wenn sie etwas zu essen hätten." Echt? Auch meine Zwiebeln? Und im Laufe der Zeit wurden mir die *armen Kinder* immer unsympathischer. Jetzt muss ich wegen denen Zwiebeln essen. Wo sich die doch so glibberig im Mund anfühlen. Ja, ja, es
gibt ja immer jemand, dem es (noch) schlechter geht. Also freu
ich mich halt mal ne Runde auf meinen Job. Ha-ha.

Der Sommer verlässt uns gerade, obwohl er noch gar nicht
richtig da war. Aber ein Weichei, wer jetzt schon die Heizung

andreht. Nicht vor November. Weder im Auto noch in der Wohnung. Es fasziniert mich jedes Mal im Frühling und im Herbst, wie unterschiedlich die Temperaturempfindung der Menschen ist: Da läuft die kleine Pummelige mit der explodierten Frisur und dem Dackel noch im Träger-Top (der Dackel hingegen hat schon sein Jäckchen an auf dem *Schmusetiger* steht), während der Kerl, den ich jetzt schon seit neun Jahren jeden Morgen sehe, bereits den dicken Lodenmantel anhat. Modell Zeitlos. Kann man auch in zehn Jahren noch anziehen. Macht man nix falsch mit. Sah und sieht immer gleich langweilig aus. Der Mantel. Ja und auch der Typ.

Von den sieben Ampeln auf meinem Weg habe ich acht rot. Und das soll Co^2 sparend sein? Anfahren – stehen bleiben – anfahren – stehen bleiben …

Zwanzig Minuten später bin ich am Büro. Noch nicht im Büro. Denn vor der Ankunft heißt es: Parkplatz suchen. Seit die Großbaustelle existiert, gibt es 23 Parkplätze für 500 Autos. Und das ist nur ganz wenig übertrieben. Aber ich bin ja immer sehr früh und fädel meinen Kleinwagen geschickt zwischen Absperrgitter und Blumenkübel auf das Schotterstück. Geschafft – der Tag kann beginnen.

Mein Büro befindet sich im dritten Stock eines schicken Bürokomplexes Baujahr 1960 aus Waschbeton. In fröhlichem Beton-Grau mit jägergrünem Moosbewuchs. Und mit herrlichem Blick auf einen weiteren Seitenflügel des Gebäudes. Fenster an Fenster. Und hinter jedem Fenster arbeiten mindestens zwei Personen. OK – ich korrigiere mich: Hinter jedem Fenster sind mindestens zwei Personen physisch anwesend. Ich will ja nichts behaupten, was ich nicht weiß. Die ersten paar Minuten verlaufen jeden Tag nach einem strengen Ritual: Erst den Rechner anmachen. Der braucht immer so lange, bis er wach wird. Währenddessen Jacke aufhängen, Tasche ausräumen. Wertsachen immer in die Schreibtischschublade, denn die ist abschließbar. Sollte mal jemand was klauen wollen. In der Schublade sind die Gegenstände viel sicherer – da braucht's mindestens eine Haarnadel oder einen Mini-Schraubenzieher, um sie zu knacken. Ist wohl eher eine versicherungstechnische Frage. Dann werden die Programme hochgefahren. Erst das eine, dann das andere. Routine schafft Ordnung. Routine erleichtert das Arbeiten. Routine macht … mich schon um 8:05 Uhr müde. Wo sind meine Mädels für den ersten Kaffee?

Meine Kaffee-Runde. Oh, wie ich sie liebe. Die Kaffee-Runde. Auch hier läuft die Zusammenkunft routinemäßig ab: Ich gehe erst ins Zimmer vorne links, dann hinten links, dann hinten rechts. Mitte rechts ist meistens um diese Uhrzeit noch nicht da.

„Anne? Startklar? Andrea? Anke? Kommt ihr?" Warum alle Vornamen mit A anfangen, muss wohl einer verborgenen Bestimmung entsprechen. Meint Benno unser Quotenmann übrigens auch. Eigentlich müsste er ja Anno heißen. Würde viel besser passen. Aber ich selbst passe ja namentlich auch nicht. Hildegard. Ein Vorname, der viel besser in die Epoche meiner Eltern passen würde. Ich werde dadurch zum lebenden Fossil. Zum Glück nennen mich die meisten ja Hille. Egal – vom Schnattern her passen wir alle zusammen.

„Ich muss erst noch mal aufs Klo. Wartet ihr auf mich?"

„Dann mach aber schnell – der Aufzug steht schon."

Alle warten auf Anke. Mit ihr bin ich auch privat befreundet. Hat sich im Laufe der Jahre einfach so ergeben. Man lernt sich kennen, gewinnt langsam Vertrauen auch mal Privates anzusprechen, ruft sich gegenseitig an, wenn es Neuigkeiten gibt, und schickt sich Lebensweisheiten per SMS. Also Anke schickt und ich lese. Ich habe keine Ahnung, woher sie diese Sprüche immer hat, aber zu jeder passenden oder unpassenden Situation hat sie ein Zitat oder einen Spruch. Manchmal kommt sogar eine Sprüche-SMS zu einer Situation, von der Anke gar nichts wissen kann, weil sie gerade noch am Laufen ist. Also die Situation – nicht Anke. Das finde ich schon irgendwie Voodoo. Andererseits hat mich die eine oder andere Lebensweisheit schon so manches

Mal zum Nachdenken gebracht. Oder ganz schrecklich aufgeregt. Je nachdem wie ich gerade drauf war. So wie neulich: Wir gehen vom Kaffeeautomaten raus auf die Terrasse, damit die Raucherinnen etwas für ihre Gesundheit tun können. Da bleibe ich mit dem Ärmel am Türgriff hängen. Einfach so. Der Ärmel versteht dies sofort als Aufforderung den Pulli, mich und die Tasse Kaffee augenblicklich zum Stillstand zu bringen. Bloß hat dies niemand den Füßen gesagt. Die laufen also brav weiter. Und schwups teste ich die Newton'schen Gesetze der Fliehkraft, bei der eine äußere Einwirkung, einen festgehaltenen Körper verformen und einen beweglichen Körper beschleunigen kann. Oder einfach gesagt: Mein Kaffee verlässt die Tasse ohne vorherige Erlaubnis und landet natürlich nicht einfach nur auf den Steinplatten der Terrasse, sondern ergießt sich fröhlich lachend auf der Tischdecke eines der Stehtische. Ankes Chance für einen Spruch – diesmal jedoch im Nachhinein:

Stolpern ist eine Ungeschicklichkeit, für die man nicht die Beine, sondern die Türschwelle verantwortlich macht.

Ha-ha. Sehr witzig Anke. Als ob ich den Ärmel mit Absicht um den Griff herum eingefädelt hätte. Ich hätte platzen können und funkelte Anke böse an.

„Kannst du nicht einmal deine vorlaute Klappe halten und stattdessen einfach nur einen Lappen holen?" Aber Anke kann man mit solcher Verbal-Aggression nicht aus dem Konzept bringen.

Die beste Hilf' ist Ruh.

Sagt zumindest William Shakespeare. Und Anke. Die ist aber auch immer sowas von ruhig und – naja – fast schon tiefenentspannt. Und steht immer über den Dingen. Ich meistens mittendrin. Zum Beispiel in einem Fettnapf.

Ja und dann gibt's in unserer Kaffee-Runde noch die Anne. Anne ist die jüngste in der Gruppe. Aber am längsten im Unternehmen. Hat hier in dem Laden sogar schon ihre Ausbildung gemacht. Noch nie was anderes erlebt, als das hier. Noch nie etwas anderes als diese Räume, diese Flure, diese Kantine. Bloß die Kaffeemaschine hat zwischendurch mal gewechselt. Jetzt steht hier ein Hightech Gerät mit Bohnen und frischer Milch, die so doll aufgeschäumt wird, dass schon so manche Hose weiß gesprenkelt war. Hm lecker – wenn die Milch dann eintrocknet. Ja unsere Anne kennt das Unternehmen, die Menschen, die Abläufe (oder wie es hier heißt *den Workflow*) und das Spannendste: die Gerüchte. Wenn es etwas gibt, das ganz bestimmt niemand erfahren darf – ganz geheim und streng vertraulich – Anne erfährt es als Erste. Ob das an ihrem offenen, vertrauenerweckenden Gesichtsausdruck liegt oder daran, dass sie als Kettenraucherin die meiste Zeit ihres Arbeitstages paffend vorm Haus steht und so alle anderen QualmerInnen trifft, kann ich nicht beurteilen. Fakt ist nur, dass sie fast immer alles weiß. Umso verwunderlicher ist es, dass sie von dem, was wir jetzt entdecken nichts weiß.

Wir steigen in den Aufzug und stehen alle wie die Erdmännchen vor dem kleinen Plakat: „Donnerstag Betriebsversammlung – Thema = personelle Veränderungen."

„Was soll *das* denn heißen?", fragt die ewig misstrauische Andrea. Würden sich die Fragezeichen über unseren Köpfen materialisieren, so wäre der Fahrstuhl augenblicklich zu eng geworden. Und so schauen wir alle Anne an, als ob sie mit ihren 29 Jahren die große, weise Lehrerin sei, die aufgrund ihrer laaaaangen Lebenserfahrung alles weiß, alles versteht und alles schon einmal durchlebt hat.

„Große Mutter sag deinen Kindern was sie davon halten sollen", denke ich ironisch. Aber Anne schaut auch nicht cleverer aus der Wäsche, als wir.

„Vielleicht schlucken wir unsere Tochterfirma jetzt ganz und der Vorstand wird abgesetzt", versucht Anne ihr Interpretations-Glück.

„Dreeeaaaam on...", trällert Andrea den alten Nazareth Song. „das heißt, dass wir mal wieder Personalkosten einsparen müssen. Nicht mehr und nicht weniger. Mal sehn, ob es diesmal auch eine von uns erwischt. Immerhin sind wir beim letzten Mal mit einem blauen Auge davon gekommen." Wir starren sie alle an. Der Aufzug hält an und öffnet seine Tür. Keine bewegt sich.

„Ne, Quatsch", widerspricht Anne. „Dem Laden geht's doch gut. Also ich habe nur Positives aus den Filialen gehört." Die Aufzugtüren schließen sich wieder und wir fahren ungewollt wieder nach oben. Im vierten Stock stiegen zwei weitere Personen ein, so dass wir unsere Wirtschaftsdiskussion beenden. Was soll man dazu auch noch sagen? Wenn selbst unsere Alles-Wisserin nix weiß.

> Wer ja sagt zu seinem Schicksal, den führt es voran; den Widerstrebenden aber schleift es mit. – Seneca

Die Nachricht verbreitet sich wie ein Lauffeuer. Wie ein sehr schnell laufendes Lauffeuer. Und wie ein richtiges Feuer mit viel Qualm vernebelt auch diese Nachricht die Luft. Man kann es nicht sehen. Aber man kann es fühlen. Überall. In jedem Stockwerk. In jedem Flur. In jedem Zimmer. Selbst dort wo Menschen zusammenstehen und lachen, liegt es in der Luft. Es ist Unsicherheit. Und Angst. Vor zwei Jahren gab es das schon einmal. Da hat es gleich mehrere Abteilungen erwischt. Wurden einfach geschlossen. Wegrationalisiert. Auch da hatten wir geglaubt, dass das gar nicht machbar wäre.

„Wer soll denn die ganze Arbeit machen, die diese Abteilungen machen?", fragten wir uns. Und schwubs – Abteilung weg und Arbeit verteilt. Na geht doch! Ist alles eine Frage des Wollens. Aber wer will das schon? Wir jedenfalls nicht. Aber uns fragt ja niemand.

Und so kam der Donnerstag mit der Betriebsversammlung langsam angerollt wie eine Schlammlawine. Langsam und unaufhalt-
sam mit Schlamm, Geröll und jeder Menge Dreck. Die Bilder
kennt man ja aus den Nachrichtensendungen: Graue Masse ver-
schluckt Bäume, Autos, Häuser und kommt erst kurz vor der
Dorfkirche zum Stehen. Wer ist ein Haus und wer eine Kirche?

Donnerstag 16.10

Ca. 100 verstört Dreinschauende haben sich in der Kantine zu-
sammengefunden. In der Mitte ist ein freier Platz, der sehr an
einen Boxring erinnert. Die Assoziation ist ja auch gar nicht so
falsch. Hier stehen sich Vorstand und Belegschaft gleich als Kontrahenten gegenüber. Schlagabtausch der Worte.
Wir stehen rum und warten. Schön mal wieder alle zu sehen.
Trotz der Situation. Ich betrachte die Versammelten. Was soll ich
auch sonst machen. Das Vierer-Gespann aus der Buchhaltung
klebt, wie immer, aneinander. Die Küken aus dem Scan-Service
wissen nicht so recht, um was es hier heute geht. Die Jungs aus
der Poststelle wissen es schon, wollen es aber nicht wahrhaben
und albern herum. Schön, dass *Kinder* noch so unvoreingenom-
men sein können. Das Kantinenpersonal hat sich anscheinend
verspätet, denn die beiden Damen wirken sehr hektisch, als sie
sich flüchtend durch die Menge in Richtung Ausgang schieben.
Sie sind nicht betroffen – also warum sollten sie sich das hier
antun?
„Liebe Kolleginnen und Kollegen, es fällt mir nicht leicht,
heute vor Sie zu treten … bla bla … müssen wir 40 Stellen ab-
bauen … wer freiwillig will, der … bla bla … jeder der … bla bla
und bla bla …" Schweigen.
„Hat noch jemand eine Frage?" Schweigen.
„Wen betrifft's denn?" Ha – da ist sie die zentrale Frage. Die
alles andere in den Schatten stellende Frage. Die Frage nach dem
„*Bin ich's?*" Auch wenn alle Kleingruppen noch so eng miteinander befreundet sind, auch wenn man die Kollegin mag, wenn

man sich freut, die andere zu sehen, sich vielleicht sogar Freundinnen nennt … alle hoffen, dass der Kelch an ihnen vorbei geht. Bitte, bitte lass es jemand anderen treffen. Bitte nicht mich.

„Es betrifft alle Bereiche."

„Und das heißt?"

„Alle Bereiche eben. Ihre Führungskraft wird sich mit ihnen in Verbindung setzen." Aha – danke für die ausführlichen Informationen. 100 Menschen stehen da, schauen vom Finanzmanager zum Personalchef und zurück. Bisschen wie beim Tennis. Bloß dass kein Ball fliegt. Wo ist denn der Schlagabtausch? Wo die hitzigen Kontroversen? Wer haut denn jetzt mal verbal mit der Faust auf den Tisch? Schweigen. Die Chefs gehen. Schweigen.

„Komm, wir gehen eine rauchen", ist die erste klare Ansage. Von Anne. Was würden wir nur ohne unsere Raucherinnen machen? Wir schieben uns mit einigen anderen nach draußen an die kleinen Stehtische. Immer noch Schweigen.

„Also doch. Hab ich ja gleich gesagt. Was soll *personelle Veränderungen* denn sonst heißen? Ist doch wie immer und überall. Sparen findet immer auf dem Rücken der Kleinen statt. Egal wie die Zahlen in Wirklichkeit sind. Auch wenn die Messlatte einfach nur zu hoch angesetzt war, heißt es wir hätten schlechte Zahlen. Was 'n Quatsch. Uns geht's so gut wie schon lange nicht mehr. Die wollen einfach nur Leute entlassen", analysiert Andrea die Lage.

„Und warum?" Schweigen. Nachdem Andrea ihre profunden marktwirtschaftlich-psychologischen Kenntnisse von sich gegeben hat, stehen wir wieder da wie zu Anfang: ratlos. Sonderbar – bei den Nachrichtenbildern mit der Schlammlawine kann man immer ganz genau erkennen, wen es erwischt hat und wen nicht. Vielleicht ist eine von uns ja schon unter Schlamm begraben und man sieht's bloß nicht.

Freitag 17.10

Wir sitzen in meinem Wohnzimmer. Anke versucht, ihre langen Beine irgendwie unter meinen Couchtisch zu schieben, muss aber bald einsehen, dass das nicht machbar ist. Also lässt sie sie lässig über die Lehne hängen. Was nun dazu führt, dass sie verdreht sitzt. Bin ich froh, dass ich so ein Zwerg bin.

„Es betrifft alle Bereiche. Aha. Jetzt weiß ich auch nicht mehr als vorher", sagt sie und packt die dritte Schokokugel aus dem Stanniolpapier. „Und was haben wir neben dieser weitreichenden Information noch gelernt?" Ich habe keine Ahnung. Ich hatte eher das Gefühl, man hat uns ein Minus an Information gegeben. Wenn wir kurz vorher noch 2% Information hatten und 7% Spekulationen, so hatten wir nach der Betriebsversammlung nur noch minus 11% Informationen. Geht so etwas? Kann man durch gesagte Worte weniger über einen Sachverhalt wissen? Klar geht das – das kann man jeden Abend bei den unzähligen Talkshows im Fernsehen testen. Man schaltet den Kasten mit einem gewissen Maß an Wissen ein. Und 90 Minuten später blickt man gar nicht mehr durch: Minus-Wissen. Aber das meint Anke nicht:

„In der Politik und im Personalwesen musst du reden können, ohne etwas zu sagen." Sagt es und schnippt das Stanniolkügelchen quer durch mein Wohnzimmer.

„Vielleicht soll das ja auch heißen, dass alles gar nicht so schlimm ist, wie es klingt?" werfe ich vorsichtig ein. Der Hoffnungsschimmer ist soooo winzig, dass er beleuchtet werden müsste, um zu leuchten.

„Dreeaaaam on" ....

Dienstag 21.10

Die nächsten Tage sind durchdrungen von der Suche nach Hinweisen. Hinweisen, *wen* es erwischt haben könnte. Alles wird gedeutet und oder umgedeutet.

„Hat die Abteilungsleiterin Müller nicht ungewöhnlich kurz angebunden geantwortet?"

„Und warum steht die Kollegin Schmidt noch nicht auf der Urlaubsübersicht für's nächste Jahr?"

„Hat Kollege Mayer echt keine Außer-Haus-Termine mehr?"

Alles wird durchleuchtet, da alles leuchtet. Alles strahlt. Strahlt Ungewissheit aus. Strahlt Zukunftsangst aus. Verstrahlt den Tag und die Stimmung. Es wird leiser in den Gängen. Es gibt nun sogar Tage, an denen wir, beim Kaffee zusammenstehen und nicht wissen was wir sagen sollen. Zum Glück gibt es die Kollegin Ulrike, die immer etwas zu erzählen hat. Nicht dass sie dummes Zeug erzählt. Nein – sie ist sogar eine sehr unterhaltsame Erzählerin. Man darf bloß nicht auch mal selbst etwas sagen wollen. Das funktioniert nur, wenn man ihr ins Wort fällt. Aber immerhin lenkt sie uns ab von dem ewigen Grübeln. Alle Gedanken drehen sich ja doch nur im Kreis. Wie die Rosinen, die man in einen Teig einrührt: Erst ein dicker Klumpen – dann verteilen sie sich immer mehr im Teig, bis sie so untergerührt sind, dass sie zwar noch zu sehen sind, aber eingelullt in zähe Teigmasse. Zumindest fühlt es sich in meinem Kopf so an.

Und da heute gar niemand was sagt, spiele ich verschiedene Szenarien in meinem Kopf durch: Mein Chef sitzt im Abteilungsmeeting vor uns und

a) kündigt meiner kleinen (laufende 1,45 Meter) Kollegin oder

b) er kündigt meiner großen (bestimmt über 120 Kilo) Kollegin oder

c) er kündigt mir (und prompt wird mir schlecht).

Wieso mir? Ich bin am längsten dabei! Ich habe die meiste Erfahrung! Ich bin am fleißigsten! Ich bin überhaupt und sowieso ...

Ach ja? Ich bin die Älteste. Vielleicht die Selbstbewussteste – ergo die Zickigste. Die Sturste. Die Teuerste? Ne – das ist die Große. Also doch eher sie? Oder die Kleine? Die ist erst seit 2 Jahren dabei. Und die Rosinen drehen und drehen sich. Der Teig wird immer zäher.

> Verbringe die Zeit nicht mit der Suche nach einem Hindernis. Vielleicht ist keines da.

Wenn sich diese Teig-Rührerei wenigstens auf die acht Stunden im Büro beschränken würde. Aber nein. Ohne dass ich sie eingeladen hätte, mogeln sich meine Rosinen jeden Abend in meine Jackentasche, lassen sich von mir ins Auto tragen, fahren als blinde Passagiere mit in meinen Feierabend, in meine Freizeit und steigen – in meiner Wohnung angekommen – aus, setzen sich an meinen Esstisch und wollen gefüttert werden. Unverschämtes Pack! Und ich füttere sie mit immer neuen Szenarien. Kopfkino! Wer sagt wann was? Was antworte ich wem? Wie antwortet mein Chef? Was kontere ich? Und wenn es nicht zu vermeiden ist? Wie geht es weiter? Bekomme ich einen neuen Job? Wo? Zu welchen Konditionen? Welche Auswirkungen hat das für mich? Auf meinen Freundeskreis, auf meine Wohnsituation. Und auf meine Finanzen! Stehe ich vielleicht schon kurz vor dem Ruin und weiß es bloß noch nicht? Aber mein Chef – der weiß es schon? Was weiß er? Warum sagt er nichts? Mir wird schwindelig. Zu viele Gedanken. Zu viele Szenarien. Möglichkeiten. Rosinen. Ich mach mir erst mal ein Bierchen auf. Nicht, dass Alkohol jetzt gut wäre. Aber auf Apfelsaftschorle hab ich gerade echt mal keinen Bock!

> Mehr als auf alles andere achte auf deine Gedanken, denn sie bestimmen dein Leben.

Diesen zähen Gedanken-Teig haben wir alle viele Arbeitstage plus Wochenende gerührt. Das sind grob überschlagen 264 Stunden – abzüglich ca. 5 Stunden Schlaf pro Nacht (denn mehr funktioniert ohnehin nicht) also ca. 209 Stunden. Da kann man viel Rosinenteig rühren …

15

Mittwoch 22.10

Dann: Mittwoch – der Tag unseres Abteilungsmeetings. Wenn negative Schwingungen zu hören wären – oje! Würde sich bestimmt wie Free-Jazz anhören. Alle Instrumente dudeln wild durcheinander. Wir sitzen wie gewohnt um den kleinen eckigen grauen Tisch. Jede ihren Kaffee vor sich. Offensichtlich schwimmen an diesem Tag in jedem Kaffee kleine grüne Seeungeheuer, denn wir starren alle wie gebannt in unsere Tassen. In meiner dreht sich ein kleiner Rest Crema-Schaum auf der Oberfläche. Gegen den Uhrzeigersinn. Hat das eine Bedeutung?

„Also auch unsere Abteilung ist betroffen." Ach ne – das ist so ziemlich das Einzige, was wir schon wussten.

„Aber ich will keine von euch ausdeuten. Vielleicht möchte eine ja sowieso gerne etwas anders in ihrem Leben machen und sieht die aktuelle Situation als eine Chance. Es gibt ja immerhin auch die Abfindung."

Ach ja – die Abfindung. Auch die gehörte zu den vielen Rosinen, die ich verrührt habe. Und genau diese Frage nach der Abfindung hat mich vor zwei Tagen schon in Wallung gebracht.

„Wie viel Abfindung gibt es denn eigentlich", habe ich mich gefragt. „Was hat der Personaler auf der Versammlung gesagt? Einen Monatsgehalt pro Zugehörigkeitsjahr plus 20%. Das ist wie viel?" Taschenrechner raus. Hm … gar nicht so schlecht. Und damit kann ich wie lange leben? Hm .. gar nicht so gut. Aber es gibt ja auch noch Arbeitslosengeld. Hm … gar nicht so viel. Also wegen des Geldes würde es sich echt nicht lohnen zu gehen. Würde mir die Abfindung die Angst vor dem finanziellen Ruin nehmen? Würde sie mich beruhigen? Mir Zeit geben, mich in aller Ruhe nach einem neuen – und guten! – Job umzusehen? Och nö – schon wieder neue Fragen. Hört das denn nie auf? Und auch das ist schon wieder eine neue Frage.

Wobei … was genau erschreckt mich denn eigentlich? Dass ich meinen Job verliere? Dass ich *diesen* Job verliere? Will ich mir jetzt tatsächlich selbst einreden, dass ich um *das hier* trauern würde? Seit Jahren jammre ich, dass der Job mich nervt. Dass mich diese Routine umbringt. Dieses jahrein jahraus immer das Gleiche. Ich habe sogar mal ein Zitat von Erich Fromm über den Mail-Verteiler versendet:

Von der Geburt bis zum Tod, von einem Montag zum anderen, von morgens bis abends ist alles, was man tut, vorgefertigte Routine. Wie sollte ein Mensch, [ ] nicht vergessen, dass er [ ], ein einzigartiges Individuum ist, dem nur diese einzige Chance gegeben ist, dieses Leben mit seinen Hoffnungen und Enttäuschungen, mit seinem Kummer und seiner Angst, mit seiner Sehnsucht nach Liebe und seiner Furcht vor dem Nichts und dem Abgetrenntsein zu leben?

Nur diese einzige Chance … klingt desillusionierend? *Ist* desillusionierend! Ja und will ich in dieser Routine stecken bleiben? In dieser Tretmühle? Nein! Natürlich nicht! Jammre ich nicht dauernd, dass ich den ganzen Mist hinschmeißen werde, sowie ich eine neue Perspektive habe?

„Wenn Dein Pferd tot ist – steig ab", sagen die Dakota Indianer.

„Wenn dein Job tot ist – spring ab", sage ich!
Ich will mehr Zeit für mich. Für meine Bedürfnisse. Für mein Leben. Oder? Ist das so? Will ich einfach nur mehr Zeit – oder will ich eine neue Perspektive? Ich weiß ja zurzeit gar nicht, was ich überhaupt will. Außer *raus aus dieser Routine*. Aber: Ist Routine denn per se negativ? Wo ist der Unterschied zwischen Routine und Struktur? Routine erlaubt es mir, in meiner *Komfort-Zone* zu bleiben. Hier kenne ich mich aus. Hier ist alles planbar. Berechenbar. Ohne Berechenbarkeit wird die Ungewissheit stark. Fällt Stabilität in sich zusammen. Laut Definition ist Routine: *etwas, das durch längere Anwendung zur Gewohnheit geworden ist.* Nun gut – das ist ja erstmal nicht schlimm. Das gibt's überall und ständig im Leben. Was macht die Büro-Routine so schlimm? Das Denk-Verbot? Bzw. das Eigenständige-Denk-Verbot. Das dem System-widersprechende-Denken? Oder die Fremdbestim-

mung? Die Tatsache, dass ich gesagt bekomme, was ich zu tun und zu lassen habe. Aber ist nicht auch das im Grunde überall so? Muss es das nicht auch irgendwie geben? Was hat wohl der alte Marx dazu gesagt? *Emanzipation befreit von Fremdherrschaft.* Ich bin mir allerdings ziemlich sicher, dass Marx etwas anderes mit *Fremdherrschaft* im Sinn hatte, als dass mein Chef mir sagt: „Die Übersichten-Excel-Tabelle muss noch gemacht werden." Wobei ich den Sinn und Zweck dieses Mist-Dings bis heute nicht kapiert habe. Emanzipation? Hm ... wie emanzipiert man sich denn im Büro?

Und ich spüre sie wieder. Die altbekannte Zerrissenheit, in der ich so oft stecke: Was will ich? Sicherheit oder Freiheit? Beständigkeit oder Unberechenbarkeit? Routine oder Entscheidungen? Teil eines Systems sein oder gegen den Strom schwimmen? Yin oder Yang? Hüh oder hott? Dick oder doof?

Unser Meeting wird erfolglos vertagt.

Donnerstag 23.10

Als mir die Fragen über den Kopf wachsen, beschließe ich aktiv zu werden.

> Wer kämpft, kann verlieren. Wer nicht kämpft, hat schon verloren.

Also – um welche Dinge muss ich mich im Vorfeld kümmern – sollte es mich erwischen? Was kann ich recherchieren? Wer kann mir weiterhelfen? Davon einmal abgesehen, dass dies schon wieder alles Fragen sind, hilft mir die nun einsetzende Aktivität, zu mehr Ruhe. Unlogisch, oder? Aktivität führt zu Ruhe. Ist wohl eher so wie beim Joggen – wer rennt, kommt innerlich zur Ruhe. Wenn er die notwendige Kondition hat und sich nicht schon am Feldrand auf die heraushängende, hechelnde Zunge tritt.

Und so erstelle ich eine To-do-Liste. Ausnahmsweise mal eine für mich – nicht für Dinge oder Aufträge, die sich aus meinem

Job ergeben. Keine Liste, wann ich den Lieferanten XY anrufen muss, um daran zu erinnern, dass die Rechnung vom 3.6 nicht mit der Gutschrift vom 7.8 übereinstimmt. Oder, dass ich den Online-Shop noch nach dem Artikel sowieso absuchen muss. Nein – eine Liste was ich alles tun oder wen ich alles anrufen muss, damit es mir gut geht. Oder besser geht. Oder nicht mehr so schlecht geht. Wie auch immer.

Also – Zettel raus und losgeschrieben:

a. Wie hoch wird meine Abfindung sein?

b. Werde ich freigestellt? Wenn ja: wie lange?

c. Wird meine Abfindung versteuert? Wen könnte ich dafür lynchen?

d. Wie hoch ist mein Arbeitslosengeld?

Diese Fragen zermürben mich nicht. Im Gegenteil – sie geben mir Kraft. Verarschen lasse ich mich nicht! Ich will vorbereitet sein, wenn das Damokles-Schwert genau über mir hängen bzw. abstürzen sollte. Wenn schon – denn schon. Dann will ich wenigstens das Beste rausholen. Und dafür muss ich mich vorbereiten. Doch was darf ich wen fragen? Darf das Arbeitsamt überhaupt von der Abfindung wissen? Oder erfährt es das ohnehin? (Einen Euro für jedes Fragezeichen und ich habe finanziell ausgesorgt).

> Im Leben geht es nicht darum zu warten, dass das Unwetter vorbeizieht, sondern zu lernen, im Regen zu tanzen.

Ich fange mit der Recherche zum Thema Arbeitsamt an. Da kann ich erst mal online ein bisschen gucken und muss nicht gleich mit einer realen Person reden. Ich muss mich langsam an die Sache herantasten. Ich klicke mich auf die Seite der Arbeitsagentur. Und jetzt? Wo steht die Telefonnummer von meiner zuständigen Agentur? Klick … und schon ist die Startseite fast leer. Zumindest steht jetzt *Dienststelle vor Ort* gut sichtbar da. Und *PLZ oder Ort*. Das kriege ich hin. 63151 tippe ich ein und werde gefragt:

63151 Heusenberg oder 63151 Wildhof. Wildhof? Das ist doch ein Ausflugslokal. Wollen die mich bei einem Äppler im Biergarten treffen? Wahrscheinlich nicht. Eher ein Fehler im System. Also klicke ich zunächst einmal auf das Kontaktformular. Ist vielleicht noch einfacher als anrufen. Ein Formular geht auf: Angaben zur Adresse, dem Grund der Anfrage, der Kundennummer. Kundennummer? Hab ich ja noch nicht. Auch doof. Hm? Also doch besser anrufen. Da es ohnehin nur eine 800er Telefonnummer gibt, nehme ich diese.

Tuuuut – tuuuut – tuuuut …

„Bundesagentur für Arbeit. Sie sprechen mit Isolde Kambimbutschinskiwitzni (oder so ähnlich)." Überraschenderweise bin ich nach läppischen 3 Minuten schon durch.

„Ja, äh, guten Tag. Ich hätte da mal eine Frage. Es kann sein, dass ich äh in Kürze gekündigt werde. Äh – wo kann ich mich denn dazu beraten lassen? Es gibt ja bestimmt im Vorfeld schon viel zu beachten." Nur gut, dass ich im Telefonieren ein echter Profi bin. Komme also klar, präzise und sofort zum Punkt.

„Haben sie die Kündigung denn schon?"

„Nein – wie bereits gesagt *kann es sein, dass* ich gekündigt werde."

„Also sie wissen es noch gar nicht?"

„Nein, aber die Chancen stehen schlecht."

„Schlecht, dass sie gekündigt bekommen?"

„Nein für mich schlecht. Schlechte Chance den Job zu behalten."

„Ach so – sagen sie es doch gleich." Gut, dass ich solche Telefonate jeden Tag abbekommen habe, sonst würde ich jetzt garantiert schnippisch reagieren. Aber nicht ich – ich bin die Ruhe in Person.

„Bin ich denn bei ihnen richtig mit meinem Anliegen?"

„Welchem?" 21 – 22 – 23 … ganz ruhig.

„Ich benötige eine Beratung."

„Ja dann geben sie mir mal bitte ihre Postleitzahl und ihre Telefonnummer. Dann lasse ich sie von einem zuständigen Kollegen zurückrufen. Das kann maximal 48 Stunden dauern. Die
Agentur für Arbeit ist verpflichtet, innerhalb dieser Zeit zurück-
zurufen." Wirklich? So schnell? Das müsste ich meinem Chef
mal sagen. Der motzt schon bei 48 Minuten rum:

„Wir sind Dienstleister und melden uns schnellstmöglich." Da
scheint es offensichtlich unterschiedliche Sichtweisen zu geben.
Aber das nutzt mir jetzt auch nichts. Wo lasse ich mich bloß zurückrufen? Zu Hause? Da bin ich ja zu Agentur-Arbeitszeiten
nicht. Im Büro? Und alle sitzen drum herum und hören mit?
Auch wenn es ja irgendwie uns alle betrifft. Mithören lassen will
ich niemanden. Privatsphäre. Meine Fragen – meine Antworten.
Vielleicht werde ich ja nach dem Gehalt gefragt. Oder nach anderen Peinlichkeiten. Rückruf auf Handy. Und dann aus dem Büro
flüchten. Ins leerstehende Sharing-Office. Klingt doll, meint aber
einfach nur ein leeres Büro, das bei Bedarf von allen benutzt
werden darf. Ich gebe meine Daten preis und lege wieder auf. Ob
ich mich schon mal anmelden soll? Ich beschließe, noch etwas zu
warten. Will ja keine self-fulfilling prophecy – keine sich selbst
erfüllende Prophezeiung. Und als ob Anke einen kleinen Sender
in meinen Gedankenapparat eingebaut hätte, piepst mein Handy
und ich erhalte eine SMS von ihr:

> Der Fehler eines Augenblicks bedeutet manchmal lebenslange
> Reue.

Donnerstag 30.10

Ein Bürotag wie jeder andere. Das Telefon klingelt unentwegt.
Kolleginnen und Kollegen aus den Niederlassungen mit super-
wichtigen Fragen.

„Mein Zugang funktioniert nicht mehr. Gestern ging er noch
einwandfrei. Wer hat denn da etwas verstellt ohne mich zu informieren? Das kann man doch nicht machen. Nicht ohne Info!"

Ich warte auf Informationen ganz anderer Art. Ob die in den Niederlassungen wissen, was bei uns abgeht? Ob sie wissen, dass sie vielleicht gerade eben mit einer Kollegin telefonieren, über der das Damokles-Schwert schwebt? Die vielleicht nächste Woche schon weinend zu Hause sitzt? Mit drei Kindern, die sie nicht mehr ernähren kann? Na ist doch wahr – da schwätzt die mir was von Zugangsschwierigkeiten aufs Ohr und hier stehen Existenzen auf dem Spiel! Und dann hat die ... Zensur ... ein völlig falsches Passwort verwendet. Das Wort konnte noch nie funktioniert haben.

Kurz zuvor in der Kaffeegruppe haben wir uns darüber unterhalten, warum wir überhaupt noch so brav – oder doof, wie Andrea meint – weiterarbeiten.

„Wir sollten alle solange nichts mehr arbeiten, bis wir wissen, was Sache ist. Vielleicht reiß ich mir hier gerade den Arsch auf und bekomme morgen die Kündigung." Andrea strahlt wieder diesen Optimismus und diese Zuversicht aus, für die wir sie alle lieben. Also fast alle.

„Na ist doch wahr: Wir hocken hier und geben unser Bestes, um den laufenden Betrieb aufrecht zu halten. Und gleichzeitig machen die da oben ein Kreuzchen hinter deinen Namen, das *und Tschüss* aussagt." Wie immer, wenn es etwas zu schimpfen gibt, wird strikt getrennt nach *denen da oben* und *uns hier unten*. Ob es denn *denen da oben* wirklich so viel Spaß macht Menschen zu kündigen? Menschen, die seit Jahren gute Kolleginnen und Kollegen waren? Menschen, mit denen man gemeinsam Dinge erreicht hat, gekämpft hat, gelacht hat. Vermutlich sind *die da oben* so weit oben, dass sie uns hier unten gar nicht kennen. Und auch nicht kennen wollen. Und die, die uns die frohe Botschaft überbringen müssen, sind im Grunde auch nur kleine Mäuschen, die leiden. Auf andere Weiße als wir, aber nicht weniger heftig. Egal wie man es dreht und wendet – Kündigungen sind für niemanden etwas Erbauendes. Aber Schimpfen auf *die da oben*, Dampf ablassen, jemanden verantwortlich machen ... das tut einfach nur gut. Wohin auch sonst mit der Wut? Der Angst? Der Verzweiflung? Bloß darf man es nicht dabei belassen.

> Das Leben besteht aus vielen Höhen und Tiefen - man darf nur nicht im Tief steckenbleiben!

Und diesmal ist es nicht Anke, die meine Gedanken einfach ungefragt mitliest, sondern die Arbeitsagentur höchst persönlich: Mein Handy klingelt.

Au verdammt! Gerade jetzt. Auch egal. Wohin nur? Raus aus dem Büro.

„Ja hallo?" Ich stehle mich ins Sharing-Büro, schließe die Türe hinter mir und hoffe, dass mich niemand gesehen hat. So was Blödes. Können doch alle wissen, dass das Arbeitsamt mich anruft. Dass ich mich erkundige. Informiere. Dass ich kein vor Angst zitterndes Etwas bin, sondern tatkräftig in Aktion trete.

„Tut mir leid – ich kann nicht so laut reden." Ich habe meine Fragen alle auf einem Zettel stehen, damit ich nicht vor lauter Aufregung die Hälfte vergesse. Und zu meiner großen Überraschung ist am anderen Ende der Leitung eine Frauenstimme zu hören, die nicht nur freundlich klingt, sondern mir sogar zuhört und … man glaubt es kaum … Antworten gibt! Ja richtige, echte Antworten. Keine vagen Umschreibungen. Zumindest soweit das möglich ist. Ich schreibe so schnell mit, wie ich kann. Ob ich das Gekritzel später noch lesen kann, ist eine andere Sache. Aber wichtige Informationen darf ich nicht verpassen. Wer weiß, ob ich jemals wieder so eine auskunftsfreudige Sachbearbeiterin an der Strippe haben werde.

Nach diesem Telefonat habe ich somit wieder neue Fragen und neue To do´s. Anke sieht das alles ganz pragmatisch, als ich ihr abends von meinem Telefonat erzähle. Ich lümmel in meinen alten Jogginghosen auf der Couch. Baumwolle ist nicht unbedingt das formstabilste Material. Ich kenne keine richtige Jogginghose, bei der die Knie nicht ausgebeult sind, wie ein alter

Kaffeesack. Aber heutzutage sind ja überall synthetische Fasern beigemischt, damit genau das nicht mehr passiert. Dafür schlagen jetzt viele Kleidungstücke Funken, wenn man sie auszieht. Polysonstwie Laufshirts über Kopf ausziehen – funkt im Dunklen ganz herrlich. Meine Jogginghose ist noch ein echter Klassiker. Da funkt nichts. Auch nicht in den Augen anderer. Sexy ist was anderes. Gut, dass Anke mich schon so lange kennt. In dem Outfit würde sie mich bestimmt für eine Hartz 4 Empfängerin im Endstadium halten.

„Pass aufs Datum auf", sagt sie. „Und verhandele geschickt die Höhe der Abfindung." Und dann kam sie noch auf eine, wie mir scheint ganz clevere, Idee:

„Wenn du eine Freistellung bis Januar herausholen könntest, dann würdest du auch deine Abfindung erst im Januar erhalten. Vielleicht verdienst du nächstes Jahr ja weniger, als dieses Jahr und deine Steuerabgaben sind nicht so hoch. Dann würde deine Abfindung auch nicht so hoch versteuert werden." Klingt erst mal ziemlich logisch. Und Anke hat auch gleich einen Spruch von Thomas Alva Edison parat:

> Der sicherste Weg zum Erfolg ist immer, es doch noch einmal zu versuchen.

Hoffentlich habe ich genügend Kondition dafür. Bei einer Freundin im Haus wohnt ein Hartz 4 Empfänger. Der ist jetzt schon seit zwei Jahren ohne Job. Und irgendwie … sieht er auch so aus. Wie die, die so aussehen. Und wie sehen die aus? Ungepflegt? Ja schon. Billig angezogen? Ja auch. Gesichtsausdruck, der vor Intelligenz nicht gerade leuchtet? Ja genau. … Ich glaube, mein Klischee passt besser auf Menschen, die gerne und reichlich dem Alkohol frönen oder am gaaanz unteren Rand der Gesellschaft stehen. In Hartz steckt man ruck, zuck. Ich merke mal wieder, dass ich ganz schön viele Klischees im Kopf habe. In Hochhäusern wohnen Assis. Und Hartz Leute wohnen in diesen Häusern. Ich müsste mal an meinen Einstellungen arbeiten!

Montag 03.11

Das ist jetzt alles schon vier Tage her. Vier Tage, in denen es in meinem Kopf gekreiselt hat, bis mir schwindelig wurde. *Will* ich denn überhaupt weg hier? Nein – warum sollte ich! *Muss* ich denn dann das Angebot annehmen, wenn man mich fragt? Nein muss ich nicht. Aber … *will* ich weiterhin hier arbeiten, wenn ich weiß, dass mein Chef genau dies nicht mehr möchte? Nein eigentlich auch nicht wirklich. Bleiben? Gehen? Ach es ist verhext. Das meinte Charlton Heston in Ben Hur bestimmt mit seiner Beschreibung eines Dilemmas: *Zwei Möglichkeiten, aber beide taugen nichts.*

Das Schlimmste ist diese furchtbare Warterei. Nichts tut sich. Nichts passiert. Im Kopf ist die Hölle los, aber so real heißt es bloß warten, warten, warten. Aber heute geht's in die nächste Runde. Ich sitze (mal wieder) im Abteilungsmeeting und unser Chef schaut jeder von uns in die Augen. Jetzt bloß nicht im falschen Moment blinzeln. Das könnte ja als Zustimmung gedeutet werden. Meine beiden Kolleginnen geben keinen Sterbenslaut von sich. Schauen gerade aus. Aber eigentlich schauen sie gar nicht – sie haben nur die Augen geöffnet. Nichts anmerken lassen. Nichts sagen. Warum schweigen wir immer alle? Damit wir nicht anfangen zu heulen? Wie peinlich aber auch. Oder zu schreien? Zu toben? Sich daneben zu benehmen? Darf ich mich in einer solchen Situation denn nicht auch mal daneben benehmen? Egal – wir schweigen. Das Meeting wird kurzerhand beendet und wir werden zum nächsten *Gespräch* am nächsten Tag *eingeladen*. Bis dahin sollen wir uns entschieden haben, ob wir dem Charme des Abfindungsangebots erliegen wollen oder nicht.

„Hallo du Süße – ich bin viel Geld – kannst mich haben, wenn du willst. Brauchst nur 'Ja, ich will` zu sagen."

Ich würde jetzt so gerne offen und frei von der Leber weg mit meinen Kolleginnen über alles reden. Aber irgendwie schnürt es uns wohl allen die Kehle zu. Keine macht den Anfang. Auch in der Kaffeerunde reden wir über Belangloses. Auch bei den A´s (Anne-Anke-Andrea) wird morgen entschieden.

Als der Tag gefühlte 70 Stunden später vorbei ist, fahre ich nach Hause. Irgendwie parke ich mein Auto in der Tiefgarage. Irgendwie komme ich in der Wohnung an. Ich weiß nicht warum, aber ich habe so ein ganz festes, überzeugtes Gefühl in mir, dass *mich* das Schwert treffen wird. Dass die Schlammlawine bereits auf mich zugerollt kommt. Ob die anderen das für sich auch befürchten? Ich mache mir ein Bierchen auf. Erst 17:30 Uhr. Sch... egal. Hocke mich ans Fenster und schaue raus. Müsste ich mich jetzt nicht vorbereiten? Gegenargumente sammeln. Kampfstrategien entwickeln. Ja – vermutlich müsste ich das. Ich mache den Fernseher an. Werbung – Talk – Profi-Köche – Doku. Ich bleibe bei der Doku hängen. Wie die Römer das Kolosseum zu einem Wasser-Theater umbauen konnten, um See-Schlachten vorführen zu können. Das Thema erscheint mir passend. Aber wo ist Ben Hur?

Dienstag 04.11

2:17 Uhr. Au – mir tut jeder einzelne Knochen weh. Meine Couch ist einfach zu kurz, um darauf einzuschlafen. Ich quäle mich in die Höhe und gehe ohne Zähneputzen direkt ins Bett. Ist heute auch egal. Und wie um alle Stress-Forscher Lügen zu strafen, schlafe ich postwendend wieder ein. Zwar nur bis 4:30, aber immerhin. Mein Handy piepst. Hä?

> Das Leben ist wie ein Buch. Jeden Tag blättert das Schicksal eine Seite um.

Ja Anke – ist schon klar. Aber wenn ich ein schlechtes Buch lese, dann habe ich immerhin noch die Möglichkeit das Ding in die Ecke zu pfeffern. Und wieso schreibt Anke mitten in der Nacht SMS? Ich drehe mich um und kuschel mich wieder ein.

Bieber-Bettzeug im Winter – was kann schöner sein, als sich in diesen warmen Stoff einzurollen und vor sich hin zu dösen. So halb zwischen Schlafen und wach sein. Den Gedanken freien Lauf lassen. Stopp! Genau hier liegt das Problem. Es gibt so viel Schönes, an das ich denke könnte. So viel für das ich dankbar bin. Und an was denke ich? An die mögliche Kündigung. Ist ja auch naheliegend. Ich versuche an etwas Schönes zu denken: Motorradtour durch den Spessart. Sonnenschein und Schatten wechseln sich auf dem Asphalt ab. Hell – dunkel – hell – dunkel. Eine Lichtung mit Wiesenblumen. Ein Dorfcafé mit Tischen und Stühlen in der Sonne, das mich auf einen Cappuccino geradezu einlädt. Schade, dass nicht immer Sommer ist. Schade, dass ich nicht immer Zeit zum Motorradfahren habe. Vielleicht habe ich ja diesen Sommer mehr Zeit, als mir lieb ist. Vielleicht bin ich ja diesen Sommer arbeitslos. Schwups – schon bin ich wieder beim Thema. Na, da kann ich ja auch aufstehen.

Ich pelle mich aus der kuscheligen, warmen Bettdecke heraus und setze mir erst einmal einen Kaffee auf. Das ist für mich das Wichtigste am Morgen. Sonst schaffe ich nicht mal den Weg ins Büro. Ach was – nicht mal den Weg in die Tiefgarage. Während der Kaffee durchläuft und dieses wunderbare Gluck-Gluck-Geräusch macht, putze ich mir die Zähne. Pfui aber auch, dass ich sie mir gestern Abend nicht geputzt habe. Ich sollte disziplinierter sein. Die Zahnbürste im Mund schaue ich in den Spiegel. Eine mir bekannte Frau schaut mich an. Ist schon etwas älter die Gute. Ob die auf dem Arbeitsmarkt noch eine Chance hätte? Ob ihr der Arbeitsmarkt überhaupt eine Chance geben würde? Erfahrungen hin oder her – die ordnet sich bestimmt nicht mehr unter. Dafür ist die schon viel zu lange im Berufsleben. Viel zu lange. Viel zu alt. Die Frau im Spiegel sieht unglücklich aus. Hat sie nicht sogar Tränen in den Augen? Ach Quatsch! Zähneputzen beendet. Mund ausspülen. Fertig für heute. Der Kaffee ruft.

„Und? Haben Sie sich noch einmal Gedanken zu dem Abfindungsangebot gemacht? Möchte eine von Ihnen das Angebot annehmen?" Schweigen.

„Das Unternehmen unterstützt sie auch bei der Suche nach einer neuen Stelle." Schweigen.

„Es wird voraussichtlich ein Seminar geben, in dem man seinen – äh – Lebenslauf aktualisieren kann. Also, die helfen einem dann dort. Also so. Also – äh – man lässt sie nicht alleine. Meine ich …" Unser Chef ist unsicher! Das hab ich auch noch nicht erlebt. Seiner Mimik kann ich allerdings nichts entnehmen. Ist er der coole Typ, den er immer vorgibt zu sein? Macht es ihm etwas aus, eine von uns jetzt zu feuern?

„Glauben Sie nicht, dass mir das Spaß macht. … Aber auch unsere Abteilung muss ihren Beitrag zu den allgemeinen Sparmaßnahmen des Unternehmens beitragen. … Wir werden dann zwar nicht mehr alle Serviceleistungen erbringen können, aber die Holding hat dafür schon grünes Licht erteilt. Und für die reduzierte Dienstleistungsmenge reichen dann zwei Mitarbeiterinnen. … Das Verlassen des Unternehmens kann eine große Chance für sie sein. Ein neuer Job mit neuen Aufgaben und neuen Karrierechancen." Schweigen. Er schaut – wie gestern – eine nach der anderen an. Alle blicken ihm fest in die … an den Augen. Keine sagt etwas.

„Nun – ich habe mir die Entscheidung auch nicht leicht gemacht. … Wirklich nicht. … Aber ich bin verpflichtet, mich von einer Mitarbeiterin zu trennen. … Ja also … Ich denke, dass eine gute Ausbildung die Chancen auf dem Arbeitsmarkt erheblich erhöht. Wer also eine gute Ausbildung hat *und* Erfahrung im Job, der sollte eigentlich keine Probleme bei der Suche nach einem neuen Arbeitgeber haben. Sehe ich so. Gute Ausbildung ist wichtig. Hier am Tisch haben Sie die beste Ausbildung …" sagt's und schaut mich direkt an.

„Ich????"

„Ja – sie. Sie haben sogar zwei Abschlüsse. Und sie haben ja auch schon ein paar Mal gesagt, dass sie gerne etwas mehr Verantwortung übernehmen würden. Aber das ist hier in der Abteilung ja nicht möglich, wie sie ja wissen. Sie finden mit Sicherheit ganz schnell etwas tolles Neues. Und wie gesagt: Das Unternehmen unterstützt sie auch bei der Zusammenstellung ihrer Bewerbungsmappe. Hm ja. Also sie müssten dann als Erstes in die Personalabteilung. Da machen sie am besten gleich mal einen Termin aus. Mit dem Herrn Sieger. Ja. Das ist das Beste. Wenn sie noch Fragen haben, können sie mich natürlich jederzeit auch ansprechen. Ich habe jetzt ein sehr wichtiges Meeting, zu dem ich nicht zu spät kommen darf. Also dann…" Klick macht sein Kugelschreiber. Ohne eine von uns noch einmal anzusehen, schiebt er seinen Stuhl zur Seite, dreht sich um und verlässt den Raum. Die Tür lässt er offen stehen. Hat´s wohl sehr eilig.

„Scheiße", sagen meine kleine Kollegin Jessi und ich gleichzeitig.

„Hast du damit gerechnet? Ich dachte, es trifft mich, weil ich doch erst relativ kurz dabei bin." Ich weiß nicht, was ich sagen soll. Ja, ich hatte so ein Gefühl – aber hatten wir das nicht alle?

„Ich geh mal den Anrufbeantworter abhören", sagt meine andere Kollegin Chrissi und verzieht sich auffallend schnell. Ist ihr wohl peinlich die Situation. Vielleicht würde sie jetzt gerne ganz laut „Juchu" schreien und einen Jubeltanz aufs Parkett legen.

„Ich bin´s nicht. Ich bin´s nicht. Mich hat´s nicht erwischt. Gerettet. Gerettet. Jubel Jubel quietsch …" Aber so was schickt sich natürlich nicht.

„Komm lass uns eine rauchen gehen." Jessi sieht nicht glücklich aus. Schuldgefühle?

Wir stehen noch keine zwei Minuten unter dem zugigen Vordach, wohin man die Raucherinnen verbannt hat, da kommen die A´s.

„Und? Wen hat's bei euch erwischt?" fragt Anne ganz deutlich mit den Tränen ringend. Dass es in dieser Abteilung nicht die mit der besten Ausbildung erwischt hat, sondern die jüngste, ist offensichtlich.

„Mich – weil ich die beste Ausbildung habe. Die hat am Markt die größten Chancen."

„Und mich, weil ich die jüngste bin. Die hat am Markt auch die größten Chancen." Anke legt uns beiden ihre langen Arme um die Schultern.

„Mädels das packt ihr. Und vielleicht ist es ja wirklich eine Chance. Wie heißt es doch gleich ...

> Wende dein Gesicht der Sonne zu, dann fallen die Schatten hinter dich.

... Zumindest seid ihr nicht alleine. Ich bin ziemlich gut im Formulieren. Ich helfe euch. Kein Thema. Das wird schon. Am Anfang sieht alles erst mal ganz schlimm aus. Aber ...

> Gib deinem Leben die Hand und lass dich überraschen, welche Wege es mit dir geht.

... Das wird schon."

Anke versucht uns zu trösten bzw. zu motivieren das Positive an der Sache zu sehen. Jessi sieht einfach nur wie ein Häufchen Elend aus. Obwohl es sie nicht erwischt hat. Ich glaube wirklich, dass sie mit Schuldgefühlen kämpft – frage sie aber nicht danach. Mein edles Bild von ihr könnte ja vielleicht zerbrechen. Und Andrea? Andrea schimpft mal wieder. Was auch sonst.

„Diese scheinheiligen Arschlöcher. Jeder weiß, dass die Zahlen nicht so schlecht sind. Die interessiert es einen Dreck ... "

„Andrea – ist gut jetzt", unterbricht sie Anke „Komm runter und mache lieber ein paar konstruktive Vorschläge. Oder halte einfach mal deine Klappe." Andrea verstummt abrupt. Sie schaut unter ihrem frisch gefärbten Pony hervor, als ob sie gerade jemand beleidigt hätte und schiebt eine Schmoll-Lippe. Nein eigentlich schiebt sie gar keine Schmoll-Lippe – also zumindest keine sichtbare. Aber es gibt so Gesichtsausdrücke, die sehen einfach so *als ob* aus – auch wenn sie es nicht sind. So wie jemand *Präsenz* in einen Raum bringt, obwohl er oder sie einfach nur die Türe öffnet und den Raum betritt. Steht im Grunde nicht anders da, als andere auch. Nur eben ganz anders. So total. So ausfüllend. So präsent halt. Da wird der Raum gleich enger und kleiner. Aber beschreiben, warum das so ist, kann man nicht. Und genau *so* schmollt Andrea, obwohl sie gar nichts sagt, tut, macht. Sie dreht sich ab und fingert in ihrer dicken Jacke nach einer neuen Zigarette. Ja besondere Situationen erfordern besondere Verhaltensmaßnahmen. Die Zweit-Zigarette. Ob ich heute vielleicht auch mal eine rauchen sollte? Eine einzige. Nur heute. Ich fange bestimmt nicht gleich wieder an. War viel zu anstrengend aufzuhören.

„Ob vielleicht mal eine von euch eine Kippe für mich hätte?"
„Du?"
„Ja ich. Nur eine. Nur heute." Und schon werden drei Zigarettenpackungen auf mich gerichtet wie Revolver und ich habe die Qual der Wahl. Ich entscheide mich für eine Menthol von Jessi. Die kratzt vermutlich nicht so im Hals. Meine letzte Zigarette liegt schon fünf oder sechs Jahre zurück. Das war auch mal eine vom Typ „Nur mal heute diese eine." Damals saß ich auf dem Balkon, die Sonne schien, unten fuhren bunt gestylte Radfahrerinnen vorbei, Leute gingen mit ihren Hunden Gassi. Mir ging es rundum gut. Ich war fast in Urlaubsstimmung. Es war so ein richtig schöner Sommertag, an dem man alle Probleme einfach vergessen kann.

„Probleme? Ja klar hab ich die", sagte ich mir. „aber nicht jetzt." Und da hab ich mir 'ne Kippe gegönnt. Nur diese eine. Aber heute? Ziemlich krasser Gegensatz zu dem Gefühl von damals. Ich ziehe an der Zigarette und … sie kratzt nicht. Schmeckt sogar. Und tut gut. Einfach nur gut. Anke drückt mich an sich, so dass ich meine Hand mit der Zigarette bzw. der Glut erschrocken von mir strecke.

„Ich lass euch nicht allein." Das tut auch gut ...

Genau genommen *muss* ich ja gar nicht gehen. Ich muss das Angebot – denn es ist formal ja nur ein Angebot – nicht annehmen.

„Es gibt keine betrieblichen Kündigungen" hieß es auf der Personalversammlung. Aber was heißt das konkret? Was passiert, wenn ich einfach *Nein* sage? Sagt mein Chef dann:

„Na gut – dann halt nicht. Hallo Jessi, wie wär's denn mit Ihnen?" Und was passiert dann mit mir? Mit seiner Entscheidung, dass ich die richtige bin, von der er sich trennen will? Er wird mich garantiert heiß und innig lieben. Ganz klar. Er wird mir die weitere Zusammenarbeit unter Garantie jeden Tag zu einem Erlebnis gestalten. Jeden Tag ein Röschen mitbringen. Mich immer anlächeln. Mich immer ermutigen, loben, fördern. Ganz bestimmt. Dream on ...

Mittwoch 05.11

Ich habe Angst vor der Vorstellung, wie es werden könnte. Anke hat mich auf ein Eis eingeladen. Wir sitzen im Eis-Café und ich rühre in meinem Cappuccino, als wollte ich die Milch erneut aufschlagen. Pling-pling-pling.

„Könntest du das bitte bleiben lassen? Ich verstehe ja deine Nervosität, aber deswegen brauchst du nicht mich und alle anderen mit diesem Geklapper zu nerven."

„T'schuldigung. Aber ich weiß einfach nicht was ich denken soll. Wie wird meine Zukunft weitergehen? Wann werde ich einen neuen Job bekommen? Werde ich überhaupt einen neuen Job bekommen? Wenn ja, dann hoffe ich bloß, dass das nicht so einer sein wird, den ich nur angenommen habe, damit ich überhaupt einen habe. Bevor ich den absoluten finanziellen Zusammenbruch erfahre. Und ob ich jemals wieder ..."

„Und Stopp!" Anke unterbricht mich energisch. So wie Andrea heute Vormittag. Das kann sie echt gut. Vermutlich schmolle ich jetzt auch.

„Joseph Cambell hat einmal gesagt:

> Wir müssen bereit sein, uns von dem Leben zu lösen, das wir geplant haben, damit wir das Leben finden, das auf uns wartet.

Und vielleicht wird ja alles viel besser, als du denkst. Vor allem musst du ganz fest an dich glauben. Wenn du selbst nicht an dich glaubst – wieso sollte es dann ein anderer? Zum Beispiel dein neuer Chef. Oder deine neue Chefin. Du bist doch sonst so selbstbewusst. Wo ist denn all deine innere Stärke?" Ich schau sie mit großen Mädchenaugen an.

„Und wer ist Joseph Cambell?"

Irgendwann vor 8 Jahren

Als ich vor acht Jahren hier angefangen habe, führte mein Einstellungsgespräch eine junge Frau aus der Personalabteilung. Ich erinnere mich noch ganz genau an ihren versucht-autoritären Blick. Graues Kostüm. Gerry-Weber-Schnitt: Klassisch aber nicht zeitlos. Die Haare streng nach hinten zu einem Pferdeschwanz zusammengebunden. Die Schuhe? Irgendwie zu flach. Zu einem solchen Auftreten gehören hochhackige Schuhe. Selbstverständlich schlug sie die Beine übereinander. Ich vermute ja, dass Frauen in Kostümen immer unter der Phobie leiden, dass der Rock verrutschen könnte und der Gesprächspartner nicht mehr so ganz auf das Gespräch konzentriert sein könnte. Damals war ich auch nervös. Aber so ganz anders nervös, als ich jetzt nervös bin. So erwartungsvoll nervös. So hoffnungsvoll. Immerhin hatte ich es ja schon mal bis zum Vorstellungsgespräch geschafft. Wer weiß wie viele Bewerberinnen ich damit schon überholt hatte. Ja – *mich* hatte dieses große Unternehmen zum Gespräch eingeladen. Meine Kompetenzen hatten sie überzeugt, dass es zumindest ein Kennenlernen wert sei. Ein Unternehmen, von dem ich schon mal einen Werbeclip im Fernsehen gesehen habe. Soooo ein großes und bekanntes Unternehmen. Und denen kann ich etwas bieten. Damit ich mich auch optisch von meiner besten Seite zeigen konnte, hatte ich mich in Schale geschmissen. Was bei mir bedeutet, ich hatte mich so verkleidet, dass ich so aussah, wie die meisten Frauen, wenn sie ganz normal zur Arbeit gehen. Ich hatte mich sogar geschminkt! Also nicht bunt angemalt, sondern braun schattiert – oder Make-up aufgelegt wie es heißt – und einen Kajal Lidstrich unter den Wimpern. Dabei hatte ich mir nicht mal den Stift ins Auge gedrückt. Nicht abgerutscht. Nicht verletzt. Von wegen ich kann mich nicht schminken. Ha! Was ich alles kann, wenn ich will! Will bloß meistens nicht. Selten. Also eher kaum. Bis gar nicht. Na egal. Und ein feines Stoff-Höschen hatte ich an, mit einem noch feineren Blüschen. Nein kein bequemes Flanellhemd. Ein dünnes Teilchen, durch das man glatt hindurch schauen könnte, hätte ich kein Unterhemd drunter. Unterhemdchen. Unterhemdchen unter Blüschen mit Höschen. Igitt… Scheint aber gewirkt zu haben. Frau Autoritär musterte mich von oben bis unten. Bis zu meinen Schuhen. Besonders meine Schuhe. Ganz offensichtlich fand nicht nur ich *ihre* Schuhe zu flach, sondern sie *meine* auch. Aber das war der Punkt, an dem ich zu keinen Kompromissen bereit war. Schminken? OK. Feine Stoffe? Auch OK. Hohe Schuhe? Geht gar nicht. Ich hätte die Dinger ja direkt vor dem Besprechungsraum anziehen können und mich dann am Türrahmen festkrallen können.

„Nein danke – ich stehe gerne." Ob sie es mir geglaubt hätte? Keine zwei Meter könnte ich in Pumps laufen. Geschweige denn auch noch kompetent und selbstbewusst auftreten.

Aber das ist jetzt alles schon ein halbes Leben her. Das Leben ist ein Kreislauf: Beginn und Ende sind sich sehr, sehr nahe. In puncto Menschheitsentwicklung heißt das: Regression. Wenn alte Menschen in ihrem Verhalten wieder zu kleinen Kindern werden.

„Nein meinen Brei den mag ich nicht. Der schmeckt bäh-bäh."

Sterben werden die meisten auch im Krankenhaus. Dort wo man zur Welt kam. Bloß nicht im Kreißsaal. Und im Berufsleben findet das Einstellungsgespräch im gleichen Büro statt, wie das Entlassungsgespräch. Eigentlich müssten Scheidungen dann konsequenterweise in der Kirche zelebriert werden. Das wär mal was.

Donnerstag 13.11

Bei meinem heutigen Gespräch sitze ich einem Mann gegenüber. Zwar kein Gerry-Weber-Anzug, aber ebenfalls grau. Strahlend polierte Schuhe. Budapester Lochung. Passt immer. Sieht immer ordentlich aus. Er gibt mir ein lässiges Zeichen, mich an den kleinen Tisch zu setzen. Und da er beim letzten Seminar gut aufgepasst hat, sitzen wir uns auch nicht gegenüber, sondern über Eck. Dumm ist, dass ich ins Gegenlicht schaue. So wird mir mein Gegenüber zu einer profillosen Silhouette, deren Gesichtsausdruck ich nicht deuten kann. Hinter mir die Wand ist eigentlich aus Glas, aber da es scheinbar nichts Spannenderes gibt, als zu wissen, wer sich zum Gespräch in diesem Raum hier eingefunden hat, wurde die Scheibe kurzerhand mit einer milchigen Folie beklebt. Jetzt hat die Kollegin im Zimmer gegenüber die wichtige Aufgabe, betont desinteressiert zu tun bei gleichzeitig höchster Anspannung aller Sinne, um nichts – und vor allem niemand – zu verpassen. Um dann die anderen darüber zu informieren. Wer war drin – wie lange – wurde gelacht oder nicht? Und – ganz, ganz wichtig: Hatte die wieder herauskommende Person vielleicht verweinte Augen? Das heißt für mich also: Egal was jetzt kommt – ich bleibe cool. Wenn es mir schon unangenehm gewesen wäre, wenn mir jemand beim Telefonieren mit der Arbeitsagentur zugehört hätte – mit verheulten Augen einer Kollegin zu begegnen ... ne geht gar nicht!

Und da fängt er auch schon an, sich wortgewaltig wie ein Wasserfall über mich zu ergießen. Wasser ist nass – der Personal-Mensch hier ist furz trocken.

„Wichtig ist, dass ...“

„Und da müssen Sie ...“ Hä?

„Und auf keinen Fall dürfen Sie ...“ Ja klar.

„Und achten Sie darauf, dass ...“ Was will der von mir? Ich verstehe gar nichts. Und dabei bin ich doch so gut informiert. Habe meine Forderungen so präzise formuliert. Ich komme mir klein und dumm vor. Habe ich etwas angestellt und Papa schimpft jetzt? Er erzählt und erzählt und beugt sich dabei vor und pendelt wieder zurück. Vor und zurück. Vor und zurück. Ich fange an seekrank zu werden. Aber zuhören und konzentrieren kann ich mich nicht. Dabei ist es doch sooo wichtig. Ich muss zuhören. Muss ihn verstehen. Die Lage verstehen. Ich verstehe aber nichts. Mir fällt eine Stelle aus einem Roman von Terry Pratchet ein:

Bevor ich ihm zuhörte, ähnelte ich allen anderen. Ich war verwirrt und unsicher [ ]. Aber jetzt – bin ich zwar immer noch verwirrt und unsicher, doch auf einer viel höheren Ebene.

Wie treffend gesagt! Doch dann ruckt mein Kopf ganz von alleine nach oben. Meine Ohren spitzen sich. Die Augendeckel schaffen es tatsächlich in den Aktiv-Modus zu wechseln. Er beginnt endlich die Höhe der Abfindungssumme auszurechnen. Jetzt wird's spannend. Von wie viel Geld reden wir hier eigentlich? Er labert und rechnet und erklärt und gestikuliert.

„Macht also 17.680€. Und lassen Sie sich von der Lohnbuchhaltung ausrechnen, was davon nach Abzug der Steuern noch übrig bleibt.“ Das weiß ich allerdings schon. Da reduziert sich der Betrag nämlich noch mal ganz erheblich. Wie der Schneeberg, den die Stadtwerke im Winter immer genau vor unserer Tiefgaragenausfahrt zusammen schiebt: erst ist er unüberwindbar hoch. Dann fahren ihn die ersten Autos (alles dicke Suvs) recht schnell platt. Dann kommt der Hausmeister mit Salz. Und ruck-zuck bleibt nur noch ein kleines, elendes Häuflein Matsch übrig, das nur noch vage an den herrlichen weißen Schnee erinnert. Genauso passiert's mit der Abfindung.

Kann es sein, dass in diesem Unternehmen die Kündigungen outgesourct werden? Denn hier verändert gerade ein Typ, den ich noch nie gesehen habe, mein Leben. Er kauft meine Zustimmung zur Kündigung mit Geld. Heißt er deswegen umgangssprachlich *der Koffermann*? Wie der Koffermann in einem Agenten-Thriller? Sieht im Fernsehen aber ganz anders aus so eine Geldübergabe in einem Actionthriller. Potsdam Glienicker Brücke. Nachts. Es ist neblig. Der Koffermann steigt aus seiner Limousine und kommt auf mich zu. In der rechten Hand einen schwarzen Lederkoffer, in dem die Abfindung ist. Ich meinerseits gehe auf ihn zu. Genau unter der Laterne kommen wir zusammen. Er öffnet den Koffer und ich sehe das viele Geld. ... Dreeeaaam on ....

Freitag 14.11

Heute werden nun Nägel mit Köpfen gemacht. Ob ich mich an diesen Tag in zehn Jahren noch erinnern werde? Ob er sich in mein Gedächtnis einbrennen wird? So wie manch andere, ganz besondere Tage: Die erste Zigarette. Von dem coolen Typ, der sich seine Kippe mit einer Hand drehen konnte. Meine erste Periode. Unterleibschmerzen genau an dem Tag, an dem ich zum ersten Mal alleine zu einem Konzert dufte. Oder die Fahrt zu siebt in einem Opel Admiral nach Berlin. Über den Transit mussten zwei aussteigen und trampen. Oder der erste Kuss ... hm? ... an den kann ich mich irgendwie gar nicht mehr erinnern. War ja vielleicht auch nicht so atem-beraubend. Sondern nur atem-raubend. Keine Ahnung. Und heute? Hat der Tag das Zeug zu etwas *ganz besonderem*? Hm ...

Auf dem Weg ins Büro hat sich alles noch ganz normal angefühlt. Auch heute hatte ich wieder von den sieben Ampeln, acht
rot. Das hebt schon früh morgens die Stimmung. Wobei ... würde
ich einfach so unbehelligt *durchrasen* – ich würde ja die schöne
Landschaft gar nicht sehen. Die Felder links und rechts der Straße. Die Wohnhäuser. Den Blitzer auf der kleinen Verkehrsinsel
vor der Tankstelle am Ortsausgang. So ein schöner Blitzer. Gut,
dass auch kurz vor diesem Mega-Fotoapparat eine Ampel ist. So
kann ich ihn jeden Morgen genießen. Und werde nicht geblitzt.
Weil – ist ja immer rot. Parkplatz gefunden. Kärtchen vor den
Öffnungsmechanismus gehalten. Reinmarschiert. Hochgefahren.
PC angeschmissen. Alles wie immer. Und die Kaffeerunde? Anne ist krank. Anke noch nicht im Haus. Und Andrea muss gaaanz
unbedingt gaaanz schnell und suuuper wichtig eine Mail schreiben. Duldet keinen Aufschub. Hm. Und nun? Ulrike ist da. Aber
die vertrage ich heute Morgen nicht. Also gehe ich einfach nicht
rüber und hoffe, dass sie es vergisst. Also mich und das Kaffeetrinken.

Ich schaue durch die Mails und auf die Uhr. Ständig schaue
ich auf die Uhr. Die Zeit vergeht mit Gemütlichkeit. Vermutlich
will sie mir dabei helfen nicht hektisch-nervös zu werden.

> Versuchs mal mit Gemütlichkeit mit Ruhe und Gemütlichkeit
> jagst du den Alltag und die Sorgen weg. Und wenn du steht's
> gemütlich bist und etwas appetitlich ist, dann nimm es dir egal
> von welchem Fleck. – Balu

Ha! Diesmal kam dieser grandiose Text nicht von Anke, sondern
von mir! Ja auch ich bin eine kleine Poetin und weiß ein lyrisches
Wort an rechter Stelle einzusetzen. Und Balu der Bär ist mindestens – mindestens! – so poetisch wie ... wie ... Joseph Cambell!

Warum ich auf die Uhr schaue? Weil die Personalabteilung
mich anrufen will, so bald auch in dieser Abteilung jemand den
Arbeitstag beginnt und ... mein Aufhebungsvertrag fertig ge-

schrieben ist. Aufhebungsvertrag. Aufhebungsvertrag. Aufhebungsvertrag. Klingt befremdlich das Wort. Ein Wort im Imperativ – in der Befehlsform. Aufhebungsvertrag sagt: Wenn du jetzt unterschreibst, wird deine Zukunft ganz anders sein, als du noch vor ein paar Wochen dachtest. Aufhebungsvertrag. Das Wort kann bösartig grinsen. Seine Augen versprühen kleine Blitze der Überheblichkeit. Aufhebungsvertrag. Mein Vertrag, den ich vor so vielen Jahren abgeschlossen habe, wird zupp zupp aufgelöst. Aufgehoben. Beendet. Storniert. Meine Sicherheiten, meine Routine – werden aufgehoben. Ring! Das Telefon klingelt. Eine Kollegin, die mal wieder ihr Passwort nicht weiß. Dabei haben alle das gleiche. Und das schon seit Jahren. Wer klang eben genervt und angezickt? Ich? Kann gar nicht sein. Ring! Es klingelt schon wieder. Die Personalabteilung. Frau Ludewig teilt mir mit, dass ich jetzt hochkommen könnte. Zum Unterschreiben. Na dann mach ich mich mal auf die Socken.

„Hei – komm rein und setz dich." Das Büro sieht aus wie immer. Frau Ludewig sieht aus wie immer. Die Kollegin im Zimmer gegenüber war unauffällig neugierig wie immer. Ob es sich schnell herumspricht, dass ich eine von den 40 bin? Von denen, *die es erwischt hat*. Wer sind denn die? Warum gerade die? Waren die schlechter als die anderen? Oder billiger in Bezug auf die Abfindung? Oder jünger? Oder was? Ich weiß es nicht. Anne ist jünger. Und ich? Bin ich schlechter? Na jünger bin ich jedenfalls nicht. Billiger bestimmt auch nicht. Oder habe ich mich schlecht verkauft? Wie viel man doch auf den zwei Metern von der Bürotür bis zum Schreibtisch denken und sich fragen kann!

Auch heute sitzen wir wieder politisch korrekt an einem kleinen Ecktisch, die hier in fast jedem Büro stehen. Also, in jedem Büro wo ein Mensch arbeitet, der Besprechungen durchzuführen hat. Frau Ludewig schiebt mir den Aufhebungsvertrag rüber.

„Bitte lies dir nochmal alles durch." Sie duzt mich. Keine Ahnung warum. Ich habe sie noch nie geduzt. Fange ich auch jetzt nicht mehr mit an. Was soll ich da groß lesen? Wird schon alles stimmen. Ich kritzle meinen Karl-Gustaf drunter und drehe das Papier wieder in ihre Richtung. Alles ganz locker. Ganz cool. Und ganz plötzlich – so wie ein Windstoß unerwartet durchs Zimmer weht, weht ein Gefühl über mich, dass mir schwindlig wird. Ich kann es schlecht beschreiben. So ein bisschen, wie wenn ich zu schnell aufstehe und mein Kreislauf es nicht mitbekommen hat, dass ich wieder in der Senkrechten bin. Der kommt dann auch mit Verzögerung hinterher. Und in der Zwischenzeit schwingt mein Gehirn wie in einer Schiffschaukel. (Für alle die, die nicht mehr wissen was eine Schiffschaukel ist: Eine Schiffschaukel ist ein Gerät auf der Kerb / Kirmes / Jahrmarkt, in das kleine Kinder gesetzt werden, die daraufhin anfangen zu heulen, weil sie nicht wollen. Deren Mütter aber unbedingt wollen, dass ihr Kind schaukelt, weil sie sich selbst aufgrund ihres Alters nicht mehr trauen, es aber früher sooo schön fanden. Das ist eine Schiffschaukel.) So fühlt sich also mein Kopf an. Und der Druck wird direkt und ohne Umwege an meine Augen weitergegeben. Ich bekomme Tränen in die Augen. Natürlich *nur* wegen des Schwindelgefühls. Aber erklär das mal der neugierigen Kollegin gegenüber! Also bleibe ich erst mal ne Runde sitzen. Wäre ja ohnehin unhöflich einfach sofort aufzustehen und zu gehen. Frau Ludewig stellt mir ein Kästchen mit Papiertaschentüchern zum Rausziehen hin. Scheinbar ist der Bedarf hier in diesem Büro dafür häufiger gegeben. Ich brauche ein paar Minuten, in denen sie mir auch irgendetwas erzählt. So was von wegen: Das Leben geht weiter und so. Aber das weiß ich alles nicht mehr so genau. Ich gehe erst mal in die Mittagspause. Auch wenn noch gar kein Mittag ist.

Mittwoch 03.12

Ich hole mein Auto vom Schotterparkplatz und fahre es in die Tiefgarage. Ich darf heute mal ausnahmsweise auf Ulrikes Platz, damit ich meine Habseligkeiten einladen kann ohne so weit schleppen zu müssen. Ja heute räume ich aus. Was sich im Laufe der Jahre so alles im Schreibtisch und Drumherum ansammeln kann. Der helle Wahnsinn! Da sind die Pflanzentöpfe auf der Fensterbank noch das wenigste. Da die Glasfenster bis zum Boden hinabreichen, könnten mir alle MitarbeiterInnen des Unternehmens fast ungehindert direkt auf die Schreibtischplatte klotzen. Und das nervt ganz einfach. Also habe ich zwei dicke, große Pflanzen aufgestellt. Es sind nicht die ersten, die ihr Glück auf dieser Fensterbank versuchen müssen. Eine, sehr schöne, mit großen Blättern hat meinen Urlaub nicht überlebt. Meine beiden Kolleginnen haben nicht unbedingt den grünen Daumen. Eine andere – ein Geschenk der Firma zum Geburtstag – hatte kleine, klebrige Tierchen bekommen, die die Fensterscheibe langsam aber sicher verklebten. Eines Tages habe ich mich dann schweren Herzens von dieser Pflanze getrennt. Aber in die Mülltonne geworfen hat sie Anke. Ich hätte das nicht gekonnt. Nicht weil ich zu klein bin, um an den Rand der Tonne zu gelangen, sondern weil ich den traurigen Anblick von Pflanze-in-Tonne nicht ertragen hätte. Die beiden aktuellen Pflänzchen sehen noch richtig gut aus. Im Grunde habe ich zu Hause gar keinen Platz für die beiden. Aber egal – werde ich halt Platz schaffen.

In den beiden Schreibtischschubladen betreibe ich Altlasten-Entsorgung. Zwei Tütchen Anti-Stress-Drink. Mindestens haltbar bis 2005. OK – das ist knapp vorbei. Also? Ab in die Mülltonne. Schokolade. Och – davon wusste ich ja gar nichts. Von wann ist die denn? Von 2007. Macht's auch nicht besser. Tonne. Brüchige Gummis, verbogene Büroklammern, zwei Kilogramm Brotkrümel, unzählige Zettelchen mit ehemals wichtigen Notizen. Jetzt bloß nicht anfangen zu lesen. Werbekugelschreiber von Lieferanten. Die könnte ich doch mitnehmen, oder? Habe ja *ich* geschenkt bekommen und nicht die Firma. Und Kulis kann man immer brauchen. Nicht in die Tonne. Ich wühle und sortiere. Die Mülltonne wird immer voller. Irgendwann ist in der Tonne mehr drin, als in die Schubladen überhaupt reinpasste. Wie beim Kistenpacken für einen Umzug. Da schaffe ich es auch, aus der kleinen

Kommode drei große Umzugskisten zu packen. In die andere Richtung – also nach dem Umzug von den Kisten wieder in die Kommode – geht natürlich nicht. Viel zu viel Gruschel (Das ist hessisch und heißt *Gerümpel*).

Was sich hier so alles angesammelt hat. Waren ja auch acht Jahre. Viel Holz. Ich merke, wie meine Aufräumenergie nachlässt und einer Sentimentalität Platz schaffen will, die ich im Büro nicht brauchen kann. Gehe mal schnell aufs Klo.

Geschafft! Irgendwann bin ich tatsächlich mit dem Entmisten fertig. Einen großen Klappkorb voll mit „rentiert sich aufzuheben" und „das ist doch noch gut" habe ich zusammengepackt. Die Mülltonne musste ich um eine weitere aus dem Sharing-Büro ergänzen. Auch egal. Ist halt so. Nur … wie komme ich jetzt ungesehen ins Parkhaus runter? Bestimmt nehme ich nicht den Hauptaufzug. Der, in dem alle fahren.

„Ach? Wo gehst du denn mit all den Sachen hin?" oder „Hast du deinen Schreibtisch ausgemistet? Warum denn das?" Nein, das will ich mir nicht geben. Mich rechtfertigen und erklären. Mir vielleicht sogar mitleidige Blicken antun. Ne echt nicht. Also wie komme ich dann runter? Durch das hintere, kleine, muffige Treppenhaus. Na gut – wenn es sein muss. Das heißt aber auch: Tragen. Ich muss die Kiste plus die beiden Pflanzen schleppen – was natürlich nicht auf einmal klappt. Also die ganze Prozedur zweimal. Spart das Fitness-Studio. Zum Glück und begegne niemandem. Uff …

Donnerstag 04.12

Da ich nicht gerade die große Freundin von Geburtstagen bin, habe ich in den ganzen Jahren hier, nicht ein einziges Mal etwas zu meinem Geburtstag ausgegeben. Viele Kolleginnen machen das jedes Jahr. Schleppen blechweise den selbstgebackenen Kuchen mit ins Büro. Finde ich toll. Freue mich darüber. Aber selbst? Naja – Essen macht halt mehr Spaß als Backen. Aber so ganz sang- und klanglos möchte ich auch nicht verschwinden.

Doof, aber irgendwie möchte ich in guter Erinnerung bleiben. Daher habe ich beschlossen ein Frühstück auszugeben. Als ob die Erinnerung an einen Menschen etwas mit Frühstück zu tun hätte. Eine positive Erinnerung muss man sich hart erarbeiten. Über viele Jahre hinweg. Ob ich das ausreichend gemacht habe? Und schon fange ich wieder zu grübeln an. Stopp!

Und so schleppe ich also erst mal einen ganzen Klappkorb voll Brötchen, Käse, Wurst und Marmelade an. Geschirr und Besteck gibt es in der Tee-Küche. Ab 10:00 Uhr ist alles aufgebaut. Ab 9:50 kommen die ersten. Zum Beispiel Gernot aus der Buchhaltung. Ups – mit dem hab ich ja nun gar nicht gerechnet. Aber klar – er war ja auch mal in unserer Abteilung. Ist zwar schon lange her, aber scheinbar fühlt er sich noch dazugehörig. Oder er lädt sich gerne ein. Ist aber egal. Ich freue mich, dass er da ist. Nach und nach kommen die meisten von denen, die ich erwarte. Die Stimmung ist irgendwie … ja wie ist sie denn? Wie bei einem Leichenschmaus? Man würde ja gerne lachen und Späßchen machen, traut sich aber nicht, weil der Anlass dagegen spricht. Ja so ungefähr. Anne versucht die Situation etwas aufzulockern, in dem sie mit Gernot herum flachst. Jessi sitzt einfach nur da, schaut immer wieder zu mir und schiebt sich das dritte Mini-Croissant mit Nutella in den Mund. Leicht macht sie es mir damit nicht. Ulrike und Benno glänzen durch Abwesenheit. Kein Interesse oder wissen sie nicht, wie sie mit mir umgehen sollen? Ich wüsste ja zu gerne, was die anderen denken. Was fühlen sie? Was geht ihnen durch den Kopf? Sind sie froh, dass es nicht sie selbst erwischt hat? Tut es ihnen leid? Leid um mich? Werden sie mich vermissen? Als Mensch oder als Kollegin, die bestimmte Arbeiten gemacht hat? Zum Glück spricht mich niemand auf meine Zukunftspläne an. Was hätte ich auch antworten sollen? „Hab keine." Wie peinlich. Andererseits: Warum sprechen sie mich nicht darauf an? Weil sie sich nicht trauen? Weil sie nicht damit umgehen können? Oder, weil es sie nicht interessiert? Zum Glück habe ich mit Käse nachlegen und neuen Kaffee holen genug zu tun, so dass ich nicht dauernd denken muss. Und bis ich später alles wieder aufgeräumt habe, ist es schon Mittag. Der halbe Tag ist geschafft. Und ich habe auch noch nicht geheult!

Später erledige ich noch ein paar Rückrufe und mache Menschen glücklich, indem ich ihnen ihr Login-Passwort verrate, einen Sonderartikel freischalte oder eine Rechnung durchwinke. Dann ist auch dieser Tag zu Ende. Auf dem Heimweg kommt mir der Gedanke, dass ich diesen Weg unter der Voraussetzung *täglicher Weg zur Arbeit* wohl nur noch morgen fahren werde. Ich spüre diesen Druck in meinem Kopf. Er fängt irgendwo in Höhe der Schläfen an. Drückt dann von hinten gegen die Augen und quetscht diese Flüssigkeit, die man Tränen nennt, nach vorn. Sofort sehe ich alles verschwommen und betätige reflexartig den Scheibenwischer. Super Idee. Ich wische mir mit dem Ärmel über meine Augen und ziehe geräuschvoll die Nase hoch. Ein Druck auf den Radioknopf und der Moderator erzählt mir, dass die durchschnittliche Bezahlung von Frauen in Deutschland immer noch rund ein Drittel unter der von Männern liegt. Schönes Thema um mich aufzuregen … und mich abzulenken.

Freitag 05.12

Dieser Tag hat eigentlich nicht stattgefunden. Er sauste irgendwie vorbei. Schneller als ich ihn wahrnehmen konnte. Mein Chef war heute nicht im Büro. Meine Kolleginnen verhielten sich wie immer. Die Kaffeerunde war lustig. Wir haben über irgendeinen Film gelacht. Dann stand ich unentschlossen und ratlos im Büro rum. Mein Schreibtisch war ja schon leergeräumt. Mails habe ich keine mehr gecheckt. Wozu auch? Ich bearbeite sie ja doch nicht mehr. Und dann ging alles ganz schnell. Chrissi sagt:

„Mensch da geht doch heim. Was willste denn noch hier? Cheffe is e nich da." Und gefühlte 10 Sekunden später saß ich in meinem Wohnzimmer. Ich habe echt keine Ahnung, wie ich zum Auto gegangen bin. Geschweige denn, wie ich nach Hause gefahren bin. Ich kam erst wieder so richtig zu mir, als ich auf der Couch gesessen habe. Alleine.

Es ist erst 11:30. Der ganze Tag liegt also noch vor mir. Was könnte ich jetzt alles Tolles machen? Zum Beispiel mal ne Runde blöd vor mich hin starren. Oder gegen die Wand. Gestern wollte ich noch tausend Dinge tun. Am besten alles gleichzeitig. Jetzt lähmt mich etwas. Ich stehe auf. Komme mir vor wie Omi Degenhardt. Bloß dass die schon 84 Jahre ist. Wenn ich jetzt nicht etwas mache, stürze ich ins Bodenlose. Fange vielleicht sogar noch an zu heulen. Wie uncool! Ich hole mir aus der Schreibtischschublade einen Zettel und einen Stift. Gestaltet sich allerdings nicht ganz so einfach, weil ich vieles von dem, was ich aus dem Büro mit heim geschleppt habe, zunächst einmal nur provisorisch weggeräumt habe. Sprich: Schublade auf und stopf-stopf hinein damit. Nachdem mir x-tausend Stifte, Trennstreifen und Heftstreifen runtergefallen sind, werde ich fündig und fange an eine To-do Liste anzufertigen:

1) Schreibtischschublade aufräumen
2) Keller aufräumen
3) Urlaubsbilder einkleben
4) Bad putzen
5) Pflanzen umtopfen
6) Jahres-Steuererklärung machen

Die Liste wächst und wächst. Na langweilig dürfte es mir in den nächsten Wochen nicht werden. Hoffe nur, es fühlt sich dann besser an, als ich mich jetzt gerade fühle. Ob die mich im Büro schon vermissen? Vielleicht haben sie ja eine Frage, die sie ohne mich nicht beantworten können? Ob ich mal anrufe?

> Wenn der Wind der Veränderung weht, bauen die einen Mauern und die anderen Windmühlen. – Chinesisches Sprichwort

OK – zumindest Anke denkt an mich. Wie immer. Die treue See-le. Ach ja. Seufz. Windmühlen bauen. Die Chinesen kannten Don Quichote nicht, der gegen diese Gebäude angeritten ist, weil er sie für getarnte Riesen hielt. Verblendet gegen etwas anrennen will ich jedoch nicht. Aber das wollten mir vermutlich auch we-der Anke noch die alten Chinesen empfehlen.

Nachdem ich meine Liste soweit fertig habe ... lege ich sie erst mal zur Seite. Und mir kommt auch ohne Ankes Unterstüt-zung ein sehr weiser Spruch in den Sinn:

> Was du heute kannst besorgen – das verschiebe gleich auf morgen.

Oder so ähnlich. Auf jeden Fall mache ich an diesem Tag nicht wirklich noch was Sinnvolles. Außer telefonieren. Erst mit mei-ner Mutter. Dann mit einer Freundin. Beide fragen mich, wie ich mich fühle. Und beiden kann ich keine Antwort geben. *Noch* füh-le ich mich gar nicht. Fühle mich nach nix. Ich wechsle recht abrupt das Thema und lass mich über die aktuellen Lebens-Highlights der beiden informieren. Spannend klingen die aller-dings auch nicht. Trotzdem geht der Tag rum. Dem ist es ja egal, wie sich wer fühlt. Oder wer was macht. Oder nicht macht. Ja unsere Welt dreht sich immer weiter. Egal was passiert. Selbst wenn die Dinosaurier aussterben. Sie dreht und dreht und dreht sich. Und was ist dagegen schon mein Job?

Samstag 06.12

„Hast du eigentlich gescheite Klamotten für das Vorstellungs-gespräch?" Anke denkt immer so pragmatisch. Also ob das jetzt schon ein Thema wäre. Ich hab ja noch nicht mal ne Bewerbung geschrieben. Geschweige denn eine Annonce gelesen. Da aber kein noch so entrüsteter Hinweis von mir, auf das Fehlen eines solchen Termins, Anke von ihren Absichten abhalten kann, schleiche ich eine Stunde später durch die Geschäftswelt von

Frankfurt City. Die City gehört nicht unbedingt zu meinen Lieblingsplätzen. Trotz Fußgängerzone muss man Hölle aufpassen, dass man von keinem wild gewordenen Radfahrer übern Haufen gefahren wird. Auch heute bleibt mir diese Begegnung der rasanten Art nicht erspart. Kaum, dass ich die Rolltreppe der S-Bahn-Station hochgefahren komme, schießt ein quietsch-bund gekleideter Kurierfahrer sowas von knapp an mir vorbei, dass ich reflexartig auf meine Schuhe schaue und nach einem Profilabdruck suche. Nein er hat mich nicht berührt, aber es fühlt sich dennoch *fast* wie ein Unfall an. Jedenfalls habe ich mich so erschrocken, dass ich wieder Schluckauf bekomme.

„Wollen wir zuerst – hicks – zu P&C oder – hicks – zu c&a oder – hicks …"

Und da Anke zielstrebig die Seite wechselt, heißt das, dass wir zu P&C gehen. Hier sind die Chancen auf Erfolg auch am größten. Kräftige Frauen jammern ja, dass ihnen nie etwas wirklich gut passen würde. Die Modemacher würden immer nur für Hungerhaken Klamotten herstellen. Von wegen! Also nicht, dass ich ein Hungerhaken wäre, aber wenn ich nicht in eine Boutique gehen will, sondern – aus finanziellen Gründen – doch lieber etwas von der Stange kaufen möchte, dann steh ich genauso belämmert da wie zu kräftige, zu kompakte Menschen.

„Haben sie die Hose auch in einer Nummer kleiner?"

„Haben sie auch Blusen ohne Brustabnäher?"

„Sieht das nicht komisch aus, wenn ich die langen Ärmel dreimal umschlagen muss?"

Und so quäle ich mich durch unzählige Hosen und Blusenmodelle. Ich weiß schon, warum ich normalerweise Jeans in der Jungen-Abteilung kaufe. Anke hat Geduld. Die Verkäuferin hat Geduld. Die andere Kundin eher nicht, denn sie gibt das Warten auf das Freiwerden meiner Kabine, leise vor sich hin schimpfend, auf. Ich … habe allerdings keine Geduld mehr.

„Du ich hab jetzt schon zwei Hosen und drei Blusen, die sogar alle halbwegs passen. Ich stehe schon seit 117 Stunden hier in der

Hitze und zieh mich an und wieder aus und wieder an und wieder aus. Ich kann und mag nicht mehr."

„OK. Machen wir hier Schluss", gibt Anke großzügig von sich. Ich glaube meinen Ohren nicht zu trauen. Hat Anke wirklich gesagt, dass wir Schluss machen? Ja hat sie, aber … sie sagte „Machen wir *hier* Schluss …" und das heißt, dass wir noch in die Jacken-Abteilung gehen. Diese Offenbarung fühlt sich an, wie wenn man stundenlang gewandert ist, man ist fix und alle, die Füße schmerzen einfach nur noch, laut Wanderkarte kann's nicht mehr weit sein. Da kommt das sehnsüchtig erwartete Schild „Bis zum Parkplatz noch 5 Kilometer." Und man merkt, dass man sich irgendwie verrechnet hat und noch lange nicht an der Weggablung vom roten Quadrat zum grünen Kreis ist. Diese Ohnmacht, die einen da überkommt … so fühle ich mich in meiner Umkleidekabine. Aber Anke kennt kein Erbarmen und wir gehen in die zweite Etage.

Die Verkäuferin, die sofort zur Stelle ist, schaut mich an und sagt:

„Sie sind eher der sportliche Typ. So elegant ist nichts für sie." Soll ich das als Kompliment oder als Abwertung sehen? Bevor ich zu einem Entschluss komme, hat sie auch schon drei Jacken angeschleppt. Was hat Anke ihr denn bloß gesagt, nach was ich suche? Aber die Jacken sind alle OK. Besonders die dicke graue mit dem Stehkragen. Das Schildchen sagt: 399 Euro. Es hätte auch sagen können: „Achtung Jacke ist verseucht." Meine Reaktion wäre die gleiche gewesen – ich ziehe sie erst gar nicht an.

„Und was ist mit der hier? Die ist doch klasse!" sagt Anke und macht sie vom Bügel ab. „Schlupf mal rein."

„Ach ne." Ich versuche die Anprobe zu umgehen. Womöglich passt sie und sieht vielleicht sogar auch noch gut aus. Leider kennt mich Anke zu gut:

„Jetzt lass mal den Preis außer Acht. Die Jacke ist eine Investition in deinen zukünftigen Beruf. Also in dein Leben!" Dieser Dramaturgie kann ich mich nicht entziehen.

An der Kasse zahle ich per EC-Karte. Ich glaube, ich habe noch nie, nie, nie in meinem Leben soooo viel Geld für Klamotten ausgegeben. Das hätte ein Urlaub werden können! Und um diesen Wahnsinn angemessen abzurunden, lade ich Anke und mich in ein Café ein. Ein echter Frauen-Shopping-Tag. Aber warum Frauen das häufiger als drei Mal im Leben brauchen, weiß ich echt nicht.

Montag 08.12

Alle stehen um mein Fahrrad Model City-Bike. Peter unser Klassensprecher – und der coolste Typ an der Schule – runzelt die Stirn. Sein Fachblick checkt mein Bike, das selbst in der Sonne weder glitzert noch funkelt.

„Was fährst'n mit der Kiste?" fragt er in überheblichem Ton.

„Weiß ich nicht. Ich habe keinen Tacho"

„Mit meinem Rennrad fahr ich locker 45!" sagt's und die ganze Meute bricht in ohrenbetäubendes Gelächter aus, das immer lauter wird. Anschwillt bis mir die Ohren zu bersten scheinen. Ich will schreien, aber ich bekomme keinen Ton heraus. Ich versuche es verzweifelt, aber nicht einmal der kleinste Pieps dringt aus meinem weit aufgerissenen Mund.

Ich schrecke aus meinem Traum hoch. Mein Schlafanzug klebt an mir. Was war denn das? Mein Fahrrad? Peter? Die Clique? Das ist doch schon ein ganzes Leben her. Wieso träume ich denn so etwas? Sollte ich das jetzt tiefen-psychologisch interpretieren? Mein Hab und Gut kommt bei meiner Peergroup nicht an? Ich fühle mich als Looser? Was'n Mist. Und von wegen *Träume sind ein Spiegel unserer innersten Gefühle.* Manche Träume sind nicht zum Interpretieren, sondern höchsten zum Vergessen. So wie dieser.

Egal - jetzt fühle ich mich erstmal als Kaffee-Bedürftige. Der Blick auf den Wecker lässt mich abermals erschaudern: Es ist erst 6:00 Uhr! Ich könnte noch stuuundenlang schlafen. Wieso werde ich Blödkopp denn mitten in der Nacht wach? Ich lasse mich wieder in die weichen Kissen fallen und versuche meine Bettdecke wieder so kuschelig um mich zu wickeln wie sie war. Ne – so ist das nicht gut. Ich strample erneut. Ne – auch das Kissen ist zu dick. Ich schüttele es auf und lege es wieder hin. Ja schon besser. Jetzt juckt es mich. Natürlich ganz unten am Knöchel. Die Decke liegt sofort wieder falsch. Oh Mist. Ich bin jetzt schon genervt. Super – mein erster freier Tag fängt ja toll an. Kann ich auch gleich wach bleiben. Ich stehe auf und mache mir einen Kaffee. Dann hab ich auch mehr von diesem historischen Tag. Alle anderen *müssen* jetzt aufstehen – ich *kann* jetzt aufstehen. Wenn ich will. Oder liegen bleiben. Wenn ich will. Und wenn es mich nicht juckt. Oder die Blase voll ist. Na egal. Jetzt bin ich wach und trinke meinen Kaffee. Vielleicht hätte ich mal was zum Frühstücken einkaufen sollen. In meinem Kühlschrank befindet sich … eine Tüte Milch, eine Tube Ketchup und … die Kühlschrank-Glühbirne. OK – gut gefüllt sieht anders aus. Aber ich habe mir ja am Mittwoch die Tüte Müsli aus dem Büro mitgebracht. Und Milch ist da. Also gibt's ein echtes Büro-Frühstück. Welch königliches Mahl, mit dem ich mich beschenke. Ja ich bin es mir halt wert.

Die Tasse dampfenden Kaffee in der einen Hand und das Müsli in der anderen, schlendre ich ins Wohnzimmer. Nur nicht zu schnell gehen. Ich setze ganz bewusst auf langsam. Ich habe ja Zeit. Sooo viel Zeit. Kein Telefon. Keine nervigen Mails. Keine Anfragen. Keine Termine… keine Kaffeerunde. Hm – meine Mädels. Ob ich Anne mal anrufe? Oder Anke? Ne, die habe ich ja vorgestern erst gesehen. Ach und überhaupt – jetzt ist ja wohl erst mal Auszeit angesagt. Auch von den Mädels. Anke hat mir gestern auch wieder einen neuen Spruch gesimst. Von Marie Freifrau von Ebner-Eschenbach. Wie es der da wohl gerade ging, der Freifrau?

> Nicht was wir erleben, sondern wie wir empfinden, was wir erleben, macht unser Schicksal aus. – Marie Freifrau von Ebner-Eschenbach

Wie empfinde ich denn mein Schicksal gerade? Hm... irgendwie abgewatscht. Denn auch wenn ich „*Ja ich will*" gesagt habe, ist es doch im Grunde eine Kündigung. Die wollen mich nicht mehr. Kein Bedarf an altgedienten Mitarbeiterinnen. An Menschen, die den Spirit der Firma gelebt haben. Die „*Meine Firma*" gesagt haben. Ich spüre, wie sich meine Stimmung verfinstert. Stopp!

> Du kannst alles haben, wovon du träumst, wenn du bereit bist den Glaubenssatz aufzugeben, dass du es nicht schaffst.

Das ist natürlich leichter gesagt als gefühlt. Also muss ich meinem Gefühl mal ein bisschen unter die Arme greifen.

„Ich schaffe es – ich schaffe es – ich schaffe es ... mir geht es gut. Ich bin voller Zuversicht. Alles ist gut angelegt in meiner Welt." Louise L. Hay, die amerikanische Lebenshilfe Autorin, hätte ihre Freude an meinen positiven Affirmationen. Ich brabbel diese positive Schleife ein paar Mal vor mich hin. Das verstärkt die Wirkung und vertieft die Botschaft im Unterbewusstsein. Mental gestärkt schreite ich mit selbstsicheren Schritten hinaus aus der Wohnung und an den Briefkasten. Und – was soll ich sagen – er ist da! Der so ganz und gar *nicht* ersehnte Brief vom Arbeitsamt. Ja schön – das Schicksal lässt mich nicht unnötig warten. Die Chance auf die tollste Zukunft, die ich mir vorstellen kann, beginnt. Jetzt und hier mit diesem Brief. Ja, ja, ja ich packe meine Zukunft an. Aber zunächst nur mal den Brief. Ich öffne ihn zaghaft und finger zwei Blätter heraus:

Seite 1: Einladung – blabla... möchte ich mit Ihnen Ihre berufliche Situation besprechen – Ihre Termindaten sind blabla ... Dies ist eine Einladung nach § 309 Abs. 1 SGB III in Verbindung mit §159 SGB III – Rechtsfolgenbelehrung auf der Rückseite.

Ach ja: Eine Einladung mit Rechtsfolgenbelehrung. Sehr nett.

Seite 2: blabla ... ausfüllen und zurücksenden ... Der Aufforderung zur Einladung werde ich aus folgenden Gründen nicht nachkommen: 1-2-3...

Gründe für's Nicht-Kommen? Hätte ich schon welche. Und sogleich wird mein Gehirn kreativ:

1. Ich bin bereits verstorben.
2. Ihre Angebote haben mich in den Wahnsinn getrieben. Bitte besuchen Sie mich in der Nervenklinik.
3. Ich habe bereits eine Stelle als Prinzessin angenommen und bin nun Sissi die Zweite.
4. Ich bin der RAF beigetreten und darf daher mit niemandem aus dem öffentlichen Dienst reden.

Na ja, so ähnlich zumindest. Eine klassische Vorladung für einen klassischen Vorstellungstermin beim Arbeitsamt. In fünf Wochen. Waaas? Erst in fünf Wochen? Ja sind die denn meschugge? Ich will doch nicht einfach nur Arbeitslosengeld abstauben – ich brauche eine Unterstützung bei meiner Jobsuche! Welche Zeitverschwendung! In fünf Wochen bin ich ja schon fünf Wochen arbeitslos. Oder zumindest arbeitssuchend ohne Bezug. Also ohne Geld vom Amt. Das ist mir viel zu spät. Geht gar nicht! Also flitze ich wieder in die Wohnung zurück und fahre den PC hoch. Wozu habe ich denn jetzt mit dem Online-Jobportal einen direkten Draht zu meiner Bewährungshelferin?

Nachricht an den Betreuer verfassen. Maximal 4000 Zeichen.

Das dürfte reichen. Ich bitte in kurzen Sätzen um einen früheren Termin. Wann ist egal – ich bin ja flexibel. Trotzdem bloß nicht unterwürfig erscheinen. Lieber ein bisschen Druck machen. Und immer auf Augenhöhe. Alles gut formuliert? Na dann …

Senden.

So – eigentlich war es das für heute, oder? Soll ich *noch* aktiver werden? *Noch* mehr machen? *Noch* mehr die Zeit nutzen? Warum eigentlich nicht. Ich könnte mir ja mal meine alten Bewerbungsunterlagen ansehen. Die sind auf dem Stand von ... von … hm … schon verdammt lange her. Da der PC ja bereits am Schnurren ist, klicke ich mal auf den Datenordner *Bewerbungen.* Der Monitor zuckt und gibt mir eine Liste mit alten Bewerbungs-Anschreiben frei. Und mit einer Datei, die *Lebenslauf.doc* heißt. Na, das klingt doch vielversprechend. Ich klicke die Datei an. Die Seite beginnt mit der Rubrik: *Persönlichen Daten.* Wohnhaft in Rodenau. Ach herrje, das ist wirklich schon lange her. Und wie ich auf dem Bild aussehe! Erinnert mich stark an die Werbung von Fielmann: Man sieht ein altes Foto mit tanzenden jungen Leuten. Alle im (un)modischen Stil der 80er Jahre. Die Kamera zieht auf und man sieht die beiden Betrachter des Fotos.

„Papa, wer ist denn der komische Typ mit der furchtbaren Brille?", fragt das Kind.

„Das bin ich. Damals gab es Fielmann noch nicht", antwortet milde lächelnd der Vater.

Ich habe auf dem Lebenslauf-Bild zwar keine Brille auf, sehe aber trotzdem furchtbar altmodisch aus. Der Pony ist militärisch-gerade geschnitten und endet exakt auf den Augenbrauen. Der Gesichtsausdruck? Nur nicht lächeln. Könnte uncool wirken. OK für den Pickel schäme ich mich nicht, denn das habe ich vermutlich damals schon zur Genüge getan. Wieso wurde ich beim Fotografen denn nicht gepudert? Und der Rollkragenpullover war bestimmt hipp. Echt? Muss wohl. Peinlich an dem Foto ist allerdings, dass es aus dem Jahr 2003 ist.

Ich habe so das Gefühl, dass ich ein echtes To-do habe. Generell mag ich es ja, mich hinzusetzen und Dinge zu recherchieren und zu überarbeiten. Aber mich selbst, meine Person, mein Ich in eine Textform zu quetschen, um mich möglichst erfolgreich zu verkaufen? Verbal-Schleimerei zu betreiben – ich kann mir schöneres vorstellen. Daher mache ich mir erst mal einen Tee und starte dann – wohl oder übel – mit dem, was mich in den nächsten ... Wochen? Monaten? ... in nächster Zeit vermutlich täglich beschäftigen wird: Bewerbungen schreiben. Und da ich ja noch ein Arbeitslosen-Frischling bin, gebe ich mir echt richtig Mühe. Ich formuliere und formatiere. Ich tippe und stricke an Sätzen und Formulierungen. Ich verwerfe, überarbeite, hebe hervor. Ich recherchiere im Internet. Nach Unternehmen, nach Trends, nach Richtig und Falsch. Nach Tipps, Tricks und Empfehlungen.

Und viele Stunden später fühlt sich alles, was ich jemals geschrieben, formuliert und gedacht habe, gleich an: alles falsch...

Dienstag 09.12

Heute habe ich meinen ersten Termin beim Arbeitsamt. Da es mitten in der Stadt ist, beschließe ich mit der S-Bahn zu fahren. Die elende Sucherei nach einem Parkplatz muss ich mir ja nicht geben. Bahnfahren dauert zwar ewig, aber ich habe ja Zeit. Natürlich bin ich mal wieder zu früh und beschließe, mir erst noch nen Kaffee am Bahnhofskiosk zu holen. In meinen schicken neuen Klamotten fühle ich mich so, als ob ich zu einem wichtigen Treffen mit einem Kunden unterwegs wäre. Kleider machen Leute. Ich fühle mich wichtig. Ha ha – eine *wichtige* Arbeitslose.
Der Kiosk verkauft Kaffee, Tee, Soft-Drinks, Croissants und abgepackte Wraps.
„Schönen guten Morgen. Was hätten Sie gerne?" Zwei große braune Augen lächeln mich an. (Ja, Augen können lächeln!) Ich merke, wie ich meinerseits auch die Augen aufreiße.

„Ich ... äh ... Kaffee ... äh ... hätte gerne einen Kaffee." Was sind denn das für Augen? Die versprühen ja so eine Wärme, so viel Freundlichkeit, so viel Offenheit – das gibt's ja gar nicht. Ich starre die Besitzerin dieses Augenpaares an, als ob sie zwei Köpfe hätte.

„Gerne. Noch etwas dazu? Vielleicht einen Wrap?" Ihre Worte brauchen einen Moment, um sich bis in meine Wahrnehmungszentrale vorzuarbeiten. Aber auch dann ergeben sie nicht viel Sinn. Wrap? Was? Hä?

„Möchten Sie noch etwas zu Essen oder nur einen Kaffee? Und den mit Milch und Zucker oder schwarz?"

„Ich ... äh ... mit etwas Milch." Der Wrap hat keine Chance durchdacht zu werden und fällt aus meinem Gehirn unberücksichtigt wieder raus.

„Gerne. Dauert einen ganz kleinen Moment. Die Kaffeemaschine muss erst wieder aufheizen. Ich hoffe, Sie haben es nicht allzu eilig?" Langsam bekommen meine Füße wieder Bodenhaftung und ich traue mich meinen Mund zum Reden zu benutzen.

„Nö nö, ich hab schon Zeit." Sehr schön – ein ganzer, zusammenhängender Satz.

„Ich ... äh ... habe erst in einer Stunde ein Meeting ... bei nem wichtigen Kunden. Ein Meeting. Ja. Äh ..." Meine Business-Klamotten beflügeln mich und verleiten zur Prahlerei. Und da der Damm nun gebrochen ist, laber ich munter weiter. Leider ohne mein Gehirn von dieser Aktion zu unterrichten.

„Ich bin gerade mit dem ICE aus Köln gekommen. Ja. Bin ich. Äh. Und auf dem Weg zu einer Vorstandssitzung. Beim Kunden. Ja genau. Als Unternehmensberaterin bin ich ja äh ständig unterwegs. Bin ich. Und da plane ich automatisch Zeitpuffer ein. Plane ich. Äh. Man kennt ja die Pünktlichkeit der Deutschen Bahn." Was erzähle ich hier eigentlich? Bin ich blöd? Hm, eher verwirrt. Na auch nicht richtig. Ich bin ... hm? Ich will ... hm ... mit ihr reden. Einfach nur mit ihr reden. Und dass sie mich anschaut. Sie dreht sich mit der Kaffeetasse zu mir herum und ich kann ihr

Namensschildchen lesen: Luna Galão. Irgendwie sagt mir der Familienname etwas. Galão. Und mit dieser Welle überm a. Hm? Bloß was? Zum Glück kommt gerade keine weitere Kundin und wir quatschen ein wenig belangloses zum Thema Pünktlichkeit, Stress, Zeitdruck usw. Ich schaffe es auch, weniger als fünf *äh* pro Satz von mir zu geben. Nach gefühlten zehn Minuten sagt Frau Galão, dass ich vermutlich jetzt bald mal los müsse, da wir schon fast ne Stunde am Quatschen wären.

„Oh Mist. Da muss ich mich aber sputen. Der Kunde plant aktuell eine große Umstrukturierung im Unternehmen und braucht meine Untersuchungsergebnisse." Mein strahlendes Augenwunder schaut mich an und wirkt irgendwie verstimmt. So, als ob sie statt einer Praline einen Sauren Drops erwischt hätte.

„Aha."

„Was aha?"

„Und Sie raten jetzt den Bossen dort, am besten ein paar Leute zu entlassen. Am besten ein paar junge Frauen. Die werden ja sowieso bald schwanger."

"Ich? Äh … nein … ich …"

„Ach vergiss es. Und ich dachte, Sie sind echt ne nette." Scheiße – da hab ich mich wohl verlogen. Genau dass, was ich nicht wollte. Ich versuche zurück zu rudern und wehre vehement ab:

„Nein wohin denken Sie? Genau deswegen stecken die Verhandlungen ja aktuell in einer Sackgasse, weil *die* gerne kündigen würden, *ich* aber dagegen halte." Das muss wirken. Oder? Sie wischt mit dem Lappen auf der Hochglanz-polierten Kaffeemaschine herum. Gleich hat sie das Chrom weg poliert.

„Viel Erfolg." Mehr kommt nicht mehr.

„Ja danke. Bis denn mal wieder." Der getretene Dackel setzt mit hängenden Ohren seinen Weg zum Arbeitsamt fort. Und zu spät ist er auch noch.

Mittwoch 10.12

Der Gesamtaufbau meines Lebenslaufs ist definitiv nicht mehr zeitgemäß. Heutzutage steht der aktuelle Job oben. Alles Ältere folgt. Ich google den Begriff *tabellarischer Lebenslauf*. Im Laufe meiner nun folgenden – und mindestens 1.273 Stunden dauernden – Recherche habe ich drei grundverschiedene Curriculum Vitae entdeckt:

1. Stepstone
2. Arbeitsagentur Coaching
3. Xing Jobfindungs-Marketing

Alle sehen schon beim ersten drüberschauen so unterschiedlich aus, dass sofort erkennbar ist: Es gibt keine Lebenslauf-Vorlage – keine Schablone, die für alle und alles passt. Nun denn. Ich starte einfach mal mit Stepstone. Mit irgendwas muss ich ja starten.

> *Versuchen Sie, sich in die Lage eines Personalers hineinzuversetzen, der regelmäßig stapelweise Bewerbungen prüft. Wenn Sie es schaffen, Ihre Schlüsselkompetenzen so knapp und übersichtlich wie möglich zu präsentieren, erleichtern Sie ihm seine Arbeit und fallen positiv auf. Aus diesem Grund darf Ihr Lebenslauf eine Länge von zwei Seiten nicht überschreiten.*

Und weiter:

> *Ergänzen Sie jede berufliche Station Ihres Lebenslaufes mit drei bis fünf Stichpunkten, die Ihre wichtigsten Erfahrungen, Aufgaben und Kompetenzen knapp, aber präzise erläutern.*

OK. Ich hatte insgesamt fünf Arbeitgeber plus Ausbildungsbetrieb. Zu allen der komplette Firmenname plus fünf Stichpunkte – der Übersichtlichkeit wegen natürlich mit Aufzählungszeichen untereinander aufgeführt. Plus persönliche Daten plus Aus- und Weiterbildung plus besondere Kenntnisse. Schriftgröße nicht unter Punkt 10. Ausreichende Seitenränder. Und somit wird's schwierig. Beziehungsweise unmöglich. In allen Beispielen werden nur hochkarätige Führungskräfte um die 30 Jahre dargestellt, die alle nicht mehr als zwei Arbeitgeber hatten. Jungvolk halt. Dafür aber unzählige tolle Tätigkeiten und super Erfolge, die sie nun aufzählen können. Bei mir sieht die Aufteilung anders aus. Ich hatte unzählige Arbeitgeber, unspektakuläre Tätigkeiten und keine eigenen Erfolge. Zumindest keine, die ich (oder mein Ex-Chef) als solche bezeichnen würden. Habe also bloß Masse statt Klasse. Fühlt sich super an...

Der Lebenslauf dient nicht der bloßen Aufzählung bisheriger Karrierestationen. Vielmehr bietet er Ihnen eine zusätzliche Plattform, um Schwerpunkte zu setzen, und so auf berufliche Kompetenzen hinzuweisen.

Berufliche Kompetenzen. Hm ... ja ... also das, was ich kann. Was ich gut kann. Aber was konkret ist das? Ich habe halt meinen Job gut gemacht. Habe unsere chaotischen Kolleginnen am Telefon verstanden, wenn sie sich mal wieder völlig konfus ausgedrückt haben. Wie heißt das in eine *Kompetenz* übersetzt? Multi-linguales Verständnis? Oder ich habe als einzige, konkrete Antworten von Frau Dolbenbrück aus der Buchhaltung bekommen. Alle anderen hat sie nur angeschissen. Wie heißt das als Kompetenz? Beherrschung von Mediationstechniken? Kolleginnen haben sich oft für meine Unterstützung bedankt. Supportkompetenz zum richtigen Zeitpunkt? Ach, ich weiß nicht. Was kann ich denn? Nur banales Zeug. Das lockt doch keinen Personaler hinterm Ofen hervor. Ich hab halt die Dinge gemacht, die von mir erwartet wurden. Ich hab nix aufgebaut oder erfunden oder verbessert. Habe nie die goldene Anstecknadel einer Firma zur Anerkennung geleisteter Heldentaten erhalten. Stepstone kann mich mal. Und auf xing hab ich jetzt auch keinen Bock. Dann gehe ich lieber mal live und persönlich zu dem Coaching Angebot der Arbeitsagentur. Die sitzen ja wohl am Puls der Zeit und wissen genau Bescheid. Die Agentur für Arbeit (und nicht einfach das schnöde Arbeitsamt wie es früher hieß) hat mir – als ich neulich nach der Super-Nummer am Bahnhofskiosk dort war – ein Coaching über insgesamt 3x zwei Stunden *geschenkt*. Finde ich erst mal nicht schlecht. Nicht ein Gruppenevent (Event! hi-hi) mit 10 weiteren Arbeitslosen, sondern sechs Einzelstunden. Da kann man was mit anfangen – oder? Und was das Beste ist: Ich muss dreimal mit der S-Bahn in die Stadt fahren. Brauche also keine Gründe erfinden, um doch noch mal so einen tollen Kaffee am Bahnhofskiosk zu trinken. Um noch mal in diese braunen Augen zu schaun.

Als ich Anke von diesen Augen erzählt habe, hat sie nur gelacht:
„Ja, ja – braune Augen – wer weiß wohin du in Wirklichkeit geschaut hast!" So ne bösartige Unterstellung! Ich war ganz echt *nur* von den Augen gefangen. Befangen. Busen und Po anstarren ist was für Kerle. Und auf die inneren Werte hoffen, was für Blödköpp. Aber diese Augen … die haben mich bis in ihre Seele blicken lassen. Naja … also … die haben total viel ausgestrahlt. Haben mich angestrahlt. Haben mich bestrahlt. Verstrahlt. Infiziert. Seit diesem Dienstag versuche ich von Luna zu träumen. Klappt aber einfach nicht. Entweder ich träume gar nichts oder so'n Fahrrad-Mist. Stelle mir das so toll vor: Ich wache auf und sehe während des langsamen Eintauchens in die Realität noch immer in ihre Augen. Dream on …

Montag 15.12

Die Coaching-Stunde beginnt um 10:00 Uhr. Also schlendere ich erst mal ganz entspannt zum Kiosk. Also so entspannt, wie frau mit Herzklopfen halt sein kann. Frau Galão erkennt mich auch gleich wieder.
„Na – wieder als Retterin von Großkonzernen unterwegs?", fragt sie mich leicht verstaubt. Diese herrlichen Augen können also auch ziemlich verstimmt aus der Wäsche – bzw. aus dem

Gesicht – kucken. Aber ich bin ja nicht unvorbereitet! Habe mir die letzten Tage ziemlich genau überlegt, wie ich die Sache korrigieren kann. Mit der Wahrheit? Quatsch.

„Ja ich glaube schon. Zumindest ein bisschen. Das Parkdeck wird nicht gebaut." Sie runzelt die Stirn. (Wie süüüüüß!)

„Parkdeck? Was hat das Parkdeck mit der Entlassung von Mitarbeiterinnen zu tun?" Oh es tut so gut zu sehen, wie sie langsam merkt, dass sie vielleicht doch etwas vorschnell war und mir Unrecht getan hat.

„Och nichts weiter. Außer dass ich belegen konnte, dass die Einsparungen durch den Nicht-Bau ausreichen, um die notwendige Summe für die Vorfinanzierung des neuen Projektes zusammenzubekommen. Gekündigt wird jetzt niemandem."

„Oh."

„Mit dem ersten Vorsitzenden der Gewerkschaft bin ich seit dem per Du." Ihr Gesicht hellt sich deutlich sichtbar auf.

„Woll'n Sie'n Kaffee? Mit ein bisschen Milch ohne Zucker?" Leider kommt nun eine ganze Reisegesellschaft, die noch eine Stunde auf ihren Zug warten muss. Und als ob die nicht sehen können, dass sie gerade mal ganz arg doll stören, bleiben die alle lautstark schwafelnd stehen. Bestellen Kaffee, Cola und sogar Wraps. Das wird heute nix mehr. Und ich weiß auch noch nicht, wie ich Frau Galão nach Dienstschluss zu einem Kaffee einladen soll. Wo sie doch Kaffee verkauft.

Im Coaching-Center angekommen, haben wir uns auch gleich auf meinen Lebenslauf gestürzt. Herr Peter und ich sitzen an einem kleinen Beistelltisch neben seinem Schreibtisch, denn der ist zugemüllt mit Ordnern und anderen undefinierbaren Dingen. Der Monitor steht also ein Stück entfernt von uns. Aber mit etwas Hals recken und strecken sieht man was.

„Ne, ne - also soooo geht das nicht. Jede Tätigkeit muss mit Beispielen hinterlegt sein." Jede Tätigkeit? Hä? Meint der das im Ernst? Jede Tätigkeit? Selbst jede *wichtige* Tätigkeit – bei fünf

Arbeitgebern mit fünf zum Teil stark voneinander abweichenden Tätigkeitsbereichen – komme ich da locker auf ... ein kleines Taschenbuch. Wir feilschen am Umfang. Zum Schluss einigen wir uns auf *eine* Tätigkeit ohne Beispiel pro früherem Arbeitgeber und auf *zwei* Tätigkeiten mit Beispielen beim letzten. Und das auch nur in Stichworten. Der Lebenslauf darf ja nicht länger als zwei Seiten werden. Damit kann ich leben.

Da mein Coach Herr Peter selbst gerne von seiner Arbeitssuche erzählt, kommen wir nur schleppend voran.

„Ich habe mich bei Stepstone und bei Monster angemeldet. Will den Scheiß-Job hier ja auch nicht auf Immer und ewig machen. Ich bin ja eigentlich Elektro-Ingenieur. Find aber auch nix. In unserem Alter ist da kaum noch was zu machen." Prima Herr Elektro-Ingenieur – sie sind garantiert zehn Jahre jünger als ich! Danke für ihren Zuspruch und die tolle Art zu motivieren. Na ganz großes Kino.

Dienstag 16.12

Auch heute habe ich mein heißgeliebtes Arbeitsamt Coaching. Mache mir natürlich kein Brot zum Mitnehmen – sonst müsste ich ja nicht an den Kiosk. Denn diesmal will ich mir auch einen Wrap holen. Wenn den alle dort essen.

„Einen Kaffee wie üblich", sage ich locker und schiebe hinterher: „Wie schmeckt denn der Wrap?"

„Was soll ich jetzt antworten? Super lecker? Nach ayurvedischer Mayonnaise aus dem peruanischen Hochland? Geschmack ist eine individuelle Sache."

„Äh – ich nehme einen." Hui, ist da jemand verstimmt? Diesmal kann es nichts mit mir zu tun haben. Ich bin ja eben erst gekommen. Da waren vermutlich wieder irgendwelche Reisegruppen hier. Oder ein Weltverbesserer. Oder ein echter Öko-Freak. Alle so humorvoll wie ein Schul-Hausmeister. Einfach ignorieren. Es klappt und ich kann ihre Laune verbessern. Zumindest nach außen hin. Wir reden über Geschmäcker. Über Eigenarten. Und kurz vorm Sinn des Lebens traue ich mich zu fragen:

„Wann haben Sie denn Feierabend? Ich meine … hätten Sie nicht mal Lust, mit mir einen Kaffee trinken zu gehen?"

„Aber das machen wir doch gerade." Und – ich könnte in die Theke beißen – da kommt eine Horde Jugendlicher und will Cola kaufen. Ja sind die denn ganz bekloppt? Der Discounter ist keine fünf Minuten von hier. Da bekommen sie eineinhalb Liter dieses Gesöffs zum gleichen Preis. *Müssen* die jetzt ausgerechnet hier herkommen? Das kann ja noch Stunden dauern. Ich lege mein Geld auf den Tresen und winke zum Abschied. Morgen ist ja auch noch ein Tag.

Im Coaching angekommen, erstellen wir einen Bewerbungs-Flyer. Beziehungsweise es steht auf dem Stundenplan, dass wir einen solchen Flyer für mich erstellen sollten. In Wirklichkeit preist Herr Peter seinen eigenen in den höchsten Tönen an.

„Da hab ich echt viel Zeit reingesteckt. Besonders in das Foto. Sieht jetzt aber auch echt cool aus." An meinem dümmlichen Gesichtsausdruck erkennt er scheinbar, dass ich nichts – aber auch absolut nichts – auf dem Foto erkenne, was mit Herrn Peter oder dem Beruf des Elektro-Ingenieurs zu tun hat.

„Das ist Surrealismus. Meine Leidenschaft. Und das ist eine surrealistische Darstellung von mir, wie ich im Berufsalltag von Pflichten und Wünschen zerrissen werde. Sieht irre aus oder?" Irre? Ja – schon. Wie kommt ein Ingenieur auch als Coach in die Erwachsenenbildung? Muss man da nicht erst mal ne Ausbildung durchlaufen? Ein Zertifikat erwerben? Zeigen, dass man das Zeug dazu hat? Oder reicht es einfach sich auf diesen Job zu bewerben, der schlecht bezahlt wird und den niemand haben möchte? Herrn Petres Traumberuf ist es zumindest nicht. Steckt vermutlich viel zu oft, viel zu viel Hoffnungslosigkeit drin.

Mittwoch 17.12

Der Tag meiner dritten und letzten Coaching-Stunde steht unter keinem guten Stern. Es schüttet wie aus Eimern. Und durch den starken Wind hat man das Gefühl es regnet quer. Frau Galão hat die Scheiben des Kiosks geschlossen und die drei Barhocker vor dem Tresen erst gar nicht aufgestellt. Als sie mich sieht, öffnet sie die Scheiben einen Spalt und drückt mir meinen Kaffee in die Hand.

„Hier – damit du nicht so lange im Regen stehen musst. Oh – T'schuldigung ich meine natürlich *Sie*." Japp, japp, japp, freu.

„Kein Problem Frau Galão. Ich heiße Hildegard. Also nein – also eigentlich eher Hille." Und wieder habe ich das Gefühl, dass mein Name extrem unfashion ist.

„Und ich bin Luna." Als ob ich das nicht wüsste. Ich spüre wie mir mein Pony klitschnass und schwer, wie er nun mal ist, in die Stirn rutscht. Wäre ich wirklich auf dem Weg zu einem Kundenmeeting könnte ich dort *so* nicht einlaufen. Aber ich muss ja bloß zum Coaching.

„Na, ich geh dann mal schnell weiter. Bis morgen denn."

„Ja tschüss bis morgen." Ich habe morgen gar kein Coaching mehr. Aber das bleibt mein Geheimnis.

Der heutige Coaching-Tag soll der Vorbereitung zum Vorstellungsgespräch dienen.

„Das wichtigste ist, dass sie angemessen angezogen sind. Keine zerrissenen Jeans. Kein zu kurzer Rock. Nie zu viel Schminke. Und immer ganz locker bleiben, aber nicht ultra-cool. Netter Smalltalk ist wichtig." Ja Herr Peter. Ich habe mich in meinem, nun doch schon etwas längerem Leben, bereits x-mal vorgestellt. Und so wirklich geändert hat sich in den Benimm-Regeln der letzten Jahre nichts. Denke ich – sage aber nix. Will den armen Mann ja nicht in seiner Hilfsbereitschaft demotivieren. In einer Studie hat man nämlich nachgewiesen, dass es ganz generell der eigenen Motivation dienlich ist, wenn man anderen hilft. Allein das Gefühl anderen zu helfen, wirkt sich positiv auf das Gemüt aus. Helfen hilft sogar bei Depressionen. Helfen hilft! Soll er mir also ruhig helfen. Und so führt er ein kleines Vorstellungs-Kabarett auf und ich fühle mich sehr nett durch den Vormittag geleitet. Hat hohen unterhaltenden Wert. Leider nur geringen informativen. Aber warum sollte sich der dritte Tag auch drastisch von den beiden vorhergehenden unterscheiden?

Herr Peter wünscht mir zum Abschluss noch viel Glück.

„Mehr jedenfalls als ich habe. Ha-ha-ha." Ja Herr Peter – sehr witzig. Ein echter Schenkelklopfer.

„Ihr Lebenslauf ist jetzt topp in Schuss. Da können sie sich überall mit bewerben. Leider schauen die ja zuallererst auf das Alter. Aber das geben sie ja gar nicht an. Find ich gut. Muss man ja auch nicht mehr. Obwohl … auf dem Bild sieht man schon, dass sie keine 20 mehr sind. Ha-ha-ha." Und nochmals vielen Dank für ihre aufbauenden Worte. Herr Peter ist eine echte Fachkraft für die Erstellung von Bewerbungsunterlagen. Das macht er schon seit fünf Jahren. Wie vielen BewerberInnen er schon seinen Optimismus aufgedrückt hat?

Der Tag ist noch nicht allzu alt (im Gegensatz zu mir – gelle Herr Peter?) und ich beschließe, mal nach meiner dritten Informationsquelle zum Thema Bewerbungen – dem xing Jobfindungs-Marketing-Tool – zu schauen. Wer bei diesem Online-Portal angemeldet ist, bekommt verschiedene Seminarangebote zu sehen. Auch kostenfreie. Ich entdecke eins, dass sich „Jobfindungs-Marketing" nennt und einen ganz neuen Weg der Bewerbungs-Art und Weise verspricht. Klingt gut. Kostet nix. Melde ich mich an. Da das Webinar (ja so heißen die Online-Seminare auf neu-deutsch) erst im Januar beginnt, habe ich jetzt erst mal viiiieeel Zeit. Also noch mehr Zeit, als ohnehin schon. Hätte nie gedacht, dass ich mal zu viel Zeit haben könnte. Normalerweise habe ich immer zu wenig Zeit. Bin immer am Hetzen und Rennen. Wünsche mir immer einen Tag ganz für mich. Seit ich arbeitslos bin, kippt die Sache irgendwie. Einerseits rödel ich wie doll und buddel mich in Bewerbungsberge ein. Und andererseits fühle ich mich strukturlos. So Major Tom mäßig: Völlig losgelöst von der Erde. Oder so ähnlich. Und was mache ich am sinnvollsten mit meiner Zeit? Na? Heute eher gar nix mehr. Zu spät, um noch was zu unternehmen, aber zu früh, um ins Bett zu gehen. Die Stunden scheinen nicht gleichmäßig über den Tag verteilt zu sein. Die am Abend vergehen oft quälend langsam. Da weiß ich nichts mit mir anzufangen. Das Problem hatte ich doch sonst noch nie. OK – die paar Stündchen bis zum Zähneputzen fürs zu Bett gehen bekomme ich rum. Und morgen? Wie wäre es damit, mal bei Luna vorbeizuschauen? Das gibt mir zwar keine Tages-Struktur, aber es tut gut.

Freitag 19.12

Jetzt gehe ich schon zum fünften Mal zum Kiosk. Zu Luna. Gestern einfach so – ohne Coaching-Termin. Und auch heute habe ich keinen Termin, sondern mache nur so *als ob*. Aber das sage ich ihr natürlich nicht. Wir verstehen uns echt klasse. Wenn sie lacht, wird mir ganz warm ums Herz. Beziehungsweise ganz heiß in der Birne. Bloß zu einem Kaffee außerhalb ihres Kiosks konnte ich sie bis jetzt noch immer nicht einladen. Ist aber auch zu blöd. Sie hat um 15:00 Uhr Feierabend. Da kann ich sie auch schlecht zu einem Bier einladen. Das Thema Unternehmensberaterin und mein großer, wichtiger Kunde kamen nie wieder aufs Tablett. Zum Glück. Vermeide ich auch ganz bewusst. Mal ne kleine Lüge, um mich einfach besser zu verkaufen, mag ja OK ein. Das lerne ich in Bezug auf meinen Lebenslauf ständig. Aber Luna anlügen? Nicht wirklich. Aber aufklären und ihr beichten, dass ich geflunkert habe, will ich auch nicht. Vielleicht gerät es im Laufe der Zeit ja ganz in Vergessenheit.

„Schon komisch. Aber kennst du Menschen, die von sich aus zugeben das Geschirr *nicht* in die Spülmaschine zu räumen? Oder die von sich zugeben, dass sie anderen die Vorfahrt nehmen?

Oder die über sich selbst sagen „*Klar stelle ich mich auf einen Behindertenparkplatz.*" Sowas machen doch immer nur die Anderen. Niemals die, mit denen man sich gerade unterhält. Oder?" Luna philosophiert gerne. Alltags-Philosophie. Aber deswegen nicht weniger philosophisch als Philosophen-Philosophie.

„Da hast du wohl Recht. Ich kenne auch nur Gut-Menschen. Nur die, die die anderen – die bösen – zwar kennen, aber selbst nie sind. Alle können unzählige Geschichten und Beispiele von Unverschämtheiten erzählen. Und immer sind die anderen so fies. Man selbst würde so etwas ja nie machen. Die anderen denken nie mit, nehmen nie Rücksicht, drängeln immer." Dass ich selbst mit der Vorfahrtsregelung etwas lockerer umgehe, als der Gesetzgeber es vorsieht, muss ich ihr ja jetzt nicht gerade aufs Brot schmieren.

„Ob das daran liegt, dass man sich selbst so ganz anders wahrnimmt, als jemand außenstehendes? Das erlebe ich hier am Stand jeden Tag: Da stehen die ekeligsten Kerle hier und meinen sie wären Richard Gere. Allein bei dem Gedanken an den einen oder anderen Schleimspurzieher wird mir schlecht."
Und dann macht sie einen unerwarteten Themenwechsel. Ist ihr wohl gerade sehr wichtig.

„Ich habe jetzt drei Wochen Urlaub. Fahre mit meiner Schwester nach Porto. Wir machen einen auf Familie." Sie muss meinen entsetzten Blick gesehen, aber missverstanden haben.

„Galão ist portugiesisch. Ich bin Portugiesin." Und da weiß ich auch wieder woher ich den Namen kenne!

„Du heißt Milchkaffee!" Wie soll ich jetzt drei Wochen ohne Milchkaffee auskommen?

Samstag 20.12 – Mittwoch 24.12

Und so gönne auch ich mir über die Weihnachts-Feiertage erst mal freie Tage. Also ... naja ... *frei* ist vielleicht etwas falsch verständlich: Ich mache ebenfalls einen auf Familie. Und da ich eine recht große Familie habe, habe ich auch viele Besuche vor mir. Dass ich die alle überlebe grenzt an ein Wunder. Heute ist Kaffeetrinken bei Tante Marta angesagt. Tante Marta ist schon etwas älter. Also so ganz genau weiß ich das nicht mal. So ca. um die 80 Jahre rum. Plus Minus. Ihre Wohnungseinrichtung ist noch aus den frühen 60er Jahren.

„Was soll ich mir neue kaufen? Da ist doch noch nix dran!" Klar Tantchen. Die Begriffe *schick* oder *modisch* hast du ohnehin für alle Lebensbereiche – einschließlich deiner Klamotten – schon lange zu Grabe getragen. Aber irgendwie ist es auch kuschelig bei ihr. Über der Couch liegt wie immer eine Kolter (für nicht Hessen: eine Decke) mit Pferdemotiv. Die gabs mal im Schwab-Versand. Ganz preiswert. Hält die Couch noch weitere 20 Jahre fleckenfrei. Aber das Beste ist der Couchtisch. Den kann man von knie-hoch bis esstisch-höhe hoch kurbeln. Diese Doppelfunktion gibt's heutzutage nicht mal bei Ikea. Genial. Und diesen Tisch hat sie eingedeckt. Echt süß. Und vor allem richtig weihnachtlich. Die Tischdecke hat zahllose Weihnachtsmotive. So viele kleine, halb-nackte Jungs mit Flügelchen...

„Och wie süüüüß!" Engelchen, Rentiere, Tannenbäume. Sie hat das gute Sammelgeschirr für besondere Tage aufgefahren. Die selbstgebackenen Kekse stehen in großen, flachen Schüsseln auf der Kommode (die pastel-gelben Glastüren haben richtige Häkel-Gardinchen!). Schiebe mir auch gleich mal so ein dickes Teilchen mit Marmeladenfüllung in den Mund. Die Weihnachts-Torte präsentiert sie persönlich. Nennt sich *Himmlische Weihnachtstorte mit Zimtsahne und Pflaumen.* Beim Backen ist sie echt probierfreudig. Sie backt alles nach, was sie mal irgendwo gegessen hat, und wofür sie das Rezept bekommt. Klingt gut – mit Pflaumen. Klingt schwer und massig – mit Zimtsahne. Aber was soll's – es ist ja nur einmal im Jahr Weihnachten. Und nur einmal im Jahr habe ich die schier grenzenlose Freude meine herzallerliebste Verwandtschaft so geballt auf einmal erleben zu dürfen.

„Was macht denn dein Job? Wie? Du bist arbeitslos? Nix neues in Aussicht? Dann bist du bald Harz IV." Oder die Variante:

„Was macht denn dein Job? Wie? Du bist arbeitslos? Du ich hab da einen Bekannten, der braucht noch gaaaanz dringend jemand für ... (Gebietsleiter für Melkmaschinen auf den Fitschi-Inseln)," Oder:

„Was macht denn dein Job? Wie? Du bist arbeitslos? Oh, das war ich auch einmal. Also bei mir damals ... (1975 auf der Suche nach einer Lehrstelle)." Warum fragt mich denn niemand, wie es mir geht? Wie ich mit mir klarkomme, wenn ich nicht am Schreibtisch sitze und nach Jobs recherchiere. Wie es sich anfühlt, morgens wach zu werden und zu denken: „Och nö, nicht schon wieder ausschlafen!" Oder sich zu fragen: „Und wozu?" Ob ich vielleicht Unterstützung brauche oder ob man mich lieber in Ruhe lassen soll. Aber irgendwie will niemand so richtig wissen, wie es mir geht. Könnte ja negativ sein. Und wer mag sowas schon hören. Außerdem ist ja auch Weihnachten. Das Fest der Liebe und Freude. Da erzählen alle anderen ja auch schon ihre eigenen traurigen, schockierenden, frustrierenden, entmutigenden oder sonst wie feiertags-tauglichen Dinge. So wie Onkel Erwin. Der jedes Jahr pünktlich an Heilig Abend seinen Sentimentalen bekommt. Erst erzählt er von seinen Kameraden. Alle prima Kerle. Und noch so jung waren sie alle. Nur er selbst und der Hugo haben überlebt. Dann kommen ein paar Ach-so-lustig-waren-wir Anekdoten, bevor die Stimmung kippt und er anfängt auf *die da oben* zu schimpfen. Politik und Familientreffen passt so ganze-gar-nicht zusammen. Was eben noch friedlich zusammen gesessen hat, keift sich plötzlich an. Onkel Erwin hat schon ganz rote Bäckchen vor Aufregung. Onkel Jupp kontert mit dem Geschick eines alten SPD Genossen der ersten Stunden. Und Tante Marta versucht zu schlichten. Oh du fröhliche, oh du selige ...

Da bin ich froh wieder zu Hause zu sein. Ich lümmel mich auf meine Couch. Sitze ich auf dem Ding auch mal normal? Oder lümmel ich hier prinzipiell nur drauf rum? Egal. Es tut gut. Habe nicht mal das Verlangen an den Schreibtisch zu gehen. Der kann mich heute mal. Zweiter Weihnachtsfeiertag. Ruhe überall. Ich habe mir einen Kaffee gemacht und den Rest von Martas weltbestem Christstollen auf den einzigen, sich in meinem Besitz befindlichen Weihnachtsteller getan. Der ist hübsch der Teller. Mit weißen klitzekleinen Schneeflocken und einem super-süß dreinschauenden Comic-Hirsch mit dicker Stupsnase. Um ihn zu sehen, muss ich allerdings erst mal den Stollen wegfuttern. Gesagt getan. Ob ich mal die Glotze anschalte? Ich kann es ja mal wagen. Schwarz-weiß Western. Sehr buntes japanisches Killer-Animations-Gemetzel. Theo Lingen nachkoloriert. Rosamunde Pilcher auf Weihnachts-Kreuzfahrt. D-Promis am Kochen. Doku über den Regenwald. Jetzt alles nicht so meine aktuelle Gemütslage optimal bedienende Angebote. Versuchs mal mit der Doku. Erste Großaufnahme einer Spinne. Schnitt. Nächste Großaufnahme. Wie die Spinne von einer Echse gefressen wird. Großaufnahme des Mauls und der daraus hervorschauenden Spinnenbeine. Ich schalte wieder aus. Wo bitte ist der Feiertags-Spielfilm? *Ist das Leben nicht schön.* Oder: *Wir sind keine Engel.* Oder: *Der kleine Lord.* Nö – Spinnen. Nicht mal Asterix in: *Die spinnen die Römer.* Dann kann ich auch Anke anrufen und fragen wie es ihr geht. (Nein – Assoziationsketten daraus ableiten ist unfair!) Wenn ich jetzt noch das Telefon finde, kann's losgehen.

„Hi Anke? Wie geht's? Die Feiertage gut überlebt?" Und so quatschen wir erst mal eineinhalb Stunden über dies und das. Mit Fokus auf jenes und solches. Und im Besonderen? Anne – unser Nesthäkchen – hat einen neuen Job! Ich glaub's nicht! Sie ist freigestellt, hat eine Abfindung erhalten und geht lückenlos in den nächsten – besser bezahlten – Job über. Waaahnsinn! Und ich gönne es ihr von ganzem Herzen. Unsere Kleine … Klingt wie eine Stelle, bei der sie mehr arbeiten müsste als vorher. Aber auch viel mehr Geld bekommt. Und Aufstiegsmöglichkeiten hat. Und aufsteigen *muss.* Zumindest wird es ihr nahegelegt. Hm … zwischen Wollen und Müssen kann viel (Un)Zufriedenheit liegen. Hoffe, es wird so, wie sie es sich wünscht. Ich selbst, wollte die Karriereleiter nicht mehr hochklettern. Der Druck wäre mir zu doll. Sie hat jetzt Mitarbeiterinnen und keine Kolleginnen mehr, da sie Abteilungsleiterin ist. Na, ich weiß nicht: So eingeklemmt zwischen Mitarbeiterinnen und der Chef-Etage – das kann ein ganz schön breites Gesicht machen. Ne, ganz unvorteilhafte Figur. Aber vielleicht läuft ja auch alles super prima und toll. Hm …

„Und wie sieht's bei dir aus?" fragt Anke.

„Och ja. Ich habe meine Verwandtschaft überlebt. Ist doch auch schon mal was, oder?" Und – es wäre nicht Anke, wenn sie mir nicht noch eine Lebensweisheit aufdrücken würde:

Zufriedenheit = Denke nicht so oft an das, was dir fehlt, sondern an das, was du hast.

Ist ja richtig. Aber nicht immer leicht. Ich nehme mir vor nachher eine Liste zu erstellen, mit all den Dingen, Menschen oder sonst was, für die ich dankbar sein kann. Sein sollte. Bin.

„Was gibt es sonst noch Neues aus der Kaffee-Gruppe?" frage ich, um von mir abzulenken.

„Andrea macht so sonderbare Andeutung, dass wir alle glauben sie sei schwanger. Sie selbst lacht dann zwar nur, dementiert es aber auch nicht." Na gut – auch eine Art das Unternehmen zu verlassen und sich eine Aus-Zeit zu gönnen. Da haben ausnahmsweise mal die Frauen den Männern etwas voraus. Eine ganz legale Methode, sich abzuseilen und auszusteigen, ohne dass es aussieht, als würde man davon laufen.

„Jessi und Chris saufen gerade in Arbeit ab." Klar, weil ja die dritte Frau (ich) fehlt. Tut irgendwie gut das zu hören. Fies? Nö – ich freu mich ja nicht darüber, dass es den beiden nicht gut geht, sondern darüber, dass meine Arbeit nicht mal eben so neu verteilt worden ist und ich keine Lücke hinterlasse. Was hätte ich denn sonst gearbeitet? Was den ganzen Tag gemacht, wenn mein Pensum ohne Mühe weggearbeitet werden kann? Es *muss* einfach ein Arbeitsberg an *zu viel* vorhanden sein.

„Benno ist intern umgezogen und sitzt jetzt im Büro neben der Bereichsleitung." Ob es da schöner ist, als im Einzugsbereich der schnatternden Kaffee-Weiber? Wage ich ja zu bezweifeln. Insgesamt klingt es so, als ob der Kaffee-Gruppe echt schwere Zeiten bevorstehen. Anne und ich legen auf. Und dann kommt ein ungebetener Gast: die Melancholie. Sie klingelt, drückt mir einen Weihnachtsstern inklusive Übertopf in die Hand und macht es sich auf meiner Couch bequem. Ich hole uns beiden einen guten, schweren Rotwein. Wir haben uns viel zu erzählen ...

Dienstag 06.01

Ich sitze vor meinem PC und klicke auf den Link, der mich direkt in den *Seminarraum* zu meiner ersten Webinar-Stunde beamt.

„Beam me up Webi." Ich sehe mittig eine Präsentation und rechts am Rand des Bildschirms die bereits eingesetzte Diskussion via Chat. Ein lauter und aufgedrehter Moderator erklärt uns, dass wir keine Bewerbungsunterlagen schicken, sondern Imagebroschüren. Und das, was wir landläufig Lebenslauf nennen, ist unser Berufsweg. Und nicht unser Leben. Wäre ja noch schöner. Naja – stimmt ja schon irgendwie. Und dann wirbelt der Moderator durch die erste Stunde, dass mir Hören und Sehen vergeht. Hui ist der hektisch. Aber auch packend. Mist – genau jetzt muss ich natürlich aufs Klo. Nächstes Mal sollte ich mich besser vorbereiten. Erst Klo, dann was zu trinken bereitstellen. Block. Stift. Die heutige Präsentation kann nicht downgeloadet werden. Also bleib nur mitschreiben.

Er startet mit dem Anschreiben. Eine persönliche Anrede ist ein Muss. Sehr geehrte Damen und Herren geht gar nicht. Dann lieber gar nicht bewerben. Och ja. Solche Namen stehen ja hundertfach auf der Homepage jedes Unternehmens. Hä? Und dann der Text. Acht Sätze reichen für das Anschreiben völlig aus.

„Als engagierte Kommunikationsexpertin stelle ich mich für den expandierenden Bereich Ihrer Kunden-Hotline vor." So das Beispiel zur Einleitung. Wie es weitergehen wird, erfahren wir … übermorgen. Naja. Irgendwie klingt das alles … ich weiß nicht wie. Auf jeden Fall sehe ich immer einen jungen, dynamischen Banker mit nach hinten gegelten Haaren vor mir, der cool und souverän seine Bewerbungsunterlagen erstellt.

„Klar", sagt er, „habe ich das schon gemacht. Das und noch viel mehr." Obwohl der Moderator des Webinars immer wieder betont, dass wir alle einmalig sind und unsere Authentizität bewahren müssen, wirkt alles auf mich wie ein, in Weiß und Chrome gehaltenes, modernes Wohnzimmer eines Designer-Katalogs. Mir fehlt das Persönliche. Also genau das, was wir doch hervorheben sollen.

Mittwoch 07.01

Webinar Tag 2. Diesmal bin ich besser vorbereitet. Sogar einen kleinen Teller mit geschnittenem Obst habe ich mir an den Rechner gestellt. Im Grunde könnte ich sogar vom Bett aus teilnehmen, aber das fühlt sich sonderbar an. Ein Live-Chat im Schlafanzug? Ne – lieber am Schreibtisch sitzen. Ist auch ein echt triftiger Grund aufzustehen und mich vorzubereiten. So ein Grund fehlt mir sonst manchmal. Mit dem Webinar bin ich im Grunde den ganzen Tag beschäftigt. Tue was. Tue was Sinnvolles. Etwas, um den Weg zurück auf den ersten Arbeitsmarkt zu erreichen. Ein Weg … wohin?

Egal – los geht's. Der erste Satz eines Anschreibens ist der wichtigste. Der muss Aufmerksamkeit wecken. Positive natürlich. Dann folgt das Ziel. Z. B.:

„Mein Ziel ist es, meine interkulturelle Kompetenz gewinn-bringend für das Unternehmen einzusetzen...." Ergänzt durch eine Erklärung was das Unternehmen davon hat:

„ ..., indem ich identifiziere, analysiere, oder sonst etwas mache." Abschlusssatz. Fertig. Tschüss bis morgen. So einfach kann es sein, ein Anschreiben zu formulieren.

Meine Anschreiben sahen immer ganz anders aus. Viel mehr Text. Viel zu viel Text vermute ich. Wie im richtigen Leben, versuche ich auch im Anschreiben alles wortreich zu erklären. Wer ich bin, woher ich komme, wohin ich will. Alles falsch. Es zählt nur das, was ich dem Unternehmen bieten kann. Ich als Person bleibe außen vor. Mit diesen beiden ersten Webinar Terminen kann ich noch gar nichts anfangen. Wo stehen denn meine ganzen tollen Stationen? Mein Können? OK – ich muss die nächste Darbietung morgen abwarten. Und bis dahin? Einen ganzen Tag völlig inaktiv verstreichen lassen? Warum denn nicht? Ich habe ja eine Abfindung bekommen. Also kann ich auch einfach mal *Nichts* machen. Absolutely nothing. Ich muss mir diesen Tag nur selbst gestatten. Den Tag ohne To-dos. Mir eine Freigabe erteilen. Und so gehe ich mal nicht ins Bett mit der Frage „Wozu wieder aufstehen?", sondern mit der Vorfreude auf den ersten, völlig arbeitsfreien Tag. Also den ersten, den ich mir selbst als arbeitsfrei gönne. Und nicht mal zu Luna werde ich fahren. Ich Heldin.

Donnerstag 08.01

Heute mache ich also mal gar nichts. Absolut nichts. Sitze mit einer Tasse Kaffee auf meinem Bett und ... mache nichts. Tiefenentspannt. Nur mein Kaffee und ich. Sonst nix, nix, nix. Knülle das Kopfkissen als Rückenlehne zurecht. Sonst nix. Schaue Richtung Fenster. Es ist schmuddelig grau da draußen. Wie schön, dass ich nichts mache. Lalala. Die anderen sitzen jetzt im Büro und lassen sich nerven. Ich mache nichts. Gar nichts. Dumdiedumdiedum. Nein, ich sitze hier und genieße das Nichtstun. Ach ja. Doch doch. Schön isses. Nichts tun. Wackel mit den Füßen. Lalala. Dumdiedumdiedum. Ganz entspannt. Mache nichts. Schubidubidu. Noch ein Schlückchen Kaffee. Aber mehr mache ich heute nicht. Ganz entspannt. Wackel noch mal mit den Füßen. Ja, das sind meine Füße. Schaut man sich ja auch viel zu selten in Ruhe an. Dabei leisten sie uns jeden Tag so gute Dienste. Dumdiedumdiedum. Wackel wackel. Hmhmhm. Schubidubidu. Ich glaube, ich müsste mal wieder die Fußnägel schneiden. Wackel, wackel. Hm. Sowas aber auch. Ob ich das jetzt mal eben schnell mache? Nein! Ich mache heute nichts. Gaaar nichts. Dumdiedumdiedum. Obwohl … mal so eben grad ganz schnell ein paar Fußnägelchen schneiden. Geht doch ganz schnell. Ich springe auf. Hechte ins Bad. Da liegt mein Handtuch auf dem Boden. Wieso denn das? Oh – da hat sich wohl der Haken von der Wand gelöst. Klebt nicht mehr richtig. Also marschiere ich in die Küche, um Glasreiniger und einen Lappen zu holen. Igitt – da steht ja noch der Pizzarest von gestern Abend. Ich hätte schwören können, dass ich den weggeschmissen habe. Was ich nun selbstverständlich sofort nachhole. Bäh – der Mülleimer mufft schon. Sollte ihn geschwind raustragen. Flitze ins Schlafzimmer, um den dicken Pulli anzuziehen. Dabei schaue ich auf mein noch nicht gemachtes, mich einladendes Bett an dessen Rand eine, nun nicht mehr dampfende, Tasse Kaffee steht und vergeblich auf meine Rückkehr gewartet hat. Ach ja – da war doch was. Nichts tun. Den ganzen Tag lang nichts tun. Mach ich auch gleich noch. Aber jetzt muss ich gerade mal eben schnell noch … und so verging der Tag.

Nicht mit Bewerbungen, aber mit Haushalt. Muss ja auch mal sein. Und heute Abend sitze ich ja ohnehin wieder am PC zu meiner dritten Webinar Stunde. Ob ich diese echt unkonventionelle Art so wirklich gut finde, weiß ich noch nicht. Regt auf jeden Fall zum Denken an. Ha-Ha – zum Denken – als ob ich nicht schon genug denken würde.

> Der wahre Beruf des Menschen ist, zu sich selbst zu kommen.
> – Hermann Hesse

Na das ist doch wenigstens mal ein praktischer Spruch, den der Herr Hesse da losgelassen hat: Zu sich selbst kommen als Beruf.

„Und was sind Sie von Beruf?"

„Ich? Och, ich bin Zumirselbstkommerin." Ist eine schwere Ausbildung. Man muss sich erst mal von allen gesellschaftlichen Formen, Anforderungen, Verpflichtungen, Erwartungen usw. freimachen. Dann muss man recherchieren, suchen, analysieren, wo man selbst so steckt und zu finden ist. Das kann ziemlich verschüttet sein. Irgendwo im Lebensmatsch. Da schau an: da liege ich wie ein kleines Fossil und muss erst mal freigeschaufelt werden. Und dann kommt in der Zumirselbstkommen-Ausbildung die Sache mit den Fragen, die beantwortet werden müssen. Mit den vielen Fragen. Mit den *wirklich* vielen Fragen. Alle prüfungsrelevant. Angefangen bei

„Wer bin ich?" über

„Was will ich?" über

„Was ist Glück?" bis zu

„Was ist der Sinn meines Lebens?" Schon wieder diese unglückselige Frage. Bestimmt lautet die Antwort nicht: Resignativ in der Ecke hocken und darauf warten, dass etwas passiert. Ich will ja auch weiterhin selbstbestimmend mein Leben lenken. Ich habe nicht nur die Wahl, sondern auch die Verantwortung dies zu tun. Und zu denken. Ja, auch was und wie ich denke, liegt an mir. Ist eine Entscheidung, die ich treffe. Jeden Tag neu treffe. Aber jeden Tag spüre ich auch eine negative Energie, die mich nach unten zieht. Ich sehe meinen Schutzengel, wie er wild mit den Flügeln wedelt. Ob er mir helfen kann? Aber an dieser Stelle breche ich meinen Gedankengang ab, denn es würde sonst eine Spirale aktiviert werden, die ich echt nicht verantworten will. Ob alle

Menschen ab und zu solche Gedanken haben? Luna auch? Ob ich sie nach ihrem Urlaub mal danach frage?

Webinar 3 hat den Lebenslauf zum Thema. Also das Ding, das ein paar mehr oder weniger relevante berufliche Stationen auf dem Weg von neulich bis heute abbildet. Neulich sind maximal 15 Jahre. Länger zurück ist überflüssig. Interessiert niemanden. Na gut. Der CV – also der Curriculum Vitae – ist schnell besprochen. Datum, Name des Unternehmens, meine Tätigkeit. Fertig. Tschüss bis zum nächsten Mal. Äh – und wo ist das, was mir der Coach von der Arbeitsagentur, mein engagierter Jobsucher Herr Peter, so absolut dringend und unumstößlich vorgegeben hat? Wo sind die einzelnen Tätigkeiten? Und wo sind die Erfolge, ohne die es laut Musterlebenslauf absolut ganz und gar nicht geht? Das erfahren wir ... richtig ... beim nächsten Mal. Und das ist erst nächste Woche.

Mich überkommt das Gefühl, dass ich bei null anfangen muss. Alles was ich jemals zusammengestellt habe, scheint falsch, überholt, überflüssig zu sein. Und alles was mir der eine Bewerbungs-Profi als unabdingbar ans Herz legt ... widerspricht dem, was der zweite Profi rät und kollidiert mit dem vom dritten. Ich denke, ich betreibe mal wieder Eklektizismus und suche mir das raus, was in meinen Augen am meisten Sinn macht. Das, was am besten zu mir passt. Zu mir als Person, die ich ja bin – auch wenn es der *richtigen* Bewerbungsform widerspricht. Aber die gibt's ja ohnehin nicht.

Freitag 09.01

Also bastle ich meine individuellen Bewerbungen. Viele. Fast jeden Tag eine. Immer recherchiere ich zuerst was das Unternehmen von sich sagt. Wie es sich auf seiner Karriereseite darstellt. Was es verspricht und verlangt. Wirkt es locker und salopp oder konservativ? Stellt es den Vertrieb in den Vordergrund oder die Menschen? Und wo finde ich einen Namen, den ich in meinem Anschreiben ansprechen kann? Das schwierigste ist der erste Satz. Wie finde ich einen Einstieg? Und das zweitschwierigste? Das ist das *Dran-bleiben*. Ich könnte – kaum dass ich angefangen habe – immer schon wieder aufstehen und etwas anderes machen. Ich müsste zum Beispiel dringend spülen. Und wie die Fenster schon wieder aussehen. Da kommt ja kaum noch Sonne durch. Und vielleicht sollte ich mir eh erst mal nen Tee kochen. Komisch – so intensiv wie ich recherchieren kann, so schwer fällt mir der Einstieg in ein Bewerbungsschreiben. Ich hab das Gefühl ich müsste mich körperlich da rauswinden. Wie aus etwas ekligem, klebrigen. Und je mehr ich mich ermahne, dass Bewerbungen schreiben, das aller Wichtigste überhaupt ist – desto erdrückender empfinde ich es. Es ist nicht wie einfach mal jemandem einen Brief schreiben. Mal eben Hallo-Hallo sagen und ein paar Informationen über mich kundzutun. Nein. Mit jeder Bewerbung habe ich das Gefühl: Diese Bewerbung kann mein Schicksal werden. Sie kann zu einem Job führen. Zu neuen Kolleginnen und Kollegen. Zu einem neuen Umfeld. Zu einer neuen allmorgendlichen Pendel-Strecke. Zu einem neuen Betätigungsfeld. Bin ich der Sache gewachsen? Packe ich das, was von mir verlangt wird? Überlebe ich die Probezeit? … Und Stopp! Es wäre ja schön, wenn ich mir diese Gedanken machen müsste – aber blöderweise sind sie völlig überflüssig, da sich keine Sau für mich als neue Mitarbeiterin interessiert. Die einzigen Reaktionen, die ich erhalte, sind Absage-Mails. Offensichtlich mache ich entweder doch alles falsch im Aufbau meiner Bewerbung oder ich hab einfach Nix was irgendjemand braucht. Mein Wissen, meine Erfahrungen, meine Weiterbildungen, meine Zeugnisse, meine Zertifikate. Interessiert niemanden. Mein Alter? Nun, das wird viele interessieren: zu alt die Dame. Aber noch viel zu jung für die Rente! Ach alles Scheiße! Ich fahr den PC runter und gehe erst mal Einkaufen. Mein Bier ist alle.

Als ich aus dem Haus komme, schlägt mir ein eiskalter Wind ins Gesicht. Wann wird es bloß endlich Frühling? Ich stelle den Kragen hoch und marschiere durch einen grauen unfreundlichen Tag zum nächsten Discounter. Es ist 16:00 Uhr am Nachmittag. Wieso ist hier so viel los? Die Mittagspause der Angestellten ist doch schon vorbei. Wo kommen denn all die vielen Menschen her? Sind die alle arbeitslos? Oder krankgeschrieben? Oder im Urlaub? Ich will mich gerade zum Joghurt an die Kühltheke begeben, als ich unsanft zur Seite geschoben werde. Ein reichlich voller Einkaufswagen hat es wohl sehr eilig. Ich hab ja Zeit und überlasse gönnerhaft die Vorfahrt. Ey – das ist ne Rentnerin! Die kann doch wohl früh morgens einkaufen gehen – oder? Muss die sich zwischen uns Berufstätige quetschen? Unerhört sowas. Ach so … ja ähem … OK OK … auch ich bin nicht berufstätig. Bräuchte also auch nicht mittags zu gehen. Aber so ruppig braucht die Dame ja nun wirklich nicht zu sein. Hat auch einen ganz mürrischen Gesichtsausdruck. Die ist schon länger unzufrieden mit sich und der Welt. Hoffentlich verändert sich mein Gesicht nicht auch mal so. Mir reichen meine Nasolabialfalten. Ja die Dinger heißen echt so. Das sind die, von der Nase nach schräg außen. Die dicken, tiefen. OK – Themawechsel. Als Oma Mürrisch fertig ist mit der Auswahl ihrer Joghurtsorten, überlässt sie mir die TK-Truhe. Bei mir geht das natürlich alles viel schneller. Zack, zack. Ach schau an: Von Danone gibt's ja was Neues. Und Vanille kostet hier fünf Cent weniger. So, so …

„Entschuldigen Sie bitte. Dürfte ich auch mal ans Joghurt?" Ein junger Kerl im Anzug lächelt mich freundlich an.

„Habs leider etwas eilig. Aber das kennen sie bestimmt auch noch aus ihrer Berufstätigen-Zeit." Hä? Bitte was? Aus welcher Zeit? Sehe ich aus wie ne Rentnerin? Ich bin entsetzt und funkele den Typ bösartig an. Noch ein Wort und ich mach dich kalt …. Das merkt er wohl. Steht sich nicht gut in einem sooo großen

Fettnapf gelle? Er greift sich ein Erdbeer-Joghurt und verschwindet. Pah – aber was soll man von einem schnöden Erdbeer-Esser schon erwarten?

Dienstag 13.01

Schön, dass es noch Dinge gibt, auf die man sich verlassen kann: Auch der langweiligste Tag geht mit Sicherheit vorbei. Das sind dann solche Gummi-Tage, die sich ins Endlose ziehen. Und trotzdem ist im Rückblick eine ganze Woche pfeilschnell vergangen. Zeit ist eine Dimension mit extremer Flexibilität.

Am letzten Webinar-Tag dreht sich alles ums Vorstellungsgespräch. Aber da kommt ausnahmsweise mal nichts Neues. Vorstellungen laufen offensichtlich immer noch nach den gleichen Schemen ab wie immer. Ich verlasse den Seminarraum vorzeitig und frustriert. Heute ist nicht mein Tag. Ich fühle mich erschöpft, als ob ich schwer gearbeitet hätte. Dabei hab ich gar nix gemacht. *Dumm Gesicht und guten Eindruck* wie Jessi immer zu sagen pflegte. Ach ja … die Kaffee-Gruppe. Ich fühle mich abgespalten. Ausgegrenzt. Nicht mehr Bestandteil des gesellschaftlich *normalen* Alltags. Und schon spüre ich wieder, wie die schlechte Laune in mir hoch steigt. Warum kann ich negative Gedanken nicht einfach in die Alt-Gedanken-Tonne werfen? So wie Altkleider? Vielleicht kann ja jemand anderes was mit ihnen anfangen. Jemand, der auch mal so einen pseudo-intellektuell gequirlten Mist denken will. „Gedanken-Müll kostenlos an Selbstabholer abzugeben" – oder so.

Wirklich spät ist es noch nicht, aber ich gehe jetzt ins Bett. Wieder zu früh. Und dann bin ich morgen wieder zu früh wach. Und dabei könnte ich ja sooo lange ausschlafen. Aber wer will schon jeden Tag ausschlafen?

Donnerstag 15.01

Schade, dass ich keine Handynummer von Luna habe. Könnte ihr jetzt so schön eine SMS schicken. Mit … mit … ja mit welchem Thema bloß? Hallo ich vermisse unsere Gespräche? Hallo ich vermisse dein Lachen? Hallo ich vermisse dich? Oh Göttin nein. Nicht so ne sentimenti Schnulze. Da ich nichts mit mir anzufangen weiß, schalte ich mal das Fernsehen an. ARD, ZDF, ZDFneo, Phoenix, ZDFInfo, da muss doch irgendwo mal ne nette Dokumentation kommen. Irgendwas anspruchsvolles fürs Hirn. Zepp zepp. Ich zeppe rauf und runter. Selbst auf den Kultursendern gibt's heute anscheinend nur Vorabend-Krimis. Och menno – wenn ich mich mal berieseln lassen will. Soll ich jetzt Rosamunde Pilcher gucken oder was? Ich schalte um auf die Privaten. Schon fliegen die ersten Autos brennend durch die Luft. Ein Mann stürzt von einem Hochhaus, fällt in eine Mülltonne, krabbelt raus und rennt weiter. Suuuper Film. Im anderen Programm erzählt eine adipöse Frau etwas von „keine Hilfe durch die Ämter." Und im nächsten Programm schreien sich zwei gelbe Simpson-Figuren an. Ist auch nicht meine Welt. OK – ich schalte den Fernseher wieder aus. Soll wohl nicht sein. Also koche ich mir einen Tee, nehme mein Buch und setze mich zum Lesen ins Bett. Bloß, dass ich hier meistens so schnell müde werde. Und wieder zu früh einschlafe. Aber Schlaf ist ja gesund. Wenn nur nicht allein die Aussicht auf einen weiteren Tag ohne Sinn und Zweck und bloß gefüllt mit dem Hinterherrennen einer Illusion, meine Einschlaf-Idylle zerstören würde.

Dienstag 20.01

Meine Betreuerin hat mir in meinen persönlichen Bereich der Jobbörse ein Stellenangebot eingestellt: Datenresearcher. …???
… Was bitte ist ein Datenresearcher? Research kenne ich ja. Aber Datenresearcher? Hm. Ich schau mir mal die angegebenen Aufgabenbereiche an:

Angewandte Informatik – Angewandte Mathematik – Empirische Forschung – Statistik – Biometrie – Operation Research – Theoretische Informatik – Versicherungsmathematik – Ökonometrie. Und *darauf* soll *ich* mich bewerben? Geht's noch? Aber da es in meiner Jobbörse als *Aufforderung zur Bewerbung* hinterlegt ist, gehe ich mal davon aus, dass ich es tun sollte. Wenn ich nicht will, dass man meinen Bezug kürzt. Das dürfen die nämlich. Und ruck-zuck sind 30% vom Arbeitslosengeld futsch.

Ich klicke auf das Stellenangebot und dann auf *Bewerben*. Meine persönlichen Daten sind bereits hinterlegt. Wie praktisch! Ich klicke auf *Bewerbungsmappe erstellen* und … auch hier hilft mir mein großer Freund das Arbeitsamt, in dem man mir die Möglichkeit gibt, *Anschreiben anhand einer Vorlage erstellen*. Na, das ist doch ganz wunderbar. Brauche ich ja nur noch auf absenden klicken. Na gut – sooo einfach ist es dann doch wieder nicht.

Formulieren Sie den Grund des Anschreibens. OK –mach ich.

„Ich bewerbe mich, weil ich das machen soll."

Begründen Sie hier Ihr Interesse an der Arbeitsstelle und dem Arbeitgeber.

„Soll ich machen."

Ihr Interesse an der Arbeitsstelle.

„Gar keins."

Ihr Interesse am Arbeitgeber.

„An wem?"

Nennen Sie den nächstmöglichen Eintrittstermin.

„Nächstmöglicher Eintrittstermin? Im Jahre 2058."

Formulieren Sie eine freundliche Aufforderung zur Einladung zum Vorstellungsgespräch.

„Aufforderung zum Gespräch? Ja bin ich denn des Wahnsinns fette Beute?"

Also kurz um: ich mache mir einen Spaß aus der Bewerbung (nicht ganz so platt wie ich zuerst wollte, aber deutlich genug wie ich finde) und schicke das Ding ab. Sekunden später kommt die elektronische Eingangsbestätigung. Na wie schön. Und so habe ich eine weitere Bewerbung *am Laufen*.

Montag 26.01

Klock – klock – klock. Leise dringt das Klopfen des sich aufheizenden Heizkörpers in mein Bewusstsein. Klock – klock – klock schiebt es sich zwischen meine Träume und die Realität. Ich spüre wie ich in meinem warmen, weichen, kuscheligen Bett liege. Ziehe die Decke noch etwas höher. Kuschel mich noch etwas tiefer in die Bettdecke. Ein warmes, geborgenes Gefühl. Noch nicht ganz im Hier und Jetzt, aber schon so weit wahrnehmungsfähig, um das Schöne zu fühlen. Wie schön … doch dann … irgendwer scheint in meinen Gedanken und Gefühlen ein großes Tor aufzureißen. Ein eiskalter Wind pfeift durch meine Stimmung. Die Szene gleicht einer Kampfszene in einer Starwars Episode. Die zwei Krieger stehen sich gegenüber. Schnee peitscht um sie herum. Darth Vader brüllt:

„Aufstehen – setze dich gefälligst an den Schreibtisch und arbeite etwas. Andere müssen jetzt auch zur Arbeit gehen. Du faules Teil du." Dabei zielt er mit seinem Schlechtes-Gewissen-Laserschwert auf seinen Kontrahenten. Sein schwarzer Umhang wird vom Sturm wild hin und hergerissen. Gegenüber steht Luke Skywalker. Kampfbereit hebt er sein Schwert und schreit:

„Nein – du darfst dir einen Tag Auszeit gönnen und ins Fitness-Studio gehen. Du warst gestern sehr fleißig, wo andere Wochenende hatten. Aber Aufstehen solltest Du trotzdem. Vergeude nicht Deine Lebenszeit!" Die beiden fangen an zu kämpfen. Mir in meinem Bett wird es eiskalt, obwohl ich schwitze. Ich drehe mich hin und her. Spüre den Kampf in meinem Körper. Eine Unruhe, die es mir unmöglich macht, ruhig liegen zu bleiben, durchströmt mich. Ich zapple. Ich schlage die Decke weg, um sie im nächsten Moment hastig wieder über mich zu ziehen. Schreibtisch. Sport. Schreibtisch. Sport. Was muss ich – was darf ich.

Der Kampf tobt. Und da zoomt die Kamera langsam auf ein kleines, verstörtes Kind, das am Bildschirmrand zusammengekauert in der Ecke sitzt:

„Aber ich will doch einfach nur liegen bleiben …" Das Kind wird von einer heftigen Schneeböe aus dem Tor gerissen und verschwindet im Nichts. Ich muss irgendwie diesen Kampf beenden. Mein Paradies ist ohnehin verloren. Ich müsste aufspringen. Aber ich werde wie von großen, unsichtbaren Händen festgehalten und in die Matratze gedrückt. Ich kann einfach nicht aufstehen. Kann mich nicht entscheiden. Welcher Kämpfer soll gewinnen? Darf gewinnen? Muss gewinnen? Ich fühle mich elend. Beide wollen, dass ich aufstehe, aber ich schaffe es nicht. Das schlechte Gewissen des Laserstrahls höhlt mich langsam aber sicher innerlich aus. Ich spüre es, wie es meinen Magen verbrennt. Das gibt den Auslöser: Meine Blase meldet sich nun auch noch zu Wort.

„Ich muss mal!" Die Rettung! Ich springe aus dem Bett und beende den Spuk. Ich fühle mich scheiße. Und dabei ist doch einfach nur Montagmorgen.

Mein Handy piepst:

> Beginne den Tag mit einem Lächeln. Manchmal lächelt er zurück.

Und wieder einmal frage ich mich, wie Anke wissen kann, wie ich mich gerade fühle. Aber Lächeln? Nichts liegt mir im Moment ferner, als zu lächeln. Mir ist eher nach Schreien zumute. Es gibt ja Momente, da fühle ich mich stark wie ein Adler, der seine Schwingen ausbreitet und über die hohen Berge segelt. Den Blick nach unten gerichtet, ob da irgendwo im Gras ein Mäuschen vorbei huscht. Ha und dann stürzt er im Steilflug nach unten und nimmt sich das, was er will. Welch Durchsetzungsvermögen. Welch Held. Und ein anderes Mal? Da fühle ich mich wie das Mäuschen im Gras, das keinen Plan hat, was über ihm abgeht.

Das Mäuschen, das ein kleines, hilfloses Opfer ist. Und wer jetzt die Frage: „Wie fühle ich mich meistens?" richtig beantworten kann, gewinnt einen Erste-Hilfe-Kasten. Inhalt: Essbesteck für Mäusebraten. Warum quäle ich mich denn eigentlich so? Ich bin auf Job-Suche. Nicht mehr und nicht weniger. Und ich bin nicht untätig. Kümmere mich. Tu ja was. Warum springt mich so ein kleines, mieses, schlechtes Gewissen morgens an? Und warum werde ich immer so früh aus den schönsten Träumen gerissen? Andere schlafen bis in die Puppen. Aber ich? Ich *könnte und dürfte* ausschlafen, werde aber immer wach, als ob ich zur Arbeit müsste. Dürfte? Noch im Halbschlaf suche ich nach einer Bestimmung. Wozu nutze ich diesen Tag? Was mache ich sinnvolles? Sinnvoller als Bewerbungen schreiben, die doch nichts bringen. Ich lege das Handy mit Ankes SMS zurück auf den Küchentisch. Schwups rutscht es herunter und stürzt ab. Danke. Ich gehe ins Bad und aufs Klo. Das Toilettenpapier ist leer. Die neue Rolle im Vorratsschrank im Flur. Supi – das wird ein Spitzen-Tag! Hm – was macht man, wenn man nicht ans Klopapier kommt? Ich schaue mich in meinem Bad um. Müsste ich auch mal wieder putzen. Was gibt denn das Schränkchen an Brauchbarem her? Shampoo, Body-Lotion, eine Bürste, ein Aufblase-Tierchen für die Badewanne (Ach hier ist das!) und ein Päckchen Papiertaschentücher. Die Rettung! Und da ist es: das Lächeln. Na – geht doch. Trotzdem erscheint mir, der heutige Tag hat noch ein großes Verbesserungspotential nach oben. Ich beschließe den Schreibtisch zunächst zu ignorieren und packe meine Sporttasche. Allein diese Entscheidung – allein überhaupt zu einer Entscheidung gekommen zu sein – fühlt sich gut an.

Dienstag 27.01

Eigentlich ... dachte ich, dass mein Anschreiben, so wie es jetzt ist, ganz in Ordnung ist. Aber was heißt schon *eigentlich*. Ist es nicht so mit diesen Füllwörtern, dass sie etwas ganz anderes meinen, als sie sagen? Also das *eigentlich ganz in Ordnung* in Wirklichkeit nur *halbwegs akzeptabel* heißt. Hm...

Je mehr ich im Internet Beispiele oder Tipps lese, desto mehr werde ich verunsichert. Nicht nur, dass alle etwas anders, als das Wichtigste erachten, sondern auch, dass sie sich widersprechen. So wie beim Lebenslauf. Und obendrauf kommen noch meine Zweifel. Zweifel an meinen Fähigkeiten. Zweifel an meinem Lebenslauf. Zweifel an ... mir.

„Was bieten Sie dem Arbeitgeber, dass sie von anderen Bewerbern unterscheidet? Heben Sie dies klar und deutlich hervor. Schreiben Sie kurz und prägnant. Der HR Personaler will keine Romane lesen." Aber wie fasse ich mein Berufsleben kurz und prägnant zusammen? Ich kam – sah – siegte. Na? Ist das prägnant? Nur leider nicht von mir. Hätte mir Anke ja als Spruch schicken können.

„Also der Cäsar – also der sagt immer ..." OK. Und ich übersetze es: Ich kam (in die Ausbildung) – ich sah (das Arbeiten gehen gar nicht so cool ist, wie ich dachte) – ich siegte (ich besiegte meinen inneren Schweinehund und ging trotzdem arbeiten. Tagein. Tagaus). Also wie formuliere ich, was ich zu sagen habe? Wie schreibe ich, was ich kann? Was ich dem Unternehmen biete. Was mich von anderen unterscheidet. Und warum ich für das Unternehmen eine Bereicherung wäre. Und vor allem: wie schriebe ich das, wenn ich selbst nicht daran glaube? Ich – besser als andere? Nö. Niemals. In der Regel sind die anderen doch immer besser. Oder? Also wenn ich so zurückdenke...

Beim Abi habe ich mit Steffi gelernt. Das war klasse. Wir haben uns ergänzt. Dachte ich wenigstens. Ich schloss mit befriedigend ab und sie mit gut. In der Lehre war ich eine der ältesten in der Klasse. Klar, dass ich viel Wissen alleine meiner Reife zu verdanken hatte. Während die anderen noch Comics lasen, habe ich C.G. Jung verschlungen. Was jetzt zwar nichts mit meiner Lehre zu tun hatte, aber ganz deutlich meinen Intellekt unterstrich. Oder zumindest unterstreichen sollte. Hätte tun können. Hätte tun sollen. Wie auch immer. Die Abschlussprüfung habe ich gerade mal so gemeistert. Ein Überflieger fliegt anders. Und in meinen bisherigen Jobs? Vorzeige-Frau war ich nie. Aber doch immer irgendwie gut. Ich habe mir oft gedanklich auf die Schulter geklopft. Sonst machte das ohnehin niemand.

„Gut gemacht. Hättest du nicht daran gedacht, wäre die Sache wohl völlig danebengegangen." Klopf-klopf auf Schulter. Leicht debiles Lächeln.

„Ach – das ist doch nicht der Rede wert." Selbstgespräche. Mal wieder. Aber *ich* wusste, dass es mein Verdienst war. So viele Situationen. So viele Jahre. So viele Menschen, die sich wegen mir gefreut haben. Und was davon schreibe ich nun in meine Bewerbung? Wie bringe ich mein Leben oder meine Persönlichkeit in dieser Bewerbung unter? Gar nicht. Ich fühle mich mies und könnte heulen.

Ich muss mal raus hier. Muss mal einen trinken gehen. Auch habe ich Anke schon länger nicht mehr gesehen. Wir treffen uns im Irish Pub.

„Was ist denn so schlimm daran viel Zeit zu haben? Mal nicht morgens um 6:00 Uhr aufstehen zu müssen? Mal nicht jeden Tag ins Hamsterrad zu müssen? Einfach Zeit für sich selbst haben und es genießen können?" Wir sitzen im Pub an dem kleinen Tisch vor dem Kamin. Es ist noch früh am Abend und das Lokal noch fast leer. Beim Betreten des Raums kam uns der typische Kneipengeruch entgegen: altes Bier auf Holz. Und irgendwo steckt immer noch der Geruch nach Kippen hier drin. Selbst jetzt – nach Jahren des Rauchverbots – steckt das Nikotin noch in den alten Holzvertäfelungen, im Tresen, in den Stühlen und Tischen. Und irgendwie fehlt sie auch, die stinkige Nebelschwade, die einen früher hier eingehüllt hat, denn Qualm und Pub gehört irgendwie zusammen.

„Genau das ist der springende Punkt", sage ich, „Das Genießen. Kennst du das Gefühl am letzten Urlaubstag – du musst das

Zimmer bis 10:00 Uhr geräumt haben – d.h. der Koffer ist gepackt, du hast aber noch Zeit, weil der Flieger erst gegen Nachmittag geht – und … du sitzt rum und wartest! Klar könntest du die Stunden bis zum Nachmittag genießen, aber das geht irgendwie nicht. Du hockst quasi auf deinem Koffer und sitzt die eigentlich doch so wertvollen Stunden ab. Irgendwie rentiert es sich nicht mehr irgendwas zu machen. Du kommst an die Klamotten nicht mehr dran. Kannst dich nicht mehr duschen. Und für einen Ausflug ist die Zeit wieder zu knapp. Also: Dumm rumsitzen und warten. Und genauso fühlt sich arbeitslos sein an: warten. Warten darauf, dass der Bus kommt und dich zum Flughafen fährt. Bzw. zum neuen Job. Damit es wieder einen geregelten Tagesablauf gibt. Damit ich wieder weiß warum ich überhaupt aufstehe. Ich konnte mir das, bevor ich arbeitslos wurde, auch nicht vorstellen wie sich das anfühlt. Aber da is nix mit genießen. Arbeitslosigkeit ist kein eigenständiger Zeitabschnitt im Leben, sondern lediglich eine Übergangsphase. Und die fühlt sich – für mich jedenfalls – scheiße an. Ein ewiger Kreislauf. Murmeltiertag eben." Anke sagt ausnahmsweise mal nichts. Sie schaut in ihr zweites Kilkenny Glas – setzt es an – und trinkt es in einem Zug leer.

„Noch zwei Kilkenny bitte", ruft sie der Bedienung zu. Auf der kleinen Bühne hat sich mittlerweile ein junger Typ mit seiner Gitarre aufgebaut und fängt an zu klampfen. Erst einige Irish Folk Stücke. Dann American Folk – also Country. Wir hören seiner warmen, melancholischen Stimme zu, die es schafft, selbst bei Sauf-Liedern nach Heimweh zu klingen. Plötzlich steht Anke auf und spricht den Sänger leise an. Sie hat sich ein Lied gewünscht. Er grinst sie freundlich an und klampft los.

Sittin' on the dock of the bay – Looks like nothing's gonna change – Everything still remains the same – I can't do what ten people tell me to do – So I guess I'll remain the same…

Donnerstag 29.01

„Sagen Sie mal – wie viel Arbeitslosengeld bekomme ich eigentlich?" Die Dame hinter dem Schreibtisch schaut mich verständnislos an.

„Das müssten Sie doch in ihrem Bewilligungsschreiben genannt bekommen haben."

„Welches Schreiben?"

„Ja haben sie denn nicht …" Und so stellte es sich heraus, dass ich zwar gleich als arbeits*suchend* gemeldet war, aber noch lange nicht als arbeits*los*. Ja, da gibt es einen kleinen, aber feinen Unterschied. In dem Brief, den ich von der Agentur erhielt stand *„Sie erhalten zeitnah eine Einladung zu einem Vermittlungsgespräch in Ihrer Agentur für Arbeit."* Dass meine Agentur, aber gar nicht die ist, die mich eingeladen hat – tja das hätte ich als gut gebildete und informierte Bürgerin wohl wissen sollen. Bloß woher? Intuitiv spüren? Oder Kristallkugel? Und das heißt *was* im Klartext? Ich bin seit drei Monaten mit dem falschen Amt in regem Austausch. Auch nicht schlecht. Kein Wunder, dass ich kein Geld bekomme. Als Dankeschön erhalte ich von der Frau zwei Formulare: eins für den letzten Arbeitgeber und eins für mich. Wenn ich alle Informationen zusammengetragen habe, kann/ soll/ muss ich einen Termin mit dem *richtigen* Amt ausmachen. Die rechnen mir dann auch aus, wie viel Geld ich bekomme. Na denn. Das Formular für meinen Ex-Arbeitgeber werfe ich am nächsten Morgen seeeehr früh in den Firmen-Briefkasten. Muss ja nicht unbedingt einer Kollegin begegnen.

„Na – was macht die Jobsuche?" Ne, ne, das brauche ich ganz bestimmt nicht. Und wenn es noch so lieb und aufrichtig gemeint sein sollte. Allein die Vorstellung, ich muss mich erklären, muss mich fast schon rechtfertigen, warum ich immer noch keine neuen Angebote habe … Schüttel, Schauder.

Acht Tage später habe ich alle Infos zusammen und lasse mir telefonisch einen Termin geben. Und – es geschehen noch Zeichen und Wunder – ich bekomme einen Termin gleich am nächsten Montag! Ja isses denn möglich!? Montag um 11:00 Uhr.

> Es ist besser, ein einziges kleines Licht anzuzünden, als die Dunkelheit zu verfluchen. – Konfuzius

Na gut. Dann fluche ich mal nicht über *die deutschen Amtsstuben im Allgemeinen*, sondern freue mich auf die nette und kompetente Sachbearbeiterin, der ich am Montag mein ganzes Herz ausschütten kann. Und die mir daraufhin natürlich sofort mehr Arbeitslosengeld bewilligt. Dream on …

Montag 09.02

11:00 Uhr ist eine blöde Zeit. Zu früh, um noch was Gescheites davor zu unternehmen und zu spät, um bis dahin zu schlafen. Für mich jedenfalls. Klar, dass ich mal wieder zu früh bin. Ich suche mir einen schönen Parkplatz in unmittelbarer Nähe zum Arbeitsamt. Direkt vor einem einladenden Café. Geöffnet ab 15.00 Uhr. Die haben es wohl auch nicht nötig. Hätten jetzt an mir 2,50 Euro für nen Kaffee verdienen können. Dann halt nicht. Und so schlendre ich durch die City dieses Nests und schaue mir die Häuser an. Häuser mit einem Stockwerk. Häuser mit zwei Stockwerken. Frisch gestrichene Häuser. Recht vergammelte Häuser. Kurz um: Es sieht aus wie überall anders auch und vermag mich nicht gerade in wilde, ekstatische Begeisterungs-Stürme zu versetzen. Als ich zum dritten Mal an der Bäckerei Hoffmann vorbeikomme (Hoffmann Brot mach Wangen rot), kaufe ich mir ein Plunder-Stückchen und mampfe auf meinem weiteren Weg vor mich hin. So kann man auch neue Ortschaften entdecken – indem man ziellos umher schlendert und die Zeit totschlägt. Die arme Zeit. Warum schlägt man sie eigentlich immer tot? Wo kommt denn dieser blöde Spruch her? Tod … Ist sie dann weg? Kann man sie dann begraben? Und wer erbt die restlichen Minuten?
Ich laufe zum x-ten Mal an der Agentur vorbei. Da steht ein

Mann. Steht und scheint auf etwas oder jemanden zu warten. Zehn Minuten später – ich komme rein zufällig schon wieder an der Agentur vorbei – steht der Kerl immer noch da. Sieht ganz normal aus. Nix auffälliges. Eher keiner, der Schmiere steht. Obwohl ich nicht weiß, wie die aussehen, die Schmiere stehen. Er sieht aber auch nicht blemblem aus. Jeans, Wellenstein-Jacke, schwarze Boots. Gesichtsausdruck wie „Mir ist kalt, aber ich warte heroisch." Also absolut durchschnittlich.

Endlich ist es 10:45 und ich traue mich meine Stadtbesichtigungstour zu beenden. Ich gehe auf die Türe der Arbeitsagentur zu – öffne sie und gehe rein.

„Oh, die Türe geht ja doch auf!" Mir scheint, ich habe soeben einen Mensch gerettet. Der hat bloß die Türe nicht aufbekommen! Ja OK – sie hat etwas geklemmt. Aber ich mit meinem Schwung habe sie halt einfach aufgemacht. Ha – Frauen Power! Wir gehen beide hoch in den ersten Stock. Da ich vor dem Typen ins Treppenhaus bin, bin ich natürlich auch vor ihm an der Anmeldung. Wahrscheinlich hat er seinen Termin früher als ich, aber das ist mir jetzt auch egal. Wer vor dem Kältetod gerettet wird, muss seinen Preis dafür zahlen.

„Hinter ihnen die Türe. Zimmer 2. Sie können gleich reingehen", sagt die Empfangsdame, die vermutlich ihren Job auch nicht als Berufung empfindet.
Am Schreibtisch in Zimmer 2 sitzt eine Frau mittleren Alters, die sich ihrem Gesichtsausdruck nach am liebsten schon ins Wochenende verabschieden würde. Ist ja auch schon Montag und kurz vor 11 Uhr. Ich versuche ihr, schon auf dem Weg von der Türe zum Stuhl, zu erklären, was in meinem Falle schiefgelaufen ist. Angriff ist die beste Verteidigung. Noch bevor ich es mir auf dem alten abgewetzten Polsterstuhl bequem mache, packe ich meinen Stapel mitgebrachter Papiere aus. Auch meinen Personalausweis, denn so steht es geschrieben. Ich will gerade zum verbalen Countdown ausholen, da unterbricht sie mich.

„Ja ja, verstehe, sie können nix dafür. Unterschreiben Sie bitte hier. Und hierhin schreiben sie einfach nur, dass sie über die Sperre informiert sind. Das reicht schon. Nächste Woche erhalten Sie Post."

„Und meinen Ausweis?"

„Brauch ich nicht. Auf Wiedersehen"

„Auf Wiedersehen." Und schon stehe ich wieder auf dem Gang. Der Mann sitzt mittlerweile auf einem Wartestuhl. Wahrscheinlich genauso ein schicker, wie der im Büro. Jetzt ist es 10 Minuten *vor* meinem Termin und ich bin schon wieder draußen. Und dafür braucht's einen halben Vormittag. Persönlich. Wozu? Steckt da vielleicht die ortsansässige Tourismus-Stelle dahinter? Damit alle Arbeitslosengeld-AntragsstellerInnen hier spazieren gehen und sich im günstigsten Fall etwas kaufen. Entweder nur ein Kuchen-Stückchen – so wie ich – oder vielleicht mal einen Regenschirm oder vielleicht sogar mal ne neue Jacke. Oder Hose. Wer weiß. Wenn es genug Zeit totzuschlagen gilt. Piep …

> Frage nicht, was die Zukunft bereithält und nimm jeden Tag als ein Geschenk.

Mittwoch 11.02

Man kann wirklich nicht sagen, dass ich faul wäre. Oder dass ich mich treiben lasse. Ganz im Gegenteil – ich hocke von früh bis spät am Schreibtisch und tippe. Ich tippe mehr auf der Tastatur rum, als *früher* im Büro. Da hatte ich ja permanent das dämliche Telefon, das mich abgelenkt hat. Und … meine Kaffee Mädels. Seufz … Und jetzt? Jetzt fahre ich morgens früh den Rechner hoch, checke meine Mails. Bei xing gibt's immer neue Informationen und Berichte der Gruppen, bei denen ich angemeldet bin. Nicht zum Spaß, sondern damit ich mitbekomme, was in der Arbeitswelt abgeht. Ich lese Berichte. Klicke auf Links. Lese neue Berichte. Erfahre was die Welt im Allgemeinen und die Autorin des Textes im Besonderen von der Situation X, dem

Thema Y oder dem Sachverhalt Z denkt, glaubt, meint, schreibt. Macht mich auch nicht schlauer.

Dann recherchiere ich wieder nach Jobs. Wer bietet welche an? Passen die zu mir? Was passt? Was nicht? Welches Unternehmen könnte denn noch passen? Mittelstand. Welche Unternehmen des Mittelstandes gibt es hier in der Gegend? Wie bekomme ich das raus? Habe ich schon einen passenden Link? Eine passende Suchmaschine? Klick-klick-klick. Ich klicke und scrolle – klicke und tippe – klicke und vergesse die Zeit. Vergesse mich und meine Bedürfnisse. Weiß nicht mal mehr was genau meine Bedürfnisse jetzt gerade in diesem Moment sind. Habe ich Durst? Nö. Hunger? Nö. Will ich spazieren gehen – raus an die frische Luft? Nö – das kostet viel zu viel Zeit. Mein Handy piepst. Mist. Warum stört mich das Ding. Kostet viel zu viel Zeit.

Als Göttin die Zeit erschuf, machte sie viel davon.

Anke wird mir immer unheimlicher. Aber das Thema ist für mich gerade brandaktuell. Denn sonderbar, dass ich – oder wir alle – ständig das Gefühl haben, viel zu wenig Zeit zu haben. Wir versuchen sie zu sparen – aufzusparen für andere Gelegenheiten, aber das funktioniert nicht. Dies ist meine achte Arbeitslosen-Woche und immer noch ist *Zeit* eines der ganz großen Themen. Immer noch renne ich gegen sie an. Versuche möglichst viel in einen Tag hineinzupacken. Damit ich die Leere nicht spüre. Und weil ich es so gewohnt bin. Nicht anders kann. Ärgere mich, wenn ich den Tag nicht effektiv genutzt habe. Aber was ist denn effektiv? Viele verschiedene Dinge erledigen? Oder nur ein paar sinnvolle? Und was ist sinnvoll? Sind nur Dinge sinnvoll, die etwas mit dem Job zu tun haben? Und was ist mit den Dingen, die mir einfach nur guttun? Aber was mir gut tut, weiß ich ja ohnehin nicht. Nicht mehr.

Mein Rücken schmerzt. Ich sollte mich häufiger dehnen und strecken. Und unbedingt mehr Pausen machen. Das vergesse ich schlicht und einfach. Schwups sind zwei Stunden rum. Habe mir daher einen Aufkleber an den Badezimmer-Spiegel geklebt. Einen gelben Smiley mit dem Spruch „Mach mal Pause." Damit ich nicht länger am Schreibtisch hocke, als früher im Büro. Und da ich ja immer pieseln muss, ist das der beste Platz dafür.

Der Unterschied zwischen *Pause machen* und s*ich vor der Arbeit drücken* ist ein ganz wesentlicher. Bei der Pause stellt sich das Gefühl der Belohnung ein: Ich habe was geschafft – ich belohne mich jetzt mit einer Pause. Mit einem Kaffee. Mit Spazierengehen. Mit einem Telefonat. Bei Drücken gibt's nix wofür ich mich belohnen könnte. Hab ja noch nix gemacht. Außer, dass ich ein schlechtes Gewissen mit mir herum trage. Verdammt schwer so ein Gewissen. Da ist mein dicker Wanderrucksack ein leichtes dagegen. Früher im Büro habe ich immer alle Terminsachen so früh wie möglich abgearbeitet. Ich mag das nicht, Dinge auf den letzten Drücker erledigen. Lieber am Anfang richtig Gas geben und es nach hinten raus gemütlich auslaufen lassen. Bloß, dass diese Einstellung schnell zum Antreiber wird. Mach, mach, mach, schaff, schaff, schaff. Hechel hetze durch den Tag. Völlig Banane. Dabei weiß ich doch aus unzähligen Lebensratgeber-Heftchen, wie wichtig es ist, sich Zeit zu nehmen.

Achtsamkeit ist das Stichwort. Auf mich achten. Mich selbst wahrnehmen. Wichtig nehmen. Darauf achten, dass es mir gut geht. Um Achtsamkeit zu praktizieren, muss man sich keine orangefarbene Kutte überwerfen und Mantra singend durch die Stadt laufen. Wenn ich einfach nur regelmäßig mal auf die mentale Stand-by Taste drücken würde und für einen kurzen Moment mal ganz und gar im Hier und Jetzt sein würde – dann wäre schon viel zur Achtsamkeit erreicht. Aber wo sind meine Gedanken? Wenn ich nach ihnen schaue, dann rennen sie entweder schon weit voraus und versuchen in der Zukunft Situationen und Sachverhalte zu verstehen. Oder sie trödeln ewig weit hinter mir her und kümmern sich immer noch um Dinge, die schon längst erledigt sind. Also present past tens. Abgeschlossene Vergangenheit. Kurz um: Meine Gedanken sind irgendwie nie dort, wo ich gerade körperlich bin. Von daher schon ne tolle Leistung von meinem Selbst, dass es so homogen wirkt. Oder ist? Wie bin ich eigentlich? Wie sehen mich die anderen? Ein in sich stimmiges Bild? Oder ein unberechenbarer Haufen von gestrigen Enttäuschungen, künftigen Ängsten und aktuellen Fragen? Vermutlich bestehe ich größtenteils aus Fragen. Warum eigentlich? Eigentlich ... mein Lieblings-Unwort. Sollte ich eigentlich mal aus meinem Sprachgebrauch entfernen. Was wollte ich doch gleich noch? Ach ja Achtsamkeit. Achtsamkeit ist auch, mal länger als zwei Minuten beim Thema zu bleiben. Jetzt nicht im Sinne von Kopf-Kino und stundenlang durchs gleiche Thema kreiseln. Das ist eher festgefahren. Eine brauchbare Lösung kommt in den seltensten Fällen dabei raus. Achtsam ist man eher, wenn man konzentriert und zielorientiert am Thema dran bleibt. Oder gar nicht daran denkt. Ja – einfach nur rein-fühlt. In das Thema. Zum Beispiel ins Thema Arbeitslosigkeit. Wenn ich versuche an nichts Konkretes zu denken, sondern das Wort einfach nur auf mich wirken lasse ... wie fühlt sich das an? Bedrohlich. Dunkel. Ungewiss. Angst. Wie fühlt sich bedrohlich an? Wie ein Tiger der gleich angreift? Nein. Wie ein Überfall an einer dunklen Straßenecke? Nein. Aber dunkel ist gut. Es fühlt sich dunkel an. Wie ein großer dunkler Tunnel, in den ich hinein gehe. Zu Anfang sehe ich noch die felsigen, feuchten Wände, aber nach ein paar Metern herrscht die völlige Finsternis. Ungewissheit. Droht Gefahr? Welche? Ich weiß nicht wie ich mich verteidigen könnte, weil ich gar nicht weiß, wer oder was mich bedroht bzw. angreifen könnte. Also auch Hilflosigkeit. Ja ich glaube, das ist es: Hilflosigkeit. Ich würde ja gerne etwas gegen die Bedrohung unternehmen, weiß aber weder *was* mich bedroht, noch *wann* es mich bedroht oder *wie lange* es mich bedroht, noch ob es mich *überhaupt* bedroht.

Und so habe ich beim Thema Achtsamkeit erkannt, dass Arbeitslosigkeit für mich Hilflosigkeit heißt. Und dass ich mich mit diesem Gefühl ganz und gar nicht gut fühle. Deswegen wurschtel ich auch so viel rum und hocke ewig und drei Stunden am Schreibtisch. Ist ja auch nicht so, dass ich keine Mails bekomme. Ich bekomme regelmäßig Mails: Stellenbeschreibungen von der Job-Börse, Newsletter und ... Absagen. Anfangs hab ich noch die Augen aufgerissen, wenn ich den Namen eines Unternehmens, bei dem ich mich beworben habe, im Posteingang meines Mail-Accounts gelesen habe. Mittlerweile klicke ich echt schon teilnahmslos auf die Mail – lese die, im Grunde immer gleichen Phrasen – und verschiebe die Mail lediglich ins Ablagekörbchen. Es frustriert mich nicht mal mehr. Ich bin einfach nur noch abgestumpft. Selbst Absagen haben ihre Bedrohlichkeit verloren. Es ist wie am Fließband stehen und Teile zur Weiterverarbeitung verschieben: Die defekten auf das linke Band – die intakten laufen geradeaus weiter. Wobei ... ich habe ja noch nie so wirklich am Fließband gestanden. Außer als Ferienjob mal Pakete sortiert. Aber in meiner Erinnerung fühlt sich das stumpfsinnige Sortieren ähnlich an. Bloß, dass ich mich als Person damals nicht so öde gefühlt habe.
Ach verdammt! Ich schaffe es aber auch immer wieder, mich so richtig nach unten zu ziehen. Und wie komme ich da jetzt wieder raus? Piep ....

> Der Verstand kann uns sagen, was wir unterlassen sollen. Aber das Herz kann uns sagen, was wir tun müssen.
> – Joseph Joubert

OK – dann überlasse ich meinem Herzen das Sagen und fahre mal ein bisschen S–Bahn!
Eigentlich muss ich heute gar nicht nach Frankfurt, aber Luna müsste wieder aus dem Urlaub zurück sein. Und ich kann ja gaaanz zufällig wieder mal etwas in der Nähe ihres Imbiss-Standes zu tun haben. So rein zufällig.

„Hi Luna. Wie war der Urlaub? Viel Familie oder auch Zeit zur Erholung?" Sie sieht noch berauschender aus, als vor ihrem Urlaub. Der braune Teint steht ihr hervorragend. Schmacht. Sie stellt mir meinen Kaffee auf den Tresen und lächelt mich an.

„Schön dich wiederzusehen!" Mein Herz macht einen Hüpfer. Das war keine Floskel – da steckt richtig echte Freude drin! Uih!

„Warst ja auch jahrelang weg. Hab dich kaum wieder erkannt." (… so toll siehst du aus … aber das sage ich natürlich nicht). Und sie erzählt von ihrer Familie, die vor 20 Jahren nach Deutschland gekommen ist. Von ihrer Mutter, die immer noch Heimweh hat. Von ihrem Vater, der pragmatisch ans Geld und den Lebensstandard hier denkt und lieber einmal im Jahr *nach Hause* fährt, um Tanten und Onkel zu besuchen. Von der Verwandtschaft in Portugal, die noch immer in dem kleinen Nest im Landesinneren wohnt. 70 Kilometer bis zum Meer. 70 Kilometer bis an die Algarve nach Lagos, bis zu einem breiten Sandstrand. An den die Familie früher aber nur sehr selten fuhr. Wozu auch? Da waren ja ohnehin nur die Touristen.

„Meine Cousine ist in meinem Alter – zwei Monate älter glaub ich – die lebt noch zu Hause, obwohl sie schon lange berufstätig ist und hilft im Haushalt. Also nicht, dass sie den Zaun repariert oder die Wasserrohre neu abdichtet. Nein, sie kocht, putzt, stopft und macht ab und an mal Babysitter bei der anderen Tante. Na, denen würd ich was erzählen. Die schafft wie eine Putzfrau – bloß dass sie keinen Lohn erhält. Aber ich bin e das schwarze Schaf. Schon über 30 und noch immer nicht verheiratet." Luna lacht. Es ist dieses Lachen, dem man Trotz und Selbstbewusstsein anhört.

„Die Lebensgefährtin meiner besten Freundin Maria dort unten, fährt LKW. So richtig klassisches Klischee. Die wird auf keine einzige Familienfeier eingeladen. Maria ist wenigstens Kindergärtnerin. Wenn schon keine eigenen Blagen, dann wenigstens die von anderen." Ich könnte jetzt tausend Fragen stellen: Lebensgefährtin? Klischee? Mir läuft ein Kribbeln über den Rücken.

„Zwei Wraps und zwei Cola." Verdammt! Wo kommt denn plötzlich dieser Kerl her? Taucht aus dem Nichts auf und zerstört unsere Unterhaltung unwiderruflich. Oh warum muss Luna auch nur an so einem dämlichen Imbiss-Stand jobben? Hier hat man ja keine zehn Minuten seine Ruhe. Na OK: Meistens hat man keine Ruhe. Manchmal schon. Aber dann diskutieren oder philosophieren wir. Aber gerade heute war das Thema so extrem persönlich. Ich könnte platzen vor Wut auf den Kerl. Als er endlich mit seinen Wraps und den Cola abzieht, ist die Atmosphäre dahin. Das Thema wird nett, aber irgendwie Tendenz banal. So Urlaubsgeschichten halt. Nett, aber auch nicht mehr. Nett ist das verbale Äquivalent zu Tisch-Sets: Sehen hübsch aus, aber braucht kein Mensch.

Auf dem Heimweg sitze ich in der S-Bahn und versuche mir einen Reim auf das Gehörte zu machen. Lunas beste Freundin ist Maria. Und Maria lebt mit einer Frau zusammen. Und Luna ist das schwarze Schaf, lebt aber nicht mit einer Frau zusammen. Noch nicht? Ich beschließe das Thema beim nächsten Mal auf ihren Freundeskreis hier in Deutschland zu bringen. Sage mir mit wem du verkehrst und ich sage dir, wer du bist.

Mittwoch 11.03

Habe die Stellenanzeigen von Personaldienstleistern gesammelt. Also Zeitarbeitsfirmen. Da wollte ich mich ja eigentlich gar nicht bewerben. Eigentlich. Schon wieder mein Lieblings-Unwort. Uneigentlich bleibt mir aber gar nichts anderes übrig, als auch in diese Richtung offen zu sein. Vielleicht geben die mir ja eher ne Chance. Obwohl ... die haben ja keine eigenen Stellen, sondern legen meinen Lebenslauf lediglich den suchenden Unternehmen vor. Naja – wäre ja auch schon mal besser als nix. Ich habe heute alle abtelefoniert und mal konkreter nachgefragt. Und dabei stellte sich heraus, dass alle für mich interessanten Angebote von der Deutschen Bahn waren. Ja echt. Hinter allen Anzeigen stand die DB: Renommierter Kunde, einer der großen Transportdienstleister, großer Anbieter im Transportbereich, usw. Das heißt, die Bahn streut ihre Stellenangebote quer über alle Personaldienstleister und sortiert dann, wer infrage kommt. Und die Bewerber quälen sich durch vier, fünf Bewerbungen, um sich letztendlich doch nur auf *eine* Stelle zu bewerben. Ohne es zu wissen freilich. Und ich? Ich hab's erst mal bleiben lassen. Die Bahn ist mir zu groß. Nein, nicht das Unternehmen als solches. Also die Mitarbeiterinnen-Anzahl, sondern im Sinne von *ne Nummer zu groß* – da trau ich mich nicht ran. Wieso sollten die so ne Wurst wie mich brauchen, wenn denen unaufgefordert die BewerberInnen die Bude einlaufen? Und so scrolle ich mich durch eine echt beeindruckend große Anzahl von Stellenangeboten. Und was die für tolle Titel haben! Ich hab keinen Schimmer wer oder was da konkret gesucht wird. Alles wird heutzutage mit englischen Begriffen ausgestattet. Was vor ein paar Jahren noch eine Koordinatorin im Reinigungsgewerbe war, ist heute eine Facility Managerin. Überhaupt gibt es so viele ManagerInnen, dass man den Anschein hat, es gäbe nur noch die Führungsebene und das Fußvolk wäre abgeschafft worden. Und wie heißt der Beruf, in dem ich mal eine Lehre gemacht habe? Und wie heißt der, in dem ich aktuell arbeite? Natürlich *gearbeitet habe*. Schon klar. Is ja nich mehr. Is ja futsch. Ach menno – ich hab keinen Bock mehr!

Die Tage fangen an sich zu wiederholen. Und täglich grüßt das Murmeltier. Tiefenphilosophischer Film. Der Hauptdarsteller Bill Murray wacht morgens auf und stellt fest, dass es immer wieder der gleiche (oder der selbe?) Morgen ist. Eine sich immer wiederholende Schleife, aus der er nicht herauskommt. Der Tag ist vorbei – und schwups startet er von neuem. Und da der erste Tag für ihn nicht zufriedenstellend geendet hat, beginnt er, diesen Tag – der ja immer mit der gleichen Radioansage und dem Song

„I've got you babe" sowie dem prophetischen Befragen des Murmeltiers anfängt – zu verändern. Da er weiß, wie andere Menschen reagieren werden, was sie sagen, was passieren wird, nimmt er bewusst Einfluss auf die Zukunft. Also das macht man ja immer, aber er weiß einfach viel mehr von dem, was kommen wird. Und nach einigen Fehlschlägen gelingt es ihm seine Traumfrau von sich zu überzeugen und aus der Schleife auszubrechen. Mit ihr natürlich. Bloß, dass sie das alles nicht weiß. Na egal. Fazit: Er war in der Wiederholungsschleife gefangen – hat was Tolles daraus gemacht – und ist dann ausgestiegen. Toller Kerl der Bill. Und ich? Irgendwas mache ich falsch. Allein schon, *dass* sich die Tage immer wiederholen. Wenn man berufstätig ist ja *dann* wiederholen sich die Tage. Aber doch nicht, wenn man zu Hause sitzt und Zeit hat. Aber was mache ich auch schon dolles mit meiner Zeit? Wie nutze ich sie? Ja klar – ganz brav und diszipliniert bin ich. Und dadurch mache ich jeden Tag zu einem *Quasi-Bürotag* – auch ohne Büro. Und dabei weiß ich, wie Bill Murray auch, was der Tag für mich zu bieten hat. Nicht gerade wer was sagt oder macht, aber ich weiß um all die Dinge, die *nicht* passieren. Jedenfalls nicht, wenn ich nichts für deren Entstehen tue. So zum Beispiel mit Freundinnen Quatschen und Lachen. Oder Kaffeetrinken gehen. Aber das passiert nur, wenn ich vorab aktiv werde. Ansonsten hocke ich an meinem Schreibtisch und starre auf den Monitor. Bis ich eckige Augen und ne scheiß Laune bekomme. Na tolle Wurst.

> Zeit haben nur diejenigen, die es zu nichts gebracht haben. Und damit haben sie es weiter gebracht als alle anderen. – Giovanni Guareschi

Ach Anke – deine SMS sind manchmal wie Endorphine, die sich piepsend aus meinem Handy direkt ins Stimmungs-Epizentrum katapultieren. Zumindest für ne kurze Zeit. Aber immerhin. Immerhin hat es mich zum Lächeln gebracht. Und Lächeln ist ein soooo schönes Gefühl …

Mittwoch 25.03

Heute mal ein Stellengesuch über ein unternehmenseigenes Online-Portal. „Bewerben Sie sich direkt." Na gut. Zunächst nur Name, Ort und angestrebte Position eingetippt. Und – schon eine Absage! Also *die* kann ich nicht anders als persönlich nehmen. Hier lag es definitiv nicht an fehlenden Qualifikationen. Ja nicht mal am Alter, denn das habe ich nicht angeben müssen. Habe ich den falschen Vornamen? Ich habe ja mal gelesen, dass man mit Jaqueline oder mit Mandy echt schlechtere Chancen hätte, als mit einem *richtig* deutschen Namen. Das würde bedeuten, dass ich nicht nur mein Alter und mein Geschlecht aus der Bewerbung draußen lasse, sondern auch meinen Namen.

„Also Mandy Abel ben Said: Lass es bleiben dir eine Persönlichkeit zu geben. Gegen Andrea Müller kannst du e nicht anstinken!"

Donnerstag 16.04

Ich habe einen Arzt Termin. Und bin (mal wieder) zu früh. Meine Paranoia, dass ich zu spät sein könnte, schenkt mir oft viel Zeit, um mir fremde Orte anzusehen. So z.B. diesen hier. Bad Ober. Nicht, dass dieses Städtchen weit entfernt gelegen wäre. Mal gerade 11,3 Kilometer. Laut Google-Map. Aber wer fährt schon ohne besonderen Grund nach Bad Ober? Ich nicht. Aber heute habe ich ja einen Grund – und Zeit. So viel Zeit, dass ich in der ortsansässigen Bäckerei einen Kaffee trinken gehe. Und da die Sonne scheint, setze ich mich draußen auf einen der überall gleich aussehenden Bast-Imitat-Stühle. Die Stühle und Tische der Bäckerei stehen am Rande eines Parkplatzes, so dass ich herrlich beobachten kann, was sich hier abspielt. Und es spielt wie verrückt! Als erstes kommt ein silbergrauer VW Touran auf den Platz geschossen, um abrupt mitten in der Zufahrt stehen zu bleiben. Dank meiner großen Lebenserfahrung – oder meines gepflegten Klischee-Archivs – weiß ich, dass es ein älterer Mann ist (ich sage jetzt extra nicht, dass es ein alter Sack ist – denn ich will ja niemanden beleidigen). Er steht. Schaut sich um. Gibt Vollgas. Der Motor heult, während er Kupplung-schleifend rückwärts in die stark befahrende Straße fährt. Und schwups – schon ist er wieder weg. Hat nicht mal 10 Minuten gedauert! Dann kommt ein mindestens ebenso altes Ehepaar. Vielleicht leben sie ja auch in wilder Ehe zusammen. Das erkenne ich trotz meiner Lebenserfahrung nicht. Auch wer von beiden wen stützt, ist nicht zu erkennen. Wie ich wohl in diesem Alter aussehen werde? Ob ich überhaupt so alt werde? Vielleicht hocke ich ja irgendwo am A… der Welt in einem städtischen Altersheim und schaue aus dem Fenster in den Wald. Früher baute man ja Altersheime in der Regel *ins Grüne* damit die Alten es schön haben. Typischer Fall von Übertragung. Die ArchitektInnen haben ihre eigenen Wunschvorstellungen von Ruhe und Erholung auf die alten Leute übertragen. Und die mussten den Mist ausbaden und saßen – ohne Anschluss an den öffentlichen Verkehr und ganz geschweige von einem direkten Zugang in die Stadt mit Kunst, Kultur und Shoppingmöglichkeiten – im Grünen und wurden noch depressiver, als sie ohnehin schon waren. Ja und in einem solchen veralteten Altersheim (schöne Wortkombination) werde ich dann wohl stranden. Nach 20 Jahren Arbeitslosigkeit. Oder wie viel auch immer. Mist – schon wieder so negative Gedanken. Dabei könnte ich mich doch auch daran erfreuen, dass die zwei Süßen sich gegenseitig fest im Arm halten. Ach wie süüüüüüß.

Und so sitze ich hier im Bäckerei-Café und strenge mich an die Zeit zu genießen. Also nicht falsch verstehen: Ich sitze gerne in Cafés und trinke Kaffee. Und ich beobachte auch gerne Leute. Ich läster mal – und ich schmunzel mal – und ich freue mich mal. Aber – schon wieder ein Aber – ich tausche dabei gerne den *vielsagenden Blick* mit jemandem aus. Den, bei dem man nichts sagen muss. Die andere versteht einen auch ohne Worte. Oder um es einfacher auszudrücken: Ich sitze nicht gerne alleine im Café. Aber wer hat schon vormittags Zeit? Sind ja alle berufstätig. Außer den 3,5 Millionen anderen Arbeitslosen. Aber die kenne ich leider nicht. Oder vielleicht auch zum Glück. Egal. Ich habe es zumindest wieder geschafft beim immer gleichen Thema zu landen. Wedel wedel – verscheuch die Gedanken. Ob Luna so eine Blick-Versteherin wäre? Wer weiß …

In Romanen schreiten Menschen immer mit *großen federnden Schritten* irgendwohin. Hier federt nie jemand. Wie auch? Entweder sie haben Winterstiefel an – wie soll man denn damit federn? Oder sie haben diese Stoffturnschuhe an: sündhaft teuer aber ohne Fußbett. Platsch, knallt da der Fuß auf die Erde. Völlig ungedämmt. Egal ob mit großem oder kleinem Schritt. Alles schlurft und schlappt vorbei. Außer den kleinen Dackeln – die tippeln natürlich. Aber in Romanen schreiten die Menschen ja auch nur, weil etwas Dramatisches oder irgendwie Bedeutungsvolles passiert. Und was passiert hier? Landet hier Supermann in seinen blauen Strumpfhosen mit der roten Unterhose oben drüber? (Das Heldenhafte an diesem Outfit habe ich noch nie verstanden). OK – es parken viele Leute ein und aus.

Mein Handy piepst:

Pack das Leben mutig an, mit viel Freude und Energie. Und wenn mal eine dunkle Wolke kommt, dann denk daran: Die Sonne schwindet nie. – Kalenderspruch

Wenn ich dieses Bild mal als Metapher nehme, dann ist die Sonne meine Energie, mein Schwung und Elan, meine Hoffnungen und meine Träume. Hell und warm. Kuschelig warm. Wachstumsfördernd. Und die dunkle Wolke? Das sind meine Zweifel. Meine Ängste. Meine von Erfahrungen getrübten Aussichten für die Zukunft. Natürlich sind die negativen Erfahrungen die, die sich besonders gemütlich in mein Gedächtnis eingenistet haben. Haben es sich so richtig wohnlich eingerichtet. Mit dickem Flausche-Teppich und breiter Couch zum Draufrumlümmeln. Und wenn die Sonne zu hell durchs Fenster scheint, ändern sie ihre

Konsistenz und werden gasförmig. Ziehen hinaus in meinen Gedankenhimmel und setzen sich als dicke, fette, dunkle Wolke direkt vor die Sonne. Und – platsch bum – wird es dunkel. Geht ganz schnell. Und in meinem Kopf, in meinen Gedanken, in meinem Tun und Handeln ist von Euphorie und Tatendrang nicht mehr wirklich was zu spüren. Eher so gar nicht. So nix. Dann könnte ich einfach nur ... ach auch egal. Wedel wedel – verscheuch die Gedanken – kehre zurück ins Hier und Jetzt und genieße deinen Kaffee. Bevor er kalt wird.

Freitag 01.05

Vermutlich ist es noch recht früh, denn es ist noch dunkel im Zimmer. Soweit ich das durch meine geschlossenen Augen beurteilen kann. Heute ist Freitag. Es könnte aber auch genauso gut Montag oder Donnerstag sein. Auch egal. Alles egal. Egal, ob ich aufstehe oder liegenbleibe. Egal, ob ich mich anziehe oder im Schlafanzug bleibe. Egal, ob ich mir die Zähne putze oder nach der TK-Pizza von gestern Abend dufte. Ich mag nicht wach werden. Ich mag nicht denken. Ich mag nicht an mich und meine Situation denken. Beziehungsweise was ich daraus mache. Oder nicht mache. Und schwups bin ich mitten drin. Im Denken.

Seit fast fünf Monaten stehe ich jetzt nicht mehr regelmäßig früh morgens auf, um auf die Arbeit zu fahren. Seit fast fünf Monaten sitze ich dafür – fast – jeden Tag am Schreibtisch checke Stellenangebote, lese die Newsletter und Artikel aus meinem vermeintlich künftigen Tätigkeitsfeld, bastle an Bewerbungen rum, recherchiere potenzielle Arbeitgeber und ... drehe mich gedanklich immer wieder so richtig schön im Kreis. Wie auf einem Kinderkarussell. Ich sitze vermutlich auf einem langweiligen Pferdchen, weil der blöde Nachbarsjunge (jünger als ich, studiert, 10 Jahre Berufserfahrung davon 5 im Ausland) garantiert schon die dritte Runde auf dem tollen Feuerwehrwagen sitzt und mit

Schwung und Elan die Einsatzglocke scheppern lässt, dass man kaum noch die Karussellmusik hört.

Ich fühle mich mal wieder zerrissen. Aufstehen und fleißig sein? Oder mich in den Tag treiben lassen? Treiben lassen? Wohin denn? Was bringt mir denn so ein Tag? Wenn ich eine Schiffbrüchige wäre und würde mich auf diese Tag-Insel treiben lassen: Was würde mich hier erwarten? Palmenstrand und Cocktails? Oder eher ein großes Hamsterrad unter düsteren, regenschweren Gewitterwolken? Und wenn ich das Rad in Bewegung setze, quietscht es. Je schneller ich laufe, desto lauter quietscht es. Ich könnte ja einfach anhalten und aussteigen ... aber auf dieser Insel ist sonst nix. Gar nix. Also laufe ich weiter. Oh, ich bin undankbar! Ich habe sooo viel, für das ich dankbar sein kann.

„Die Römer? Was haben uns die Römer schon gebracht? Außer dem Aquädukt, den sanitären Einrichtungen, den schönen Straßen, der medizinischen Versorgung, dem Schulwesen, dem Wein, den öffentlichen Bädern, der Ordnung, der Bewässerung und den allgemeinen Krankenkassen?" Ach ja – Das Leben des Brain ist und bleibt ein Kultfilm mit tiefem, intellektuellem Inhalt. Also: Für was kann ich dankbar sein? Ich hatte mir ja schon einmal vorgenommen eine Liste zu erstellen. Und so quäle ich mich dann doch aus dem Bett, ziehe meine Hausschlappen an und schlappe mit den Schlappen an den Schreibtisch. Dankbarkeitslisten müssen auf richtigem Papier geschrieben werden. Sagt mir eine innere Stimme. Nicht in den PC gekloppt.

Meine Dankbarkeitsliste:

1. Meine Wohnung – ja die ist wirklich schön. Nicht *schön* im Sinne von titelbild-reif, sondern von *fühle mich geborgen*. Irgendwie sind alle meine Wohnungen immer recht schnell mit persönlichem Gruschel vollgerumscht. Es gibt aber auch so viele Andenken an schöne Tage oder Geschichten, dass ich die nicht einfach in einem Karton in den Keller stellen kann. Oder gar wegschmeißen! Geht gar nicht! Mein Trödel sind

Reliquien meines Lebens. Andere nennen es sentimentalen Quatsch. Die Engländer sagen rummage; die Spanier la baratija und die Portugiesen tralha. Na und? Ich brauche meine Reliquien wie alte Fotoalben: Sie führen mich zurück in längst vergangene Zeiten.

2. Schöne Tage oder Geschichten – habe ich schon viele erlebt. Und ich kann allen Eltern nur raten ihren Bälgern mehr individuelle Freiheiten zu gewähren. Ich meine nicht, dass sie nicht erzogen werden sollen oder dass sie anderen Menschen mit ihrem Getobe und Verhalten auf den Keks gehen sollen. Sondern, dass sie ihre jugendliche Freiheit – die noch unbelastete Freiheit der Gedanken – ausleben dürfen. Zum Beispiel spontan frühstücken in Paris. Oder im Juli Weihnachten feiern. Feste, Partys, Cliquen, Konzerte, Veranstaltungen, … es gibt auch heute noch viel, was nicht Koma-Saufen heißt. Schade, dass Trampen heute nicht mehr ratsam ist. Aber OK. Ich hatte viele tolle Geschichten. Und von denen zehre ich heute noch. Heute, wo nicht mehr viel passiert …

3. Meine Freundinnen, meine Familie – kenne ich alle schon sehr lange (besonders meine Mutter). Wir können uns aufeinander verlassen. Sind immer füreinander da. Auch, wenn ich derzeit alle etwas außen vor lasse. Aber ich ertrage all die tollen Tipps und Vorschläge zu meiner Arbeitslosigkeit nicht. Sind ja alle gut gemeint. Aber das Gegenteil von gut ist nun mal gutgemeint.

Anke hat da eine etwas andere Position, da sie das Job-loswerden von Anfang an live mitbekommen hat. Die gute Seele. Hört sich auch zum hundertsten Mal meine „Ach ich Arme" Litanei an. Dann raunst sie mich an, ich soll mich nicht so hängen lassen. Sie hört zu und schubst an. Echt gute Mischung. Und ihre SMS Lebensweisheiten sind ein steter Quell der Verwunderung. Entweder sind alle Weisheiten so bla-bla, dass sie immer auf alle Situationen passen oder sie hat eine magische Gabe, immer (meistens) das passende zu schicken. Doch Voodoo?

Luna? Hm …??? Soll ich für Luna dankbar sein? Noch kenne ich sie ja viel zu wenig. Die Gespräche mit ihr über Göttin und die Welt sind schon klasse und tun mir richtig gut. Auch die Energie, die in mir freigesetzt wird, wenn ich zu ihr fahre oder sie sehe. Energie, von der ich ansonsten nur noch aus vagen Erinnerungen weiß.

„Stimmt – ich war mal ein Energiebündel. Lange ist's her." Bill Murray konnte aufgrund seines Murmeltiertags alles richtig machen konnte, um seine Angebetete zu bezirzen. Hm … ich weiß von Luna irgendwie noch gar nichts. Ich schaffe es ja nicht mal sie zu einem Kaffee einzuladen. Oder einem Bierchen. Dankbar… ???

4. Meine Gesundheit – naja … wenn ich morgens aufwache und mir so ziemlich alles weh tut, was einem überhaupt weh tun kann, dann finde ich Dankbarkeit – nun sagen wir – es drängt sich mir nicht spontan auf.

5. Meine Intelligenz – tja … manchmal wäre ich ja lieber blöd. Da würde ich mir sicherlich nicht so viele Fragen stellen, nicht so viel Hinterfragen, bezweifeln, usw. Also ob Intelligenz etwas ist, wofür ich dankbar sein sollte? Hm?

6. Mein Fleiß – oje … der half mir zwar schon durch so manche Tiefstrecke, aber er verkehrt sich auch ganz schnell in einen Antreiber, der mich nicht in Ruhe lässt. Der mir das Genießen versaut. Genießen degradiert er zu *Zeit vergeuden*. Fleiß ist also eher ein Hindernis, als ein Grund zur Dankbarkeit.

Zwischenzeitlich habe ich zwar gelernt, nicht mehr *nur* am Schreibtisch zu sitzen. Aber das ist manchmal noch schwer. Da wache ich morgens auf und sage mir:

„Heute mach ich mal blau." Und dann? Was mache ich dann? Garantiert ist niemand für mich da. Weil ja alle arbeiten gehen. Spazieren gehen? Ist super toll – als Belohnung. Aber ich bin schon so oft spazieren gegangen. Radfahren? Eis essen gehen?

Shopping? Wieso fühlen sich Tätigkeiten, die jahrelang toll waren, auf einmal so langweilig an? Wieso kann ich sie nicht mehr genießen? Bei wöchentlich 40 Stunden im Büro ist es klasse mal rauszukommen und durchs Feld zu spazieren. Wenn ich jeden Tag, wann immer ich will, raus kann, verliert die Sache ihren Reiz. Wer ständig vor einer großen Schale mit Süßigkeiten sitzt, freut sich nicht besonders, wenn der Besuch Schokolade mitbringt.

Meine Dankbarkeitsliste gerät ins Stocken. Aber eine andere Idee macht sich in meinem kreiselnden Gehirn breit und wächst und wächst: Ich muss hier mal raus! Weg. Einfach nur mal weg aus diesem Alltag, der sich irgendwie einfach nicht verändern will. Dieser Gedanke hat sich ja schon seit einiger Zeit in meinem Kopf gemütlich eingenistet, aber jetzt wird er immer mächtiger, flehentlicher und stärker. Ich fahre in Urlaub. Ja das mache ich. Ganz alleine. Nur ich und meine tausend Gedanken und Überlegungen. Ins Warme. Aber nicht zu weit weg. Und natürlich finanziell so preiswert wie möglich. Schließlich bin ich ja arbeitslos. Darf ich als Arbeitslose eigentlich in Urlaub fahren? Einen Anspruch darauf habe ich, wie jede andere auch. Aber ethisch? Moralisch? Darf ich mich an den Strand legen, wenn die Gesellschaft mich in Form von Arbeitslosengeld finanziert? Dafür finanziert, dass ich mich bemühe, mir einen neuen Job zu suchen? Und nicht dafür, dass ich am Strand liege.

Montag 04.05

Ich buche.
Fünf Tage Mallorca. Ist preiswerter als drei Tage Bayrischer Wald bei eigener Anreise.
Mit einem sonderbaren Gemisch aus Vorfreude und Abschiedsschmerz fahre ich zum Bahnhofs-Kiosk. Luna räumt gerade ein Blech mit Kuchenstückchen in die Auslage.

„Du ich muss mal ein paar Bürotage einschieben. Hab das etwas schludern lassen." Sie schaut mich an. Sehe ich da ein klein bisschen Enttäuschung? Ja bitte bitte!

„Klar – das muss auch mal sein. Meine Steuererklärung liegt auch schon seit Wochen auf der Kommode und wartet auf eine Einladung von mir." Das Gespräch will uns heute nicht so recht gelingen. Noch dazu wo der Nieselregen vergessen hat, dass er ja nur ein kleiner stimmungs-unterstreichender Tränenspritzer sein wollte. Und kein Dauerzustand. Blödes Nass von oben. Auch, wenn das kleine Vordach am Kiosk das meiste abhält. Die Feuchtigkeit krabbelt mir von unten ins Hosenbein.

„Wenn ich deine Handynummer hätte, könnte ich dir ja mal ne SMS schicken. Also – nur so. Vielleicht." Wenn mir eine Person egal ist, habe ich überhaupt kein Problem damit nach der Handy Nummer zu fragen. Absolut keins. Aber hier fange ich an zu stottern und bekomme Herzklopfen. Super coole Tussi, die ich da abgebe.

„Das wäre nett", sagt Luna und lächelt mich an! Japp, japp, japp, freu, hüpf! Ich tippe die diktierte Nummer sofort in mein Handy und schaffe es gerade noch, bevor ein dicker, nicht gerade nach Aftershave riechender Mann an den Stand kommt.

„N Kaff" nuschelt er und fängt an in seinem nassen, grauen und bestimmt Geschichten aus langer Vorzeit erzählenden Mantel, nach Geld zu suchen. Und da ich mir mein Glück nicht versauen lassen will, winke ich Luna debil grinsend zu und entere die nächste Bahn, die gerade wie bestellt einfährt. Dass ich exakt in die Richtung fahre, aus der ich vor 10 Minuten erst gekommen bin, fällt mir nicht auf. Ich spüre nur noch das Handy mit dem gespeicherten Schatz in meiner Hand. Ich habe ihre Nummer! Das ist fast so, als hätte ich ein Stückchen Luna. Beseelt fahre ich heim.

Mittwoch 6.5

Dann ist Mittwoch. Ich starte mit dem ersten Flieger, der morgens nach dem Nachtflugverbot abheben darf. Verrat an einer ganzen Gemeinde, die ich früher mal bei Demos unterstützt habe. „Keine Startbahn West" – aber was soll ich machen? Nach Malle mit dem Schiff? Ich benutze die gleichen Rechtfertigungssprüche, wie die Startbahn-Befürworter damals. Bevor ich anfange mich zu schämen, denke ich an Strand und Meer und übe mich schon mal in Vorfreude.

Der Flug in der überfüllten Sardinendose verläuft ohne nennenswerte Vorfälle. Wobei es natürlich keine überfüllten Flugzeuge gibt. Wir hatten alle einen Sitzplatz. Auch wenn das bei einigen Passagieren eher so aussah, als hätten sie nur einen halben Sitzplatz bekommen. Muss wohl am Körperumfang liegen.

Nach schlappen zwei Stunden Flugzeit landen wir auf der stark bewölkten Sommer-Urlaubs-Insel. Jacqueline, unsere freundliche Reisebegleiterin teilt uns mit, dass wir auf der nun folgenden einstündigen Fahrt zum Hotel ja schon mal die Insel bewundern können. Ich lehne meinen übernächtigten Schädel an die Fensterscheibe und schlafe ein.

Irgendwie muss mein Unterbewusstsein wohl kapiert haben, dass der Bus anhält und wir am Ziel angekommen sind. Aussteigen. Strecken. Alles quillt zur Rezeption. Ja, die Zimmer sind schon alle fertig. Juchu! Die lustig bunten Möbelelemente in der Empfangshalle stammen offensichtlich aus den frühen Siebzigern und sollen modern und lustig wirken. Ein blauer Plastiksessel. Ein grüner Plastiksessel. Ein gelber Plastiksessel. Ein leuchtend roter männlicher Hotelgast. Ach du Schreck - das muss doch wehtun.

„Good morning", ruft er der Empfangsdame zu. Das erklärt natürlich alles: Er ist Engländer! Die *müssen* im Urlaub so aussehen. Immer verbrannt. Immer rot. Und abends immer betrunken. Und die deutschen Männer müssen immer weiße Tennissocken zu ihren Sandalen anhaben. Ich schleppe meinen Koffer in den dritten Stock. Ein kleines, aber sehr sauberes Zimmer in gedeckten Grüntönen wird mein künftiges Zuhause sein. Es hätte schlimmer kommen können. Gut, dass ich ein *Doppelzimmer zur Einzelbelegung* habe, denn zu zweit hätte man in diesem Kämmerchen keine Chance. Selbst der Kleiderschrank ist eigentlich nur für eine Person gedacht, denn er beinhaltet gerade mal drei Kleiderbügel: Einen fürs Hemd, einen für die Jacke und … ja der dritte ist bei mir schon überflüssig. Ich bin ja in die Sonne geflogen. Wozu brauche ich da dicke Sachen. Ach ja – Mallorca. Sommerinsel. Und weil es mir so kalt ist, lasse ich mir zur Begrüßung erst mal die Badewanne einlaufen. Also das, der Zimmergröße entsprechende, Bade-Accessoire, das man höchsten als Sitzwanne bezeichnen darf. Anschließend schlüpfe ich in meine kurzen Hosen und nehme – nur mal so – die dünne Windjacke mit, um erst mal auf Erkundungstour zu gehen, beziehungsweise einen leckeren Café con leche zu trinken.

Ich trete auf die Promenade. Ballermanns best! Lokale und Cafés, Kinderbelustigungsanlagen, Auto- und Fahrradverleihe sowie unzählige Souvenirläden reihen sich aneinander. Was mich jetzt nicht unbedingt stören würde. Aber aufgrund des schlechten Wetters gehen heute *alle* spazieren, so dass es hier voll ist wie samstagmorgens in der heimischen Fußgängerzone. Ich biege ab und wende mich dem Meer zu. Der Ort, wegen dem ich ja hier bin (der Dativ ist dem Genitiv sein Tod!). Kaum was los hier. Wie schön. Der Wind pfeift so kalt, dass ich den Reißverschluss meines einzigen warmen Kleidungsstücks bis oben schließe. Ah wie herrlich! Denke ich und bekomme auch schon den ersten feinen Sand ins Gesicht. Und ins rechte Auge. Es dauert ca. drei Minuten bis ich ihn wieder draußen habe. Die Sache verzögert sich, weil ich zwischenzeitlich erst den, aus dem linken Auge puhlen muss, der noch schmerzhafter ist. Ich gehe wieder zurück in die Fußgängerzone und setze mich erst einmal in ein Café.

„Un cafe´con leche por favor.“

Nichtstun ist besser, als mit viel Mühe nichts schaffen. – Lao-tse

Anke hat mich auch in der Ferne nicht vergessen. Und das, obwohl ich schon einen ganzen Tag von zu Hause weg bin. Aber Recht hat sie – oder Lao-tse. Schlaues Kerlchen.

Menschenmassen ziehen an mir vorbei. Langweilig wird es hier bestimmt nicht. Es gibt hier in einer halben Stunde mehr Leute zu gucken, als an einem ganzen Wochenende zu Hause auf dem Wochenmarkt. Und was für Gestalten! Kurzgefasst gibt es hier zwei Touristengruppen: Die jungen Pärchen mit ihrem Baby, bei denen der Papa voller Stolz das Kleine trägt oder schiebt, während Mama die große Tasche mit dem Kinderzubehör schleppt. Und die Gruppe der best ager über 70, die hier ihre Zeit verbringen bevor die Touristen-Sommermasse einfällt. Sehen dicke Männer zu Hause einfach nur dick aus – hier verwandeln sie sich in Karikaturen. Ich kann mir nicht erklären, wo die alle herkommen. Zu Hause läuft so etwas nicht rum. Oder machen Kleider doch Leute? Die moderne ¾ Hose mit den unzähligen Taschen und Schnüren wird von einem Gürtel direkt unter einem Bauch festgehalten, der – echt ohne Übertreibung – aussieht wie im 9ten Monat schwanger. Wenn der Träger dieser Wampe eine Frau oder Freundin hätte, die im wohlgesonnen wäre, dann würde als Oberbekleidung ein Hemd, Poloshirt oder einfarbiges T-Shirt folgen. Aber nein! Da hat der alte Kerl meistens eine halbnackte Britney Speers auf dem Muskel(!)shirt. Oder einen Totenkopf. Oder eine Punkrock-Gruppe. Wie die alten Oberarme mit dem Tattoo aus vergangenen Tagen aussehen, beschreibe ich jetzt nicht. Es könnten ja Kinder diese Zeilen lesen. Leider scheint der gemeinsame Jahresurlaub der Moment zu sein, wo sich viele Frauen für, was weiß ich alles, rächen und ihren Mann der Lächerlichkeit preisgeben. Warum machen Frauen so etwas? Sehen die nicht wie der Kerl an ihre Seite rumläuft? Oder wollen die das wirklich? Wollen sie ihn echt und mit der fiesesten Absicht zum Gespött machen? Oder – mir schwant Böses – gehört sich das so?

Würde ich mich mit meiner Einstellung zum Ober-Spießer der Nation outen? Darf auch der brave Bürohengst im Urlaub mal den Rocker geben? Mit Totenkopf-Muskelshirt. Brrrrr – ich schüttel mich. Aber ... ich bin ja tolerant. Obwohl ...

Dann enter ich halt den hoteleigenen Speisesaal. Scheinbar habe ich mir die prime time zum Essen gehen ausgesucht. Ich stehe erst eine gefühlte Ewigkeit am Buffet und dann suchend mit meinem heißen Teller im Speisesaal rum. Wo bitte kann ich mich hier hinsetzen? Es ist kein einziger Tisch mehr frei. Na prima – im Urlaub muss ich jetzt also genau das machen, was ich zu Hause nie machen würde: Ich muss mich zu jemand wildfremden an den Tisch setzten. Zumindest sieht dieser Mann hier zivilisiert aus. Habe ich hier den einzig anständig gekleideten Mann auf Malle erwischt? Er kann sogar essen! Ja - er macht die Gabel nur so voll, dass alles eine Chance hat in seinen Mund zu wandern! Is ja irre! Ist bestimmt ein Finanzbeamter, der sich auch im Urlaub nicht gehen lassen kann. Der hat bestimmt kein Totenkopf-Muskelshirt. Auch nicht im Schrank.

Ich schlafe wie eine Tote. Höre nicht mal die Disco neben an. Aber es ist ja auch erst Mittwoch. Das Wochenende steht ja erst bevor. Dann drängt sich mir schon eher – so als Begleitmusik – der Fernsehapparat meines Zimmernachbarn auf. Oder Nachbarin. Keine Ahnung. Was mich allerdings stutzig macht ist, dass es sich bei dem Programm um eine Programm-Schleife handeln muss. Was ist das? Am nächsten Tag höre ich das gleiche *Programm* jedes Mal, wenn ich ins Zimmer komme. Insgesamt von morgens um 7 bis abends um 21 Uhr. Wer sieht sich 14 Stunden lang eine Programmschleife an? Wohnt neben mir ein Gestörter? Ein Psychopath? Ein Toter? Lieber nicht drüber nachdenken.

Ich denke ohnehin zu viel. Also ich denke viel nach. Über alles Mögliche. Über meinen Job. Über Geld. Über Aussteigen. Über den Sinn des Lebens. Und ob es überhaupt einen Sinn gibt. Biologisch ist der Sinn einfach nur die Erhaltung der Art. Fortpflanzung. Habe ich also schon versaubeutelt. Keine Kinder – kein biologischer Erfolg. Und kein Job? Kein Beitrag zum Allgemeinwohl? Im Gegenteil – ich ziehe ja kostbares Geld aus der Staatskasse: Arbeitslosengeld. Ja so eine bin ich. Ich will nicht denken und gehe ans Meer. Wenn ich die Jacke anhabe und den Kragen hochstelle, kann ich es sogar wagen barfuß durch den Sand und die kleinen gekräuselten Wellen zu laufen. Kalt – aber genau das wollte ich: Am Strand spazieren gehen.

> Es ist Sommer – egal ob es stürmt oder friert. Sommer ist was in meinem Kopf passiert. – Wise Guys

Freitag 08.05

Die Tage gehen so dahin. Schneller als gedacht. Ziel war ja, mich zu erholen. Erhole ich mich denn auch? Oder kämpfe ich mich durch die Tage und beweise mir selbst, dass ich auch ganz alleine und ganz spontan in Urlaub fahren kann. Dass ich schon eine ganz Große bin. Aber gerade im Moment fühle ich mich eher klein und einsam. Würde jetzt viel lieber mit meinen Mädels lachen. Oder mit Luna philosophieren. Hier hab ich so gar niemanden zum Reden. OK – vorhin die Frau an der Auskunft. Die hab ich gefragt, wann morgen früh der Bus fährt. Aber das eine Unterhaltung zu nennen, wäre vielleicht doch etwas stark übertrieben. Ich glaub, ich bin gerne mal alleine – aber ich bin keine Einzelgängerin. Also – der Job als Einsiedlerin ist definitiv nix für mich. Überhaupt: Ich bin ja der Meinung, dass der Mensch ein Herdentier ist. Dass er nicht dazu erschaffen wurde, alleine seinen Weg zu gehen. Dass der Mensch kein Elefantenbulle ist. Der mag's gerne alleine. Der Psychologe Abraham Maslow hat ja die Theorie aufgestellt, dass die menschlichen Bedürfnisse einer Pyramide gleichen: Der breite Sockel ganz unten sind die Grundbedürfnisse – die Defizitbedürfnisse – wie Essen, Trinken und Wärme. Dann werden die Bedürfnisse immer spezieller und oben an der Spitze stehen die Wachstumsbedürfnisse. Und ganz, ganz oben die Selbstverwirklichung. So moderner Schnickschnack, den alle, die populär-wissenschaftliche Zeitschriften lesen, extrem ausgeprägt in ihr Daseins-Profil eingebaut haben. Das sind die pädagogischen Gut-Menschen, die gerne „Du da bin ich ganz bei dir", sagen oder, „Du das tut mir jetzt aber echt weh." Aber ist es nicht so, dass wir all den Mist von Selbstverwirklichung gerne gegen die Zugehörigkeit zu unserer Herde eintauschen? Wer will denn schon wirklich alleine sein? Ganz Verzweifelte gehen aus diesem Grund sogar in einen Gesangverein oder zu den Landfrauen. Unsere Gene sind halt doch stärker, als unser Verstand. Und warum glaube ich dann, dass ich über meinen Verstand zu einer Lösung komme? Ich merke doch jeden Tag, dass ich mit meinen Gedanken auch nicht wirklich weiter komme. Ich denke viel. Ich denke vor und zurück. Und seitlich. Leider halten sich Gedanken an die mathematische Regel, dass sich Plus und Minus aufheben. Der positive Gedanke und der negative Gedanke ... heben sich gegenseitig auf und übrig bleibt: Leere. Oder Fragen. Was kann ich? Was will ich? Was muss ich machen? Wie muss ich mich positionieren? Wer gibt mir eine Chance? Chance? Ja wer gibt mir denn eine? Und wie kann ich das beeinflussen? Kann ich das überhaupt? Für diese Fragen hätte ich allerdings nicht in Urlaub fliegen müssen. Die habe ich alle schon x-tausendmal zu Hause durchdacht. In den gefühlten acht Stunden, die ich morgens wach im Bett liege, weil ich noch nicht um vier Uhr nachts aufstehen will.

Ich spaziere viel die Promenade rauf und runter, trinke literweise Café und abends cervesa, liege auch mal am Strand. Ganz flach, denn dann bläst der Wind über mich hinweg und die Sonne fühlt sich sogar warm an. Habe schon etwas Farbe bekommen an Waden und Knie sowie Arme und Gesicht. Mit Aussparung um die Augen – wegen der Sonnenbrille. Und abends nutze ich meine Halbpension gnadenlos aus. Jetzt, da ich weiß, wie man den Kampf um einen Sitzplatz gegen das Heer der Rentnerinnen und Rentner gewinnt! Ganz einfach: Deutsche RentnerInnen erstürmen den Speisesaal, sowie sich dessen Türen öffnen. Und das ist in meinem Hotel um 18:30. Dann futtern sie maximal 45 Minuten und verlassen den Saal wieder. Wenn ich also erst um 19:30 komme, gehören der Saal und das Buffet mir alleine! Nun gut – das Buffet ist jetzt keine haute cuisine. Aber es kann schon auch satt machen. Also – zumindest habe ich anschließend keinen Hunger mehr. Nein echt – ist alles OK. Die Gemüsepfanne ist sogar richtig lecker. Ja gut – totgekocht ist es schon. Aber lecker. Und der Fisch hat kaum Gräten. Beziehungsweise man kann sie gut rauspopeln. Und verbrennen kann man sich auch nicht. Nein – heiß ist etwas anderes. Aber wer will schon heiß essen in einem heißen Sommerparadies. Bei ca. 17 Grad. In der Sonne. Und überhaupt, bin ich ja ohnehin nicht so die große Esserin. Trinke ich lieber noch ein schönes cervesa.

Was ist rot und liegt wie Treibholz am Strand? Ein verbrannter Engländer beim Sonnenbaden. Ich dachte ja immer Malle sei komplett in deutscher Hand. Außer dem Norden. Da gibt's wohl einige Engländer. Aber jetzt muss ich feststellen, dass es auch hier in Calla Millor unzählige dieser Spezies gibt. Sind auch alle leicht zu erkennen: Zum einen am rot leuchtenden Sonnenbrand. Und zum anderen an Kindern, die im Hochfrequenz-Bereich schreien. Die schreien nicht einfach so. Die zer-schreien die Luft. Die Luft zerreißt geradezu. Und mein Trommelfell ebenso. Und so schafft es ein vielleicht gerade mal vier jähriges Kind mich von meinem Plätzchen zu vertreiben. Aber soll ich hier hocken, bis mir Blut aus dem Ohr läuft? Ach ja – ich mag Kinder. Im Reis-Rand ...

Auch wenn ich nicht bis in die späte Nacht draußen in coolen Strandbars oder schicken Promenaden-Lokalen sitze und Leute beobachte (denn das mache ich ja schon den ganzen Tag), bin ich dennoch noch nicht um 20:00 Uhr müde. Also: Was tun? Das Mini-Zimmer hat den Charme einer gut aufgeräumten Abstellkammer. Ich könnte also auf dem Bett sitzen und lesen. Tolle

Idee – da komme ich ja sonst nie dazu. Außer jeden Abend zu Hause. Und mal wieder den Versuch unternehmen und den Fernseher zur Unterhaltung zu bemühen? Ich entdecke die Fernbedienung direkt unter dem Fernsehgerät. Patina nennt man das doch, wenn man alten Belag freundlich beschreiben will, oder? Diese Fernbedienung hat Patina im Sonderangebot bestellt. Und erhalten. In der forensischen Spurensuche würde man hier unter Garantie Fingerabdrücke der ersten Seefahrer entdecken. OK – der ersten Hotel-Besucher. Es gibt drei deutsche Sender. Im Ersten läuft Fußball. Aber bloß der Männer und nicht der Frauen. Im Zweiten ein deutscher Krimi mit einer heulenden, verzweifelten Mutter „Aber er war doch immer so ein ruhiger, schüchterner Junge." Das dritte Programm ist ein Sportsender. Snooker Billard. So langsam gebe ich die Hoffnung auf, dass Fernsehen für mich das geeignete Ablenk-Medium sein könnte. Ich krabbel ins Bett und lese.

Sonntag 10.05

Die Sonne geht landeinwärts rechts hinten unter. Dann müsste sie ja über dem Meer vorne links aufgehen. Fragt sich bloß um wie viel Uhr.

„A que hora sol? A que hora sunrising?" Ich mache mit meinen Armen rudernde Bewegungen, die die aufgehende Sonne darstellen sollen.

„¡Ahora caigo! El tiempo la mañana? soleado!"

"Hä?" (das ist hessisch und heißt „Wie bitte?")

„Sol – mañana sol" Oh ich verstehe: morgen scheint die Sonne. Aber das war ja nicht meine Frage. Ich versuche es wieder mit dem kleinen Touri-Pantomime-Spiel.

„El Mar – el sol – a que hora?" Ich geb alles. Meine Darbietungen wären in jedem Quiz der Renner. Und er scheint zu verstehen, denn er nimmt sein Smartphone und fängt an darauf rumzuwischen und zu tippen. Dann hält er es mir ganz stolz vor die Nase: Palma de Mallorca Sonnenaufgang 6:26 Uhr. Yeap das isses! Morgenfrüh findet dieses Schauspiel mit mir als Besucherin statt. Bin ja ohnehin schon immer um 5:00 Uhr wach.

Am nächsten Tag, zehn Minuten vor dem großen Ereignis, gehe ich zum Strand. Bis an die Promenade begegnet mir kein Mensch. Und auch kein Hund. Unten am Strand sind jedoch schon ein paar Jogger unterwegs. Leistung – auf Sand laufen ist echt anstrengend. Aber das soll jetzt nicht mein Problem sein. Mein Problem sind die Wolken, die über dem Meer hängen. Bei meinem Glück geht die Sonne genau dahinter auf. Ich finger schon mal meinen Fotoapparat aus der Schutzhülle. Noch zwei Minuten. Wie ruhig es hier ist. Wie friedlich. Die Wellen kommen. Die Wellen gehen. Eine kleine Schaumkrone bleibt zurück. Bläschen zerplatzen. Und da zeigt sich ein winzig kleiner orangefarbener Fleck am Horizont. Genau *zwischen* den Wolken. Ich habe Glück! Der Ball steigt auf. Millimeter für Millimeter. Orange Pracht pur. Die Wolken links und rechts verfärben sich ebenfalls. Es ist einfach himmlisch. Im wahrsten Sinne des Wortes. Ich sitze auf dem Mäuerchen, das den Sand vom Gehweg trennt und lasse die Beine baumeln. Vor mir das Meer. Am Horizont der Glut-Ball. Die Zeit bleibt stehen. Die Gedanken schwinden. Für ein paar Sekunden fühle ich nichts außer Ergriffenheit.

Hätte ich in diesem Moment doch nur die Pause-Taste drücken können. Diesen einen Moment anhalten. Archivieren. Nicht nur als Foto. Auch wenn es noch so schön geworden ist. Ich hatte den Kopf leer. Keine Zukunft. Keine Vergangenheit. Keine Ängste. Keine Sorgen. Doch da schleicht sich mein Bewusstsein ins Unterbewusstsein. Ich registriere es bewusst, dass ich gerade mal nicht denke. Und genau mit diesem Erkennen … ist der Zauber gebannt. Durch meine Ergriffenheit spüre ich, wie sich eine wohlbekannte Unruhe in meinem Körper ausbreitet. Freundschaftlich flüstert sie mir zu:

„Genieße es. Wenn du wieder zu Hause bist, geht die ganze Scheiße von vorn los." Der Himmel ist mittlerweile fast vollständig orangefarben. Alle Wolken werden von der Glut erhitzt und glühen nun ebenfalls. Mir scheint es wie ein Fenster in die Zukunft. Bloß, dass ich da gar nicht durchschauen mag. Aber ich starre zum Horizont, als ob dort der Schlüssel zu allem liegen würde. Und was sehe ich? Ich sehe Nichts. Ein großes, lautes, schreiendes Nichts, das mich zu verschlingen droht. Es saugt mich an. Zwangsläufig muss ich an den dunklen Tunnel denken, der für mich die Hilflosigkeit symbolisiert. Was ist meine Zukunft? Was wird aus mir? Keine Antwort. Und davon jede Menge. Dennoch spüre ich eine Kraft in mir. Eine Kraft, die sich gut anfühlt. Es liegt an mir, was aus mir wird. Nicht an irgendwelchen Firmen, die mich einstellen oder nicht. Mein Glück hängt nicht vom Job ab. Mein Glück entsteht aus mir heraus. Umstände können es lediglich verstärken. Ich atme tief ein und drehe den Kopf weg. Der Sog ist gebrochen. Ich halte die Digi-Kamara hoch und mache noch ein paar Aufnahmen. Sonne hinter Sonnenschirmen. Sonne hinter Rettungsschwimmer-Hochsitz. Jetzt brauche ich einen Kaffee.

Montag 11.05

Nur ein Wimpernschlag später bin ich irgendwie schon wieder zu Hause. Huch?!!! Bin ich nicht gerade eben erst auf Malle angekommen? Bin ich nicht gerade eben am Strand gewesen? War ich nicht gerade noch weit weg von a*ll dem hier*? Ich fühle mich, wie aus einem süßen Traum gerissen: In die unbarmherzige reale Welt geschleudert. Meine Wohnung – mein Nest – mein Zuhause – es trifft mich wie ein Vorschlaghammer. Ich bin wieder zurück. Zurück aus meiner Flucht. Zurück in meiner Tretmühle. Es ist alles, wie es war. Alles wie gehabt. Diese Einsicht erschüttert mich und ich muss heulen. Hat mir meine innere Unruhe nicht genau dies prophezeit:

„Genieße es. Wenn du wieder zu Hause bist, geht die ganze Scheiße von vorn los."

> Glück findest Du nicht, in dem Du es suchst, sondern in dem du zulässt, dass es dich findet.

Was will mir mein Handy damit sagen? Also nicht das Handy, sondern Anke: Dass es mich findet? Das Glück. Welches Glück? Das, das in mir wohnt und bloß die Türe noch nicht gefunden hat.

> Manchmal muss man einfach nur das Licht anmachen, um etwas im Dunkeln zu finden.

Oha – Anke hat so eine pragmatisch-philosophische Art die Dinge zu benennen. Irgendwie ne tolle Sache, so einen Menschen zu kennen wie Anke. Und oft liegt in diesen Kalender-Sprüchen ja echt ganz viel Tiefsinn. Ja – manchmal ist die Lösung gar nicht so kompliziert wie man es meint. Oder wie ich es meine. Ich glaube, das Thema sollte ich mal mit Luna besprechen. Ob ich da morgen gleich mal vorbeifahre? Mit dem SMS-Schreiben habe ich mich ganz arg doll zurückgehalten. Drei SMS in fünf Tagen. Das ist nicht aufdringlich, finde ich, oder? Leider hat sie kein einziges Mal geantwortet. Dabei kostet es von Deutschland nach Spanien doch so gut wie nix. Hm. Die Enttäuschung spüre ich wie eine zu große Portion Spaghetti im Bauch. Müsst mal nen Schnaps darauf trinken. Nein nicht wirklich. Es ist erst 12:30 Uhr. Und nu? Was mache ich jetzt? Was fange ich mit diesem Tag an? OK – bin ich erst mal ganz vernünftig und packe den Koffer aus, räume die Sachen weg und schmeiß eine Waschmaschine an. Und während das Ding den Sand aus meinen Handtüchern wäscht und ich hin und her springe, um alle Kleinigkeiten – wie Sonnencreme, Tagebuch, Stifte, Fotoapparat usw. – wieder an ihre anvertrauten Plätze bringe … währenddessen verflüchtigt sich das Bild vom Urlaub. Ich agiere wieder in meiner altbekannten Umgebung. Tue und Mache die Dinge, die ich immer mache. Gleich werde ich mich an den PC setzen und E-Mails checken. War ich weg? Oder habe ich nur einen netten Film gesehen? Einen über Mallorca. Warum kann ich dann aber nicht einfach die

Return-Taste drücken und mir den Film noch einmal ansehen? Oder immer wieder? Wobei … soooo toll war es ja genaugenommen auch wieder nicht. Das Beste war ja die Flucht aus dem Hier und Jetzt. Dort *konnte* ich ja definitiv nicht am Schreibtisch sitzen. Ich war zum Nichtstun verdonnert. Brauchte keine Ausrede für mich selbst. Wie herrlich! Dabei ist das ein Muster in mir, für das niemand etwas kann. Andere können einfach besser genießen. Andere gehen sinnvoller mit ihrer Zeit um. Andere machen sich das Leben nicht selbst schwer. Andere leben einfach. Piep …

Sei du selbst – alle anderen gibt es schon. – Oscar Wild

Andere bekommen wahrscheinlich auch nicht permanent Lebensweisheiten per SMS geschickt. Aber diesmal passt sie nicht. Sei du selbst – aber doch nicht *so*! Vermutlich soll ich etwas lernen. Soll aus dieser Zeit und dieser Situation etwas lernen, was gar nichts mit der Jobsuche zu tun hat. Welche Herausforderung! Und warum lade ich alle diese Herausforderungen zu mir ein? Was für eine blöde Fete ist das denn? Warum habe ich keine Einladung an die Zufriedenheit geschickt? An das Glück? An die Zuversicht? Die Ausgeglichenheit?

„Hallo Gelassenheit – komm rein, setz dich. Möchtest du was trinken? Wen hast du denn da mitgebracht? Oh – das ist ja Grübel-Grübel. Und Angst ist ja auch dabei. Aber die wollte ich doch gar nicht auf meiner Feier haben!" Aber wie schmeißt man ungebetene Gäste wieder raus, wenn sie schon im Wohnzimmer stehen? Ich sollte wohl mal ein Schild an meine Wohnungstüre hängen: „Schlechte Gefühle müssen draußen bleiben. Bitte anleinen. Frisches Wasser steht für Ihren Liebling zur Verfügung." Ob meine Gefühle lesen können?

Ich wechsle das Thema und fahre den PC hoch. Vierzehn neue Nachrichten. Na, das klingt doch nett. Und? Na ganz großes Kino: Zehn Mails sind von der Jobbörse bzw. dem Suchprofil, das ich angelegt habe. Zwei sind ... Absagen. „Wir bedauern Ihnen keine positive Mitteilung senden zu können." Ach echt? Das bedauert ihr? Na dann sendet doch eine Zusage. Oder zumindest eine Einladung für ein Vorstellungsgespräch. Sauer verschiebe ich die beiden Mails in den Ablageordner *Absagen*. Eine Mail ist von Anke:

„Herzlich willkommen zu Hause. Ich freue mich auf Dich!" Ach ja – ist ja schon echt ne Süße meine Anke. Und dann ist da noch eine von Sandra Breitscheid. Kenne ich nicht. Spam? Ich geh mal mit dem Cursor über den Absender. Huch! Die ist ja auch von einem Unternehmen, bei dem ich mich beworben habe. Noch ne Absage.

„ ... hat uns ihr Lebenslauf gefallen, sodass wir sie gerne kennenlernen würden ..." Was? Wie? Hä? Ich? Mich? Kennenlernen? Ich bekomme leichte Schnappatmung. Wann kam die Mail an? Samstag. OK. Das geht noch. Muss ich sofort drauf antworten. Klar kann ich an diesem Termin. Egal wann und wo er stattfinden soll. Alles egal. Hauptsache mal ein Vorstellungsgespräch. Mein Kreislauf ist von Null auf Hundert hoch geschnallt. Denn da hat nicht irgendeine Firma geantwortet, sondern die, die hier einige Straßenblöcke weiter ansässig ist. Da könnte ich glatt hin radeln. Fast jedenfalls. Und somit ist klar, was ich die nächsten Stunden mache: mich vorbereiten.

Als erstes recherchiere ich über das Unternehmen. Was machen oder produzieren die überhaupt? Wie stellen die sich auf ihrer Homepage dar? In welchen Ländern gibt es Niederlassungen? Wann wurden sie gegründet? Ich klicke und notiere, klicke und notiere. Als ob ich bei einem Quiz teilnehmen würde und diese Firma mein Spezialgebiet sei. Morgen werde ich dort vorbei radeln und mir alles von außen ansehen. Am besten zur Mittagspausen-Zeit. Da kann ich auch checken, ob da nur Schlipse und Kostümchen herum stolzieren oder Jeans und Sneakers.

Und auf das Gespräch als solches muss ich mich vorbereiten. Da habe ich schon unzählige Fragen gesammelt. Das Internet ist ja voll mit Tipps und Tricks. Normale Fragen, die häufig gestellt werden und besondere Fragen, die aus dem einzigen Grund gestellt werden, um die Kandidatin zu verunsichern.

„Wie schwer ist Süd-Amerika?"

„Wie viele Eier werden pro Jahr in Deutschland gegessen?"

„Warum haben sie so eine unpassende Bluse an?"

„Glauben sie allen Ernstes, dass sie den Anforderungen der Stelle gewachsen sind?" Auf solche Fragen kann ich mich natürlich nicht vorbereiten. Nur insofern, als ich weiß, dass so ein Mist kommen kann. Und dann schön einen auf cool und selbstsicher machen.

„Wie viele Eier? Na heute zumindest eins weniger, denn ich habe heute keins gegessen." Ha-ha wie originell. Gut – es gibt aber auch Fragen, die garantiert drankommen:

„Was sind ihre Stärken?"

„Was sind ihre Schwächen?"

„Wie gehen sie mit diesen um?"

„Was waren ihre größten Herausforderungen?"

„Was ihre größten Fehler?"

„Wie motivieren sie sich?"

„Was schätzen ihre Kolleginnen an ihnen?"

„Was würden sie an sich gerne verändern?"

Und das wichtigste bei diesen Fragen ist, nicht das was ich wirklich denke oder machen würde, sondern das, was am besten zur Stelle passt. Also es sollen schon *meine* Antworten sein – ich muss da authentisch sein – aber es muss auch zu den Anforderungen des Jobs passen.

„Guten Tag mein Name ist Hase, ich weiß alles und bin eine eierlegende Wollmilchsau." Oder so ähnlich. Den Termin bestätige ich sofort. Er ist schon übermorgen. Da habe ich ja kaum Zeit zum … absolut nervös werden. Aber auch das schaffe ich. Ich schaffe es super nervös zu werden. Ich lese zum x-ten Mal die Homepage. Wenn die jetzt ein Komma ändern, bemerke ich das. Ich stehe auf und gehe ans Fenster. Hm. Ich setze mich wieder an den Schreibtisch. Was ist denn eine Schwäche von mir? Ne – eher: was ist denn eine Schwäche von mir, die ich verraten kann? Oder will.

„Schwächen? Hab ich nicht." Ganz schlecht. Arrogant. Gleich verloren.

„Schwächen? Ach wissen Sie – ich kann Schokolade nicht widerstehen. Deshalb habe ich auch keine zu Hause." Hm. Tipp aus dem Internet. Verzeihbare Schwäche, die nix mit dem Job zu tun hat *und* auch noch das passende Verhalten, um die eigene Schwäche auf Minimum zu halten. Ich find's doof. Schokolade. Nö – nicht meine Art zu antworten. Was ist meine Art? Hm …??? Im Grunde sind meine Stärken und meine Schwächen das Selbe (oder das Gleiche?). Also zum Beispiel kann ich gut analysieren. Eine Stärke im Job. Aber genau das Gleiche Verhalten ist im privaten eine Schwäche: Ich kann nix einfach so hinnehmen wie es kommt. Immer muss ich alles hinterfragen und verstehen. Ob ich das sagen kann? Oder wirke ich dann wie eine Klugscheißerin?

Meine größten Erfolge? Hm …? Vielleicht …? Hm …? Oder …? Hm …? Ach verdammt! Ich stehe auf und suche mein Telefon. Wenn ich nicht genau wüsste, dass Telefone nicht leben, dass sie keine Beinchen haben und definitiv nicht weglaufen können – dann würde ich meinem Apparat unterstellen, dass er genau das, mit wachsender Begeisterung macht, um mich zu ärgern. Und es ärgert mich auch. Wo liegt es denn heute wieder rum? Ich habe doch noch gar nicht telefoniert. Aber es geschehen auch Wunder. Mein Telefon ruft nach mir! Also ich meine: Es klingelt.

„Hallo ich bin's! Lust auf Ablenkung und ein Bierchen?" Oh Anke – im Mittelalter hätte man dich sicherlich wegen Hexerei auf dem Scheiterhaufen verbrannt. Woher weißt du bloß immer, wie es mir geht? Was ich gerade seelisch moralisch benötige.

Oder loswerden muss. Zwanzig Minuten später sitzen wir ... klar
... im Irish Pub. So wie sich das für anständige Mädchen gehört.

Dienstag 13.05

Spät ist es nicht geworden. Ich muss ja fit sein für den großen
Showdown. Aber allein das Rauskommen aus meinen vier Wän-
den hat meine Nervös-Spirale zum Stoppen gebracht. Funktioniert besser als Psychopharmaka. Und meistens ohne Nebenwir-
kungen.

Heute ist es soweit. Heute wird sich zeigen, ob ich aus dieser
Leere ausbrechen kann. Eine Leere mit dicken, fetten, stabilen
Mauern. Depression ist natürlich was ganz anderes. Aber ich bin
nah dran. Kann sie schon riechen. Spüre manchmal schon ihren
heißen Atem in meinem Nacken. Nix. Weg. Aus. Gedanken
schieb beiseite. Bitte eine positive Grundeinstellung für diesen
Tag. OK – was habe ich schon gemacht?

1) Auf das Unternehmen vorbereitet.
2) Antworten auf mögliche Fragen überlegt. Strategien
   zurechtgelegt.
3) Überlegungen zum optischen Eindruck angestellt.

Hier gilt es nun Hand anzulegen. Was ich anziehe, ist leicht be-
schlossen: Ich besitze nur einen Anzug. Einen blauen. Aber zwei
Blusen. Eine rost-rote und eine blaue. Hm ...? Die rost-rote.
Wirkt nämlich salopper. Moderner. Bloß kippt bei mir immer der
Kragen weg. Egal bei welcher Bluse. Wie machen andere das?
Das der nicht weg kippt? Doppelseitiges Klebeband? Soll ich
Schmuck anziehen? Naja – ich hab ne Uhr. Nein – keine Swatch.
Ne richtig schicke mechanische. Ohrringe? Ja, ich *hatte* mal wel-
che. Aber ich glaub, die habe ich mal verbastelt. Egal. Wichtig ist
auch, dass ich gepflegt aussehe. Also nix wie in die Badewanne.
Das macht nicht nur sauber – das beruhigt auch meinen Geist.

Ich lasse mir das Badewasser einlaufen und gebe Bade-Öl dazu: Kleopatras Traum. Für seiden zarte Haut. Ich kletter in die

weißen Schaumberge und lasse mich in die Tiefe gleiten. Ach wie herrlich! Ich schließe die Augen und lasse mich treiben. Zumindest vom Prinzip her. Ich lasse alles locker und entspanne mich. Mit geschlossenen Augen höre ich wie die Schaumberge knistern. Wohlige Wärme umschließt mich. Die Wärme macht mich müde. Wie schön …. aaarggghhhh! Bloß nicht müde werden! Ich setze mich ruckartig auf. OK – sooo entspannen darf ich mich natürlich nicht. Wie würde das denn wirken:

„Hallo Frau Breitscheid. Gähn. Ja ich habe gut hierher gefunden. Gähn…" Na gut. Dann halt nicht mehr treiben lassen. Ich wasche mich und kletter wieder aus der Wanne raus. Eincremen. Fingernägel? Sind gut so. Fußnägel? Sieht niemand. Die Haare. Oh graus. Schaumfestiger rein und los geht's mit föhnen. Hitze pustet auf meinen Kopf. Vermutlich werde ich gerade rot im Gesicht. Nicht aus Scham, sondern mal *nur* wegen der Hitze. Geht das so? Ja sieht OK aus. Irgendwie komme ich mir vor, als ob ich mich für ein Date schick mache. Die Aufregung fühlt sich zumindest ganz ähnlich an:

„Hallo Sandra Breitscheid. Na wie geht's denn so? Alles im grünen Bereich in der Personalabteilung? Kann ich Sie zu einem Kaffee einladen?" Ne, auch nicht wirklich spaßig. Aber apropos zum Kaffee einladen – dabei fällt mir Luna ein. Das wäre doch der Knaller, wenn ich beim nächsten Mal sagen könnte, das ich einen *neuen* Job habe. Zwar nicht mehr so anspruchsvoll, aber dafür auch sehr viel entspannter. Das wäre zumindest mal eine Idee, um aus der Sache mit der Unternehmensberaterin rauszukommen. Muss ich später mal genauer durchdenken. Und irgendwie noch verbal richtig verpacken. Mich selbst muss ich aktuell auch richtig verpacken. Der erste Eindruck zählt. Manchmal wird sogar behauptet, die ersten paar Sekunden seien ausschlaggebend, ob man den Job bekommt oder nicht. So gesehen kann ja eigentlich nichts schief gehen. *Eigentlich* – da war es schon wieder – mein persönliches Unwort. Hoffentlich rede ich mich nicht gleich um Kopf und Kragen. Kragen? Wieso redet man sich denn um den Kragen? Den Hemdkragen? Den, der immer weg klappt? Ja Hille – denk ausnahmsweise mal an solch dämliche Fragen – das lenkt dich nämlich ab.

Zwanzig Minuten später habe ich es geschafft. Sogar leicht geschminkt bin ich. Ja ich – die Null-Schminkerin. Hat sogar ganz gut geklappt. Also für meine Ansprüche.
Und schon sitze ich im Auto und brause los. Also ich brause los, nachdem ich mein Auto in der Tiefgarage zwei Mal abgewürgt habe. Ganz ruhig. Konzentriere dich. Wenn du jetzt einen Unfall baust, kommst du definitiv zu spät. Ich meister das Verkehrschaos in der Tiefgarage und fädele mich in den Verkehr ein. Die erste Hürde ist geschafft!
Ich glaube, ich bin eine der Wenigen, die noch ohne Navigationsgerät fahren. Warum eigentlich? Vermutlich, weil ich meinen Orientierungssinn nicht auf ein kleines schwarzes Kästchen außerhalb von mir verlagern will. Die Jugend von heute (Höre ich da meine Mutter?) schafft es ja nicht mal mehr zum Bäcker ohne Smartphone mit Navi App. Andererseits: Würde ich eins benutzen, bräuchte ich jetzt nicht blöd zu suchen, wie ich wieder in die Rot-Kreuz-Straße komme. Mist aber auch. Bloß einmal falsch abgebogen. Aber das war auch echt schlecht zu sehen. Wie kann die Stadtverwaltung bloß eine Litfaßsäule an dieser Ecke genehmigen? Da werden jeden Tag tausende Autofahrerinnen und Autofahrer falsch abbiegen. Vielleicht sollte ich jetzt einfach hier parken und zurücklaufen. Laut meiner Zeichnung müsste es ganz hier in der Nähe sein. Ach Mist – ich hätte doch gestern schon mal vorbeifahren sollen und checken, wo ich hin muss. Oder doch zu Fuß gehen. Oder mit dem Fahrrad. Mist, Mist, Mist! Wenn ich jetzt da vorn rechts fahre, bin ich wieder zu Hause. So was Dämliches. Ich parke mehr schlecht als recht in eine riesige Parklücke ein. Sonderbarerweise parke ich umso schlechter, je größer die Parklücke ist. Wenn sie klein und eng ist, konzentriere ich mich wahrscheinlich besser. Aber OK – jetzt kann ich später

auf dem Rückweg das Hinterteil meines Wagens schon von weitem auf dem Gehweg erkennen.

IIM – steht auf dem modernen Acrylschild neben der großen, sich automatisch öffnenden Glastür: "Institut für internationales Management." Ich bin zu früh. Zwar nur zehn Minuten – aber ich bin mal wieder zu früh. Sei′s drum. Ist das eine Schwäche von mir? Sollte ich mir die merken, um sie gleich zu präsentieren? Ich drehe mich erst mal rum und gehe die Straße nach links. Rechts wäre im Grunde auch OK gewesen – aber warum nicht links? Kleine Ladenlokale reihen sich aneinander. Ein Bäcker. Ich schau in den Laden. Ein Schuhmacher. Ich schau ins Schaufenster. Dafür ist es ja da. Eine Parfümerie. Ich schau ins Schaufenster. Ein Erotik-Shop. Ich laufe schnell am Schaufenster vorbei. Bloß nicht hineinschauen. Nicht auszudenken, wenn mich jemand sehen und erkennen würde!

„Guten Tag Frau Kuhn. Ich habe Sie gerade unten auf der Straße gesehen. Und? Was Neues in der Auslage entdeckt oder nur Zeug, das Sie schon haben?" Ha-ha. Haben wir gelacht. Ich schaue auf die Uhr. Noch fünf Minuten. Da schau an: Da geht ein Mann über die Straße. Ja fein. Und da schiebt eine Frau einen Kinderwagen. Ist das die Mutter oder die Oma? Heutzutage lässt sich das nicht immer so einfach erkennen. Alte Mutter oder junge Oma? Noch vier Minuten. Die automatischen Türen gehen auf. Ich gehe einen Schritt zurück. Die Türen schließen sich wieder. Noch drei Minuten. Ich betrete mit zurückgezogenen Schultern und erhobenem Kopf das Gebäude und fahre mit dem Fahrstuhl (damit ich nicht schnaufe) in den zweiten Stock. Auch hier wieder eine große Glastür. Milchglas. Damit man nicht rein kucken kann. Ich klingle erneut und zeitgleich ertönt der Summer. Eine dunkelhaarige Schönheit, Mitte Zwanzig, sitzt an einem ovalen, futuristisch wirkenden Empfangstresen (heißt das so?). Alles ist Grau in Grau. Der einzige Farbtupfer ist ihr roter Schal. Sieht irgendwie ein bisschen wie ne Stewardess aus.

„Guten Tag. Mein Name ist Kuhn. Ich habe jetzt einen Vorstellungstermin mit Frau Breitscheid." Die Stewardess bittet mich kurz zu warten und schreitet auf eine Bürotür zu. Sie läuft nicht – sie schreitet. Das meine ich mit *schreiten*. Bevor sie die Türe öffnen fragt sie mit einem gut einstudierten, aber wenig emphatischen Lächeln:

„Kann ich Ihnen einen Kaffee oder ein Glas Wasser anbieten?"

„Gerne", sage ich und betrete die Bühne für den großen Auftritt, für den ich so lange geprobt habe.

Es gibt niemals eine zweite Chance für den ersten Eindruck.

Frau Breitscheid wirkt auf mich spontan sehr sympathisch. Sie steht hinter einem viel zu großen Schreibtisch und gießt gerade ihren Benjamini ficus. Sie mag also Pflanzen. Ansonsten sieht sie ein bisschen aus, wie alle Frauen aus dem Personalbereich: Kostüm und Pferdeschwanz. Das scheint eine Einstellungsvoraussetzung zu sein. Die Kostümjacke gefällt mir, denn sie hat einen Stehkragen. Ist der nicht schon lange aus der Mode? Oder ist er gerade wieder top-modern? Ich setze mich wie geheißen in den Ledersessel vor dem Ungetüm aus dunkel glänzendem Holz. Wer hat es nötig sich hinter so etwas zu verschanzen? Frau Breitscheid? Mein Kaffee kommt. Und auch ein Wasser. Ach so – ich hatte mich bei der Stewardess ja nicht festgelegt, was ich haben will. Egal.

„Einiges über ihren beruflichen Weg konnte ich Ihrem Lebenslauf entnehmen. Erzählen sie mir doch einmal mit ihren eigenen Worten warum sie jetzt dort stehen, wo sie stehen." Das ist die klassische Standard-Einleitung. Auf die habe ich mich ganz besonders vorbereitet. Sonst fängt man entweder an rum zu stottern oder man holt zu weit aus und erzählt von Tante Lisbeth und wie die damals zu meiner Mutter gesagt hat:

„Elfriede – deine Tochter muss etwas lernen, das auch in 100 Jahren noch gebraucht wird." Als ob ich in 100 Jahren noch arbeiten wollte. Tante Lisbeth hatte allerdings auch noch nichts von der mega rasanten Entwicklung in der Arbeitswelt bzw. der Welt überhaupt gehört, seit Einzug des Internets in alle Lebensbereiche. Die Glückliche!

„Warum sehen Sie sich als geeignet für die Stelle? Welche Kompetenzen bringen Sie mit, die dem Unternehmen nützlich sein könnten?" Auch darauf bin ich vorbereitet. Ich spreche Aspekte aus dem Stellenangebot an, aber auch Themen, von denen ich behaupte, dass sie wichtig seien. Wegen der Entwicklung der Arbeitswelt und so. Habe ich mir zurechtgebastelt, um zu zeigen, dass ich über den Tellerrand hinaus denke. Gut gelle!?

Ganze 45 Minuten dauert das Gespräch. Sie fragt viel. Lässt sich viel erklären. Fragt wieder nach. Ich habe das Gefühl, sie will mich wirklich verstehen. Die Frage nach den Stärken und Schwächen stellt sie nicht so platt und direkt, sondern die Rede kommt im Verlauf des Gesprächs darauf. Zum Ende des Gesprächs fachsimpeln wir etwas über Hektik, die heutigen Stadtbewohnern innewohnt und wie man sich manchmal davon anstecken lässt. Alles in Allem, habe ich ein gutes Gefühl, als ich wieder auf der Straße stehe. Ich gehe das Gespräch in seinem Wortlaut noch einmal durch. Habe ich irgendwo Mist erzählt? Etwas gesagt, woraus sie mir jetzt einen Strick drehen kann? Etwas, mit dem ich in einen Fettnapf gehüpft sein könnte? Etwas, womit ich mich als ungebildet, arrogant oder intolerant dargestellt habe? Mir fällt jetzt erst mal nix ein. So im Moment denke ich, ich würde ganz genau das Gleiche wieder sagen. Ich biege um die Kurve und weiche gerade noch einem Radfahrer aus, der auf dem Gehweg fährt. Oder eher rast. Ich stehe vor meiner Wohnung und suche den Schlüssel in meiner Tasche. Wohnung? Zu Hause? Und mein Auto? Das steht noch immer in der Nähe von IIM. Na supi! Auch egal. Dann steht's halt da. Ich muss jetzt und auf der Stelle mit jemandem reden. Mit Anke oder mit Luna. Wen rufe ich zuerst an? Ich entscheide mich für Luna. Vielleicht, also nur so, also eventuell könnte ja, also vielleicht entsteht ja aus so einer Situation auch was anderes. Etwas *Mehr* ...

Ich nehme mein Handy und drücke auf die Kurzwahltaste Zwei. Auf der eins ist nach wie vor Anke gespeichert. Und das soll auch so bleiben. Luna geht dran (früher sagte man „Luna hebt ab" – aber ein Handy nimmt man halt nicht mehr ab. Und wieder ein Satz, der ausstirbt.)

„Klar können wir nen Kaffee zusammen trinken. Ich habe heute ohnehin Spätdienst." Verdammt – warum schaff ich es einfach nicht, mal außerhalb dieses blöden Kiosks mit ihr einen Kaffee trinken zu gehen? Aber besser als Nix. Und was erzähle ich ihr? Ich kann ja nicht sagen, dass ich ein Vorstellungsgespräch hatte. Offiziell bin ich doch selbstständig und manage die Entscheidungen von großen Firmen maßgeblich mit. Och ja ... Also beschließe ich, ihr etwas von einer Ausschreibung und der Möglichkeit eines neuen, großen Auftrags zu erzählen. Nein, ins Detail will ich gar nicht gehen. Das wäre nur langweilig. Und so tut es einerseits gut, meine gute Stimmung teilen zu können, aber andererseits nehme ich mir selbst, mit dieser Lügerei, die Chance auf eine wirkliche emphatische Anteilnahme bzw. Mit-Freude. Mist.

Donnerstag 14.05

Am nächsten Morgen wache ich – mal wieder – früh auf. Ich bin nervös. Dreh mich im Bett hin und her. Meine Gedanken rattern wieder. Doch – halt oh Wunder – sie haben mal ein neues Thema! Ja Jubel auch. Ich gestalte gedanklich meine neue Arbeits-Zukunft. Belegtes Brötchen kostet 2,35€ mal 21 Arbeitstage gleich ... Kopfrechnen? Na irgendwie mehr als 40 Euro. Ich rechne schon aus, ob ich mir ein tägliches Frühstück beim Bäcker in der IIM Straße leisten kann bzw. leisten mag. Und ich überlege, wo ich mein Fahrrad parken werde. Alles seeeehr wichtige Überlegungen. Aber ich finde sie schön. Daher bleibe ich noch eine Weile liegen und gebe ihnen nach. Sie fühlen sich positiv an.

So voller Hoffnung. Und leise schleicht sich hinter dem Bühnen-
vorhang ein weiterer, nur allzu bekannter Darsteller auf die früh-
morgendliche Gedanken-Bühne. Es ist Herr Zweifel. Hallo Herr
Zweifel – auch schon wieder unterwegs?

Freitag 15.05

Heute war ein toller Tag. Eigentlich. Also angefangen hat er
mit schlechter Laune beim Aufwachen. Das ist ja erst mal nichts
Ungewöhnliches. Eher etwas sehr vertrautes. Der Tag ist noch
ganz jungfräulich. Hat mir nichts getan. Weder er noch jemand
anderes. Alles fein. Außer meiner Laune. Muss wohl an dem
Traum liegen, an den ich mich allerdings fast nie erinnern kann.
Na gut. Aufgestanden. Kaffee gekocht. Mails gecheckt. Alles wie
immer. IIM hat sich natürlich noch nicht gemeldet. Wäre echt
super schnell. Trotzdem bin ich ein kleines bisschen enttäuscht.
Aber nur ein kleines bisschen. Klar doch. Hauptsache ich habe
was zum Jammern. Also ein klassischer Murmeltier-Tag. Um
9:00 Uhr ins Tages-Webinar eingewählt. Kann ja nicht tagelang
nichts tun und faulenzen, bloß weil ich ein Vorstellungsgespräch
hatte. Obwohl … könnte ich schon. Will ich aber nicht. Bla Bla
Bla…. Ich kann mich nicht konzentrieren. Habe das Gefühl, dass
auch hier alles bloß eine Wiederholung ist. Aber ist das Leben
nicht generell eine Wiederholung? Haben nicht Millionen Menschen vor mir bereits … stopp … klar haben sie, aber das ist mir
jetzt erst mal egal. Die Sonne scheint. Ich hocke hier drin. Will
ich raus? Will ich wandern? Ja ich will! Gesagt – getan. Sozusagen eine Belohnung für das tolle Bewerbungsgespräch. Und los
geht's. Habe mir eine schöne Strecke rausgesucht: Ziemlich viel
am Waldrand entlang, damit ich die Sonne auch genießen kann.
Bis zum Café. Hier auf die exponierte Sonnenbank, nen Cappuccino trinken und mir die Sonne aufs Gesicht scheinen lassen. Da
ich es einfach nicht schaffe, ganz im Hier und Jetzt zu sein – also
meine Achtsamkeit auf den Moment zu lenken – muss ich meine
Gedanken etwas ablenken. Das geht zu Hause mit einem Buch

und unterwegs mit dem i-Pod und einem guten Hörbuch ganz vortrefflich. Was für andere der Alkohol ist, sind für mich Bücher. Die Füllen meine Gedanken-Kiste mit vorgefertigten Geschichten. Z. B. beim Hörbuch: Die Sprecherin liest mir vor, wer was wann sagt, macht, denkt usw. Und ich höre mit geschlossenen Augen einfach nur zu. Lasse Bilder vor meinem inneren Auge erscheinen und stelle mir meinen eigenen Film vor. Zwischendurch blinzle ich mal um mich, um zu checken, dass sich keine Schulklasse vor mir aufgebaut hat und kleine pummelige Grundschüler mit ihren Fingerchen auf mich zeigen:

„Kuck mal wie blöd die aussieht." Aber … alles OK. Ich schlürfe an meinem Cappuccino. Lecker. Irgendwann ist der Kaffee leer und ich mag auch nicht mehr, dass mir die Sprecherin ins Ohr redet. Gerät aus – bezahlen – zurück laufen. Gedanken schalten um auf Auto-Pilot und starten die alte Platte. Leider keine Evergreens, sondern Marsch-Musik. Mit so Titeln wie „Das wird e nix" oder „Freu dich mal bloß nicht zu früh." Oder der Sieger beim Contest: „Du glaubst doch nicht wirklich? Ne bist Du naiv." Auch auf dem Rückweg schaffe ich das mit der Achtsamkeit nicht. Meine eben noch neutrale, zart positive Stimmung droht zu kippen. Ich hebe den Kopf und drehe das Gesicht zur Sonne. Symbolisch und real.

„Ist doch ein toller Tag. Andere sitzen jetzt im Büro, schauen nach draußen und wünschen sich, ganz genau hier hin, wo ich bereits bin. Ich bin beneidenswert. Ja das bin ich." Und warum fühle ich es nicht? Weil es mir Spaß macht, mich selbst zu bemitleiden. Ja genau, das ist es: Ich liebe es im Gefühlsschlamm zu wühlen und zu jammern.

„Oh ich Arme. Ich muss morgens nicht mit dem Wecker aufstehen. Muss mich nicht auf die Arbeit quälen. Mich nicht von einem ungerechten Chef ansauen lassen. Ich kann tun und lassen was ich will. Und dafür erhalte ich so viel Geld, dass ich meine Miete bezahlen kann und, mit etwas Sparsamkeit, prima leben kann. Und – als ob das nicht alles schlimm genug wäre – scheint heute auch noch die Sonne und morgen bekomme ich vielleicht eine super geile, neue Stelle angeboten, weil die totaaal begeistert sind von mir." Ach Scheiße – ich mache mich schon wieder selbst nieder. Aber wenn´s ja auch sonst niemand macht. Anke hat´s wohl wieder mal im Blut, was gerade in mir vorgeht, denn mein Handy piepst:

> Die besten Dinge im Leben sind nicht die, die man für Geld bekommt. – Albert Einstein

Geld ist nicht alles, aber ohne Geld ist Vieles nichts. Na gut – ich habe wenig Geld und kann trotzdem Dinge genießen. Wenn ich das mit dem Genießen zulasse. Warum auch nicht. Ich grinse mir einen und meine Laune bessert sich wieder. Vielleicht muss ich ja auch bald schon wieder tagein tagaus malochen gehen.

Wenn ich früher oft, naja, fast schon genervt war von Ankes ewigen SMS Lebensweisheiten, so freue ich mich zwischenzeitlich echt darüber. Es zeigt mir jedes Mal, dass sie eine echte Freundin ist. Auch, wenn wir uns nicht sehnen. Denn seit ich arbeitslos – quatsch *arbeitssuchend* – bin, sehe ich Anke viel, viel weniger, als früher. Klar – es gibt ja auch keine Kaffeerunde mehr und wir arbeiten nicht mehr Büro an Büro. Aber irgendwie verändert sich da gerade etwas. Ich kann es noch nicht so genau einschätzen. Aber ich fühle es. Wenn wir uns jetzt sehen, dann erzählt sie vom Job. Und zum Glück kann ich noch mitreden, weil ich alle Kolleginnen und Kollegen kenne. Noch kenne. Den neuen Praktikanten zum Beispiel kenne ich schon nicht mehr. Da kann ich nur ein intelligent klingendes „Aha" von mir geben. Aber kein „Ach, das macht der doch immer so." Und wenn ich erzähle, dann jammere ich meistens. Auch, wenn ich das gar nicht will. Ich will Anke nicht jedes Mal etwas vorjammern, nach dem Motto: Mir fällt die Decke auf den Kopf und ich fühle mich ausgemustert aus der Arbeitswelt. Aus dem Alltag, der sich für jeden anständigen Menschen ziemt. Also versuche ich das Thema zu umgehen. Anke fragt nach. Ich antworte erst mal einsilbig. Anke hakt nach. Ich drucke rum. Anke bohrt weiter. Ich schwalle sie tot. Unsere Themen werden ... wie soll ich sagen? ... fokussierter? Obwohl uns ja jetzt das Büro gar nicht mehr verbindet, wird es zum zentralen Thema. Sonst haben wir über Gott und die Welt gelästert, geschimpft, diskutiert. Und jetzt? Alles wirkt so ... nebensächlich. Ist das gut? Konzentrieren wir uns einfach aufs Wesentliche? Oder klammern wir uns an das *Verbindende*? Ich weiß es einfach (noch) nicht. Ich weiß bloß, dass ich Anke nicht verlieren möchte. Nicht den Weg gehen, den die meisten *Arbeits-Freundschaften* gehen: Sie laufen auseinander und verlieren sich im Grau der Zeit. Klar beteuert man sich gegenseitig, dass das nur anderen passiert. Man selbst verstehe sich auch außerhalb der Firma bestens. Und den Kontakt hält man auf jeden Fall. Echt? Macht man das? Wie lange? Wann verlaufen die Lebenswege ohne Berührungspunkte nur noch voneinander weg? Bisschen wie in einer Beziehungstrennung. Einer einvernehmlichen natürlich. Aber es ist ja nicht *das Schicksal,* was diesen Trend in Bewegung setzt, sondern man selbst. Also – nicht zulassen! Aktiv bleiben. Auch wenn es aktuell ein, vielleicht etwas minimiertes, Gesprächsportfolio ist.

Samstag 16.05

Die Woche ist vorbei und IIM hat sich nicht gemeldet. Ist das nun ein gutes oder ein schlechtes Zeichen? Oder gar keins? Weil die Bewerbungsrunde einfach noch am Laufen ist. Oh, ich hasse es, nicht zu wissen was los ist.

Gras wächst nicht schneller, wenn man daran zieht.

Geduld. Ja ich weiß. Ungewissheit ist wie Unordnung. Oh – das ist ja richtiger philosophischer Spruch! Unordnung in meinem Denken und Handeln. Und in Übereinstimmung mit der Theorie der selektiven Wahrnehmung lese ich auch gleich den passenden

Spruch dazu. Und der kommt ausnahmsweise mal nicht von Anke:

> Unser Geist fühlt sich sauberer an und unser Leben fühlt sich weniger kompliziert an, wenn wir den Raum und die Dinge um uns herum aufgeräumt haben. – Jan Chozen Bays

Gegen Unordnung in meiner Wohnung ziehe ich seit einiger Zeit ziemlich energisch zu Felde. Wenn schon nichts in meinem Berufsleben klappt (und in meinem Liebesleben …) dann muss wenigstens meine Wohnung ein Ort von Planbarkeit und Übersichtlichkeit sein. Allerdings habe ich diese Wohnungs-Ordnung gesplittet. Einerseits räume ich ständig auf. Lege alles zurück an seinen Platz. Handy geladen? Prima – Kabel sofort zurück in die Schublade. Spazieren gewesen? Taschen ausgeleert? Alles sofort wieder weggeräumt. Da liegt ein Blatt vom Benjamini: Unverzüglich hebe ich es auf und bringe es zum Mülleimer (in der Küche – nein, zum Mülleimer vorm Haus renne ich (noch?) nicht wegen eines einzelnen Blattes). Wenn dreckiges Geschirr rumsteht, so staple ich es zumindest ordentlich, bis genug zusammengekommen ist, damit sich das Spülen rentiert. Kurz um: Es stört mich wahnsinnig, wenn irgendetwas unordentlich ist oder zumindest auf mich so wirkt. Ich glaube zwar nicht, dass ich zwanghaft bin, aber …

Im Gegensatz dazu steht meine Faulheit, was das *Putzen* betrifft. Es kann durchaus vorkommen, dass ich im Flur *Besuch* bekomme. So wie gerade eben. Aus seinem Versteck unter der Kommode kommt eine kleine *Wollmaus* heraus. Eine Staubflocke, die sich an eines meiner abertausend verlorenen und herum fliegenden Haare angehängt hat und die nun als Zweier-Team durch den Raum fliegen. Ich meine, es ist ja gut, dass Dinge eine solche Zweck-Reise-Gemeinschaft eingehen. Nach diesem Prinzip sind wertvolle Mineralien aus dem Weltall zu uns auf die Erde gekommen. Sogar der Regen kann nur dadurch entstehen, dass sich

Wasserstoff an Schmutzpartikelchen hängt und dadurch schwer genug wird, um runterzufallen. Sollen sie mal alle ruhig machen – aber nicht quer durch meinen Flur. Tschüss Reise-Team! Jetzt sollte ich wahrscheinlich den großen Staubsauger aus der Abstellkammer wuchten und anfangen zu saugen. Sollte ich. Mach ich aber nicht. Ich hab ja so nen kleinen Handstaubsauger. Mit dem kann ich ohne große Umstände mal eben schnell so ein Wollmäuschen ins Jenseits befördern bzw. in den Saugerbeutel. Schwups – schon weg. Dass keine Maus ein Einsiedler-Leben führt, sondern immer in eine Großfamilie eingebunden ist, weiß ich natürlich schon. Und das ist bei Wollmäusen nicht anders als bei Feldmäusen. Aber bis die ganze Verwandtschaft durch meine Wohnung schwebt, dauert ja (vielleicht) noch ne Weile. Hoffe ich zumindest. Denn, auch wenn ich Zeit habe – auf Hausputz habe ich echt keinen Bock.

Ich könnte ja noch mal an den Briefkasten gehen. Vielleicht ist der Briefträger (oder ist es eine Briefträgerin?) ja heute etwas später dran. Und der Brief von IIM liegt einsam in diesem Blechkistchen mit Schlitz und wartet auf mich. Halte durch! Ich komme! Und schon sause ich – zum dritten Mal – zum Briefkasten. Leer. Immer noch. Schei… Das macht mich waaaahnsinnig! Verdammt ich muss mich irgendwie ablenken. Luna kann ich jetzt nicht besuchen. Da würde ich mich hundert prozentig verbabbeln. Anke. Anke arbeitet alle 14 Tage Samstags. Da ist Ruhe im Büro, sie kann Dinge gut abarbeiten. Und es gibt nen Zuschlag. Für eine Stunde arbeiten werden eineinhalb gutgeschrieben.

„Hallo Anke. Sag mal: wie lange arbeitest du denn heute? … Och nö – nix besonderes. … Hm … Ach verdammt ich könnte durchdrehen! Die melden sich einfach nicht. Da ist es ja fast entspannter Absagen zu bekommen, als gar keine Nachricht. … Oh ja. Klingt gut. Bis gleich!"

Fünfundvierzig Minuten später sitzen wir im Café. Anke hat extra für mich zwei Stunden – also eigentlich drei wegen des Zuschlags – sausen lassen. Die braucht sie normalerweise für ihre Mutter. Wenn die zum Arzt muss und Anke sie begleitet. Aber eine echte Freundin nimmt sich die Zeit. Wie schön eine Freundin zu sein.

„Schau mal, Du weißt ja gar nicht, wie viele Vorstellungsgespräche, die von IIM noch vor sich hatten. Vielleicht warst du ja eine der ersten. Dann kann sich so was schon mal in die Länge ziehen." Und als ob mein Käse-Tost Ankes Aussage bestätigen wollte, zieht sich der Käse beim Abbeißen ins Endlose. Und zieht gleichzeitig die Tomate runter. Platsch! Genau auf den linken Oberschenkel meiner hellen Hose. Warum musste ich auch schon, sommerlich frisch, die helle Hose anziehen? Jetzt bloß nicht wieder alles in den Stoff einreiben. Aber die gelben Steinchen sollte ich doch lieber wegmachen. Sind das Steinchen oder Kernchen oder Körnchen in so einer Tomate? Egal. Es ist gelb. Und klebt.

Anke erzählt mir von *unserer* Firma. Wer noch da ist. Wer gegangen wurde. Wer was gegen wen wettert und/oder mobbt. Kleine Geheimnisse und große Ungehörigkeiten. Ach schön. Und heute fühlt es sich auch nicht so sonderbar an wie neulich. Heute ist da einfach meine Freundin, die mich auffängt. Die Arbeit an sich fehlt mir ja nicht, aber die Kolleginnen. Die Geschichten. Das Mitten-drin-sein. Aber alte Zeiten kann man nun mal nicht konservieren und sie bei Bedarf wieder rausholen. Ja und das Tratschen. Ich geb's ja zu. Tratschen ist etwas Herrliches. Und das geht nun mal nicht, wenn man alleine zu Hause sitzt:

„Hallo Plüschtier – was gibt's Neues?" Und das Plüschtier antwortet genauso wortgewaltig wie ein Anruf*beantworter* – nämlich gar nicht.

Nach einer Stunde bin ich auf dem neusten Stand der Dinge. Und habe eine leicht zittrige Hand nach der dritten Tasse Cappuccino. Mittlerweile ist es ja auch schon früher Abend und ich kann mir ein kleines Bierchen gönnen. Natürlich nur, weil ich kein weiteres Koffein mehr vertrage. Und Säfte haben ja sowas von viel Zucker. Ne, geht gar nicht.

„Ein kleines Pils bitte."

„Na, wer trinkt denn da schon am helllichten Mittag?" Eine dunkle Männerstimme dröhnt durch den Raum, sodass jetzt mit Sicherheit alle wissen, dass die Kleine an Tisch neun gerade ein alkoholisches Getränk bestellt hat. Vielen Dank auch.

„Dass ich euch hier treffe! Wie schön! Wir haben uns ja schon eeewig nicht mehr gesehen! Bestimmt drei, vier Jahre. Wie geht's euch denn? Immer noch in dem Saftladen beschäftigt? Oder endlich mal den Absprung geschafft?" Die lautstarke Begrüßung kommt von Hannes, einem ehemaligen Arbeitskollegen. Den hat es damals bei der letzten – oder vorletzten? – Kündigungswelle erwischt. Aber dem war das damals sogar ganz recht, denn mit der Abfindung wollte er sich selbstständig machen.

„Hallo Hannes! Deine Stimme ist laut wie eh und je. Hast du dich als Marktschreier selbstständig gemacht?" Anke und ich springen beide auf und stürzen uns auf ihn.

„Das ist ja irre! Toll dich zu sehen!"

„Du ich freu mich echt ganz fett!" Hannes grinst bis über beide Backen und drückt seinen hünenhaften Körper in eins der kleinen Stühlchen. Ausgerechnet er hat eins mit Lehne erwischt und sieht jetzt aus, wie ein Erwachsener auf einem Kindergartenstühlchen. Er strahlt uns beide an und holt ein silberfarbenes Etui aus der Jacketttasche.

„Eine Visitenkarte für die beiden Damen?" Er drückt uns seinen ganzen Stolz in die Hand. Dezentes Blau. Erster Eindruck? Sehr seriös. Hannes Bechter – Dipl. Kaufmann. Ich schaue zu ihm *hoch*. Zwischen diesen beiden Riesen – Anke und Hannes – muss ich aussehen wie ein Zwerg. Aber zu meiner Größe passen die Stühle eindeutig besser. Wer macht jetzt also die bessere Figur?

„Und was machst du genau?"

„Lies doch einfach weiter. Steht alles da drauf." Unternehmensberater. Naja. So nennen sich heutzutage irgendwie alle, die glauben einem Unternehmen Tipps geben zu können. Oder zu müssen.

„Ja und wen berätst du und zu welchen Themen?" Die Sache ist mir zu schwammig. Das kann ja alles oder nichts sein. Und das war das Stichwort, auf das Hannes gewartet hat. Die nächsten zwei Stunden erfahren wir alles und noch mehr über sein *eigenes Unternehmen als Unternehmensberater.* Klingt aber echt nicht schlecht. Er hat ganz gute Kunden aus dem Mittelstand, reist durch ganz Deutschland und berät zum Thema betriebliches Gesundheitsmanagement. Aber nicht bloß so super individuelle Tipps wie „veranstalten sie doch mal eine Rückenschule in ihrem Betrieb", sondern sehr viel strategischer und umfassender. Er schaut sich das Unternehmen genau an, analysiert, recherchiert und arbeitet ein individuelles Konzept aus, das er vor Ort präsentiert. Hätte ich ihm gar nicht zugetraut. Der Frohnatur Hannes. Ja – er war schon immer unser Sonnyboy mit einer schier unerschöpflichen Portion Optimismus. Deswegen ist er damals auch, als einer der ersten, *geflohen,* als unser Unternehmens-Schiff sich seiner Besatzung entledigen wollte. Hier sah er keine Perspektiven für sich. Er wollte nicht der kleine Sachbearbeiter bleiben. Dafür hatte er nicht studiert. Der kleine Große mit dem charming Lächeln. Und mir fällt auf, dass ich es echt schade finde, dass ich so lange keinen Kontakt zu ihm hatte.

„Und ihr zwei hübschen? Was macht ihr?" Oh oh – doofes Thema. Aber da ich mittlerweile schon beim dritten Bier angekommen bin, habe ich nicht mehr so Hemmungen von mir zu erzählen. Und ich hoffe, dass ich nur erzähle und nicht jammere. Hannes gibt ne Runde Ramazzotti aus.

„Den braucht der Magen." Na wenn er meint. Komisch – keine fünf Minuten später: Meinen Kräuter-Zotti hab ich doch schon längst leer getrunken? Hä? Oder etwa nicht? Jetzt isser wieder

voll. Na denn. Prost Kinners! Und der Abend nimmt seinen Lauf
…

Sonntag 17.05

Arrgghh! Im Comicstrip sieht man einen großen Kopf, über dem viele Messer, Skalpelle und andere Stichwaffen schweben. Kleine Bomben detonieren. Dumm nur, dass es sich gar nicht um einen Comic handelt, sondern um meinen ganz realen Kopf. Scheiße aber auch – bei jeder noch so kleinen Bewegung scheinen sich das Gehirn im Inneren des Kopfes und die Hartschale drum herum in entgegengesetzte Richtungen zu drehen. Und die Skalpelle piksen. Und die Bömbchen bömben. Kurz gesagt: Ich fühle mich elend. Kurz getan: Ich drehe mich (gaaanz langsam) um und bleibe im Bett. Dann bin ich wohl krank heute. Kopfschmerz on it's best. *So* hatte ich das auch noch nie. Sekt auf Bier – das rat ich dir. Sekt auf Ramazzotti – das … hm … keine Ahnung. Hat wohl noch niemand ausprobiert. Bier auf Sekt – passt perfekt. Echt? Hat vermutlich auch noch niemand ausprobiert. Warum ausgerechnet ich? Oh, ich sterbe. Ja jetzt gleich wird mein Kopf explodieren. Die physischen Teile plus alle meine Gedanken, Erinnerungen, all mein Gelerntes, mein Wissen, meine Erfahrungen … alles wird zentrifugal nach außen weggeschleudert und gegen die Wand, den Schrank, die Türe klatschen und nach unten abrutschen. Ach igitt! Was habe ich denn für Fantasien? Ist ja eklig! Vielleicht sollte ich doch lieber aufstehen und mir einen Kaffee machen. Kaffee? Hm …? Ob das eine gute Idee ist? Außerdem ist die Küche meilenweit entfernt! Da komme ich nie hin. Ich mache mich auf den Weg.

Auch ein langer Weg beginnt mit dem ersten Schritt.

Ha-ha … in diesem Zusammenhang echt witzig. Ha-ha – haben wir gelacht. Ich leide und wandere nicht. Aber … viele unerträgliche Erschütterungen später, sitze ich mit meinem heißen, dampfenden, starken Kaffee … wieder im Bett. Aber nicht mehr so ganz kurz vorm Sterben. Eher so *gerade noch mal von der Schippe gesprungen* – wenn man so etwas Pietätloses in diesem Fall überhaupt sagen darf. Aber ich denke es ja auch nur.

Wie viele Stunden hat dieser Tag noch? Welcher Tag ist eigentlich überhaupt? Sonntag? Warum? Egal. Und was war gestern? Samstag. Nein das meine ich nicht. Was war gestern Abend los? Und ergo: Warum geht's mir heute so, wie es mir geht? Und so langsam kehren die Erinnerungen zurück: Hannes! Genau – er war's! Schuldigen gefunden! Und schuldig für was genau? Ramazzotti. Sekt. Bier. Oh Göttin. Was haben wir philosophiert. Haben die Welt gerettet. Die Gesellschaft verbessert. Den dritten oder siebten oder hundertfünfzehnten Pakt mit Gott bzw. allen Göttern geschlossen. Wir, die Gut-Menschen, die immer rücksichtsvoll sind. Die immer hilfsbereit sind. Immer fair. Immer gerecht. Immer kommunikativ alle Probleme ansprechend und klärend. Wären wir die Regierungschefs bzw. –chefinnen – es gäbe kein Leid, kein Neid, kein Burn-out, keine Umweltzerstörung, keine Weltwirtschaftskrise, kein Flüchtlingselend, kein … hm, keine Heuschrecken, keinen Fußpilz. Tja und was kam dann? Dann hat das Café geschlossen und die Welt musste notgedrungen so weitermachen wie bisher.

Und irgendwie bin ich dann nach Hause gekommen …

Bereue nicht deine Taten, akzeptiere die Konsequenzen!

Montag 18.05

Irgendwie hab ich den Sonntag rumbekommen. Eigentlich nix gemacht, außer viel geschlafen. Und jetzt? Jetzt fühle ich mich körperlich fit. Kopf-Äußeres und -Inneres haben ihre Fehde eingestellt und sind wieder zu *einem* Kopf verschmolzen. Zu meinem Kopf.

Während die Kaffeemaschine gluckert, renne ich schon mal zum Briefkasten. Heute ist ja schon Montag. Da MUSS doch endlich mal was kommen.

„Sehr geehrte … in unserer täglichen Arbeit treffen wir viele Entscheidungen. Entscheidungen, die uns weder leicht fallen noch angenehm sind. Hierzu gehört auch, Ihnen heute leider absagen zu müssen. Bitte haben Sie Verständnis dafür, dass bei den vielen guten und qualifizierten Bewerbern oft nur Details entscheiden. Wir hoffen, dass wir Sie auf Ihrer Suche nach einem Arbeitsplatz nicht entmutigt haben und wünschen Ihnen für Ihren beruflichen und privaten Lebensweg alle Gute. Mit freundlichen Grüßen …"

Ne oder? … ? … Hä? … Echt? … Wie? … Das meinen die doch nicht im Ernst? … *absagen müssen* da steht echt *absagen müssen*. Das heißt? Absage? Aus? Schluss? Ich fühle mich wie bei meiner Kündigung. Und *so* wollte ich mich eigentlich nie wieder fühlen. Ja ich weiß, die Chancen, dass es klappt, standen fifty fity, aber es hat sich doch so gut angefühlt. Das Gespräch lief doch so gut. Frau Breitscheid war doch so nett zu mir. Wir haben doch sogar noch ein wenig philosophiert am Schluss. Bestimmt hat sie nicht die alleinige Entscheidungsbefugnis. Bestimmt gibt's da noch einen Typ im Vorstand, der den Sohn seiner Affäre im Unternehmen unterbringen muss. Irgend sowas dubioses wird es sein. Männermachenschaften. Ganz bestimmt.

Das ist mal wieder typisch: Frauen mit klar besseren Qualifikationen haben mal wieder das Nachsehen. Es ist immer das gleiche Spiel. Alles Vetternwirtschaft. Alles korrupt. Die ganze westliche Gesellschaft. Waren schon immer nur auf Geld und Macht aus. Haben ganze Kontinente ausgebeutet und ausbluten lassen. Alles Kolonialisten. England, Spanien, Portugal. Portugal?

Ich rufe jetzt Luna an. Nein ich fahre hin. Muss sie sehen. In ihre Augen sehen. Und mich trösten lassen. Dafür dass …? Dass ich den Auftrag nicht bekommen habe. Wegen der vielen Kolonialisten. Oder so.

142

„Hi Luna. Kannste mir nen Kaffee machen?"

„Hi. Is was? Du siehst aus, als hätte jemand deine Lieblings-Oma angefahren." Sie kuckt mich mit ihren großen, brauen, wunderbaren Augen an. Echte Besorgnis in der Stimme.

„Ich hab die Stelle nicht gekriegt."

„Welche Stelle?"

„Äh, ich meine den Job. Den Job hab ich nicht gekriegt. Ja. Also nein. Nicht gekriegt." Sie legt den Kopf schief und schaut mich weiterhin an. Ich habe das Gefühl, als ob sie mir direkt in meine Gedanken schaut. Ob sie wohl Gedanken lesen kann? Es kribbelt in meinem ganzen Körper. Ob aus Angst beim Schwindeln erwischt worden zu sein oder weil mich diese Augen so faszinieren, weiß ich nicht. Sie stellt mir meinen Kaffee auf den Tresen, ohne den Blick von mir abzuwenden. Sie arbeitet offensichtlich schon länger hier. Kann alle Handgriffe im Schlaf. Zumindest ohne hinschauen zu müssen.

„Was ist los? Da stimmt doch was nicht?" Ich bringe es nicht übers Herz, sie weiterhin anzulügen. Aber ich bringe es genauso wenig übers Herz, ihr die Wahrheit zu sagen. Dass ich gar nicht die dolle Unternehmensberaterin bin. Das ich ne kleine, frustrierte, demoralisierte und resignierte Arbeitslose bin. Die x-mal in der Woche hier ihren Kaffee bestellt, um der attraktiven Bedienung nahe zu sein. Nein. Das kann ich unmöglich sagen. Und so starre ich in meinen Kaffee und rühre darin herum. Déjà-vu – wie in unserem Abteilungsmeeting, als niemand etwas sagen oder von sich und den Gefühlen zeigen wollte. Wie erbärmlich. Im Job ist es akzeptabel eine Mauer um sich herum aufrecht zu erhalten. Aber jetzt? Bei Luna? Bei der Frau, mit der ich seit Wochen über Göttin und die Welt rede. Wäre ich eine Peanuts Comicfigur, würde jetzt über meinem Kopf in der Sprechblase „Seufz" stehen. Aber so hört man nur meinen Kaffeelöffel in der Tasse klappern.

„Also ja. Naja. Also ich …"

„Ja?"

„Ich hab ne Absage bekommen. Für ne Festanstellung, auf die ich mich beworben hatte. Also es ist nicht so, dass mein anderer Job gerade schlecht läuft. Also ich hab grad keine finanziellen Schwierigkeiten mit dem Job. Ich ... äh ... ich hab eher gar keinen Job. Also keinen festen. Also, so eher gar keinen. Keinen sozialversicherungspflichtigen. Keinen, mit Kolleginnen. Keinen, mit Chef. Keinen, mit geregelten Arbeitszeiten. Keinen, auf den ich schimpfen kann. So keinen Job."

„Dachte ich mir schon." Ihr Ton klingt immer noch voller Anteilnahme. Nicht enttäuscht oder abwertend. Oder verächtlich. Nur warm und emphatisch.

„Du kommst und gehst so unregelmäßig regelmäßig. Und genau wie du eben gesagt hast: Du schimpfst auf niemanden. Das ist nicht normal. Wer arbeitet, schimpft! Das gehört dazu. Außerdem hast du neulich von Frau Dreigewitz gesprochen. Und die kenne ich. Der Name ist nicht gerade so häufig. Das ist die Nachbarin meiner Mutter. Und Frau Dreigewitz arbeitet auf'm Arbeitsamt. Aber ist doch auch egal. Ich weiß e nicht, warum du mir die Business-Frau vorgespielt hast. Ich mag so Tussen nämlich gar nicht." Und da fällt mir die Kinnlade runter. Bitte? Durchschaut und bloßgestellt. Oh Scheiße. Was nun?

„Du bist nicht enttäuscht, dass ich nix dolles im Berufsleben bin?"

„Wer sagt denn, dass du nix dolles bist? Du hast aktuell keinen Job. Nicht mehr und nicht weniger. Willste noch einen Wrap zum Kaffee?"

Donnerstag 21.05

Es tut einfach nur gut, endlich die Wahrheit sagen zu dürfen. Endlich nicht aufpassen zu müssen, dass ich mich nicht verspreche. Fremdgehen wäre nichts für mich. Da muss man – oder frau – ja auch immer lügen. Ne – das wäre mir alles zu anstrengend. Ich bin heil froh, dass der Spuk nun endlich vorbei ist.

144

Am Anfang meiner Arbeitslosigkeit wechselte meine Stimmung zwischen +3 zu -3. Ups and downs waren noch so richtig ausgeprägt. Und heute? Zum Beispiel gestern: ich hab mich richtig doll gefreut, dass ich endlich offen sein konnte. Endlich nicht mehr flunkern brauchte. Mein Stimmungsbarometer schlug aus bis +1. Gnadenlos viel ist das nicht. Heute Morgen bin ich mal wieder mit meinem klassischen Morgen-Blues wachgeworden und hab erst mal ne Runde geheult. Mein Stimmungsbarometer sauste in den ... nein nicht in den Keller, sondern bloß ne Etage tiefer auf -1. Mein Gesamtzustand hat sich irgendwie um die Null-Linie herum eingependelt. Das ist so ähnlich, als wenn es keinen Winter und keinen Sommer mehr geben würde, sondern immer Herbst. Auch im Herbst gibt es schöne sonnige Tage. Genauso wie kalte Tage. Manchmal sogar Schnee. Aber den größten Teil der Jahreszeit ist es ungemütlich feucht-kalt.

> Jeder ist ein Genie! Aber wenn Du einen Fisch danach beurteilst, ob er auf einen Baum klettern kann, wird er sein ganzes Leben glauben, dass er dumm ist. – Albert Einstein

Netter Spruch, den Anke mir da geschickt hat. Das sollte ich mal als Einleitungssatz meiner nächsten Bewerbung schreiben.

„Erkennen Sie das Genie in mir! Erkennen Sie den Fisch oder den Affen in mir!" Ach – diese Bewerbungs-Anschreiben: Ich schreib da eine Sülze hin, die ich *so* nie jemandem gegenüber sagen würde. Was ich schon alles Tolles gemacht habe! Und kann! Und trotzdem habe ich immer wieder das Gefühl *eigentlich* kann ich viel mehr. Aber genau die Dinge interessieren niemanden in einer Bewerbung. Die ganze Menschlichkeit. Alles Persönliche – null und unwichtig. Zwar behaupten alle Artikel wie super wichtig die Persönlichkeit ist und wie ach so doll die Unternehmen dazugelernt hätten ... aber ... Scheißdreck würd ich mal sagen. Die Personalerin schaut auch heute noch erst mal aufs Geburtsdatum und dann auf die fachlichen Kompetenzen. Belegt mit Fakten aus dem Beruf. Die ganzen Beispiele machen mich mittlerweile echt aggressiv. Da werden immer nur Lebensläufe abgebildet, die kein Normalo erfüllt. Perfekt vom Kindergarten bis zum Studienabschluss mit Note 1,1 und einer Berufserfahrung, die locker mal 2-3 Jahre Auslandserfahrung beinhaltet. Und an welch tollen Projekten die immer mitgearbeitet haben. Oder die sie selbst verantwortet haben. Wouh! Bei mir im Job gab es nicht mal solche Projekte. Selbst für meinen Chef nicht. OK – also der könnte auch keinen solch tollen Lebenslauf zu Papier bringen. Ach ich könnte gerade mal wieder gegen irgendetwas treten, um meinem Zorn Luft zu verschaffen. Komisch – manchmal habe ich wohl doch noch Energie! Keine Ahnung woher die dann plötzlich kommt. Nur leider ist es keine konstruktive, frische, produktive, zielgerichtete Energie, sondern eine aggressive, frustrierte, planlose, fast schon zerstörerische. Eine, die mich im besten Fall zum unruhigen Hin und Herlaufen antreibt. Argh! Die Comic-Figur verfärbt sich grün, ballt die Fäuste und hüpft auf und ab. Blitze im Hintergrund. Im nächsten Bild: der große Knall. Rauchschwaden. Die Comic-Figur hat sich zurückverwandelt und liegt nackt und hilflos am Boden.

Freitag 22.05

Aushilfsjob? Warum auch nicht? So ein bisschen was nebenher jobben vertreibt böse Gedanken und bringt etwas Geld in die Kasse. Anke hat einen Nachbarn, der jemand kennt, der eine Aushilfe braucht. Ohne Steuerkarte! Soll was ganz simples sein, aber dafür gibt´s 8 Euro die Stunde. *Schwarz* ist das gar nicht so schlecht.
Ich rufe Herrn Wohling an. Hier im Nachbar-Dorf. Einen knappen Kilometer weit weg. Genauso weit entfernt scheint er von seinem Telefon zu sein. Fast hätte ich wieder aufgelegt, als er endlich den Hörer abnimmt. *Hörer abnimmt?* Das gibt's ja gar nicht mehr. Ach damals … zu Zeiten der guten, alten Wählscheibe. Als der Hörer noch mit dem Gerät verbunden war. Da musste man den Hörer sogar *mal eben neben hinlegen,* um etwas nach-

sehen zu können. Wie lange ist das schon her? Also gut: Herr Wohling ging ans Telefon. Oder Herr Wohling meldete sich. Das ist wohl am passendsten.

„Tach Herr Wohling. Man sagte mir, das Sie kurzfristig eine Aushilfe benötigen."

„Ja Frau Kuhn. Ich habe schon auf Ihren Anruf gewartet. Können Sie ab Montag?" Wenn mich das mal jemand bei einem Vorstellungsgespräch fragen würde. Ich warte auf sie – kommen sie her. Wie einfach es sein kann. Was genau ich dort machen muss, weiß ich zwar immer noch nicht, aber irgendwas im Lager. Na denn bis Montag um 8:00.

Samstag 23.05

Das Wochenende zieht sich wie Kaugummi. Ich kann nichts mit mir anfangen. Sitze mit meinem Kaffee im Bett und will mir einen Tagesplan machen. Was ich heute alles tun, machen, erledigen will. Ja was eigentlich? Einkaufen. Ja einkaufen müsste ich mal wieder gehen. Und das zu Fuß. Da habe ich dann gleichzeitig für etwas Bewegung gesorgt. Oder wandern gehen? Ne, bei dem Sturm fällt mir da bei meinem Glück noch ein Baum auf'n Kopf. OK – dann schreibe ich jetzt einen ausführlichen Einkaufszettel. Brot … hm … Käse … hm … Wein – ja Wein ist gut … hm … irgendwie hab ich alles. Vielleicht sollte ich nicht jeden Tag einkaufen gehen. Da hat mein Kühlschrank ja gar keine Chance mal leer zu werden. Naja – solange er nicht leer ist, kann ich ihn auch nicht auswaschen. Würde ich als echte Hausfrau natürlich wöchentlich machen. Wegen der vielen Bakterien. Die sind ja sooo gefährlich. Hab ich neulich erst gelesen. Die können einen richtig krank machen. Auch ne gute Idee: Ich bleibe heute im Bett und bin krank. Aber was nutzt die beste Krankheit, wenn es niemand mitbekommt? Da würde ich hier rumliegen, schnaufen, schwitzen, frieren, sonst was … und niemand kümmert sich um mich. Doofe Idee. Gestrichen. Doch einkaufen. Ich ziehe mich an und stapfe los. Ist ja nicht weit. Mit diesem riesigen Einkaufszettel brauche ich nicht mal einen Einkaufswagen.

Wenn man berufstätig ist, hat man in der Regel zwei Lebenszentren: einmal das, um den Wohnort herum und einmal das, um die Arbeitsstätte herum. Und auf der Strecke zwischen Wohnung und Job liegt so ziemlich alles, was man so braucht: die Lebensmittel-Discounter, die Ärzte, die Autowaschanlage, die Reinigung, der Briefkasten mit Sonntagsleerung, usw. usw. Nun bin ich aber nicht mehr berufstätig. Früher habe ich auf dem Heimweg mal eben schnell eingekauft. Oder bin mal eben schnell durch die Waschanlage gefahren. Alles mal eben schnell und vor allem: *nebenbei*. Jetzt muss ich im Grunde ja nicht mehr aus dem Haus. Das heißt, dass ich wegen allem Mist extra los muss. Ich marschiere extra zum Einkaufen. Extra zum Briefkasten. Extra zum Zahnarzt. Das kostet zum Teil richtig viel Zeit. Allerdings wird mein Aktionsradius immer kleiner. Früher bin ich in verschiedene Geschäfte gefahren, um einzukaufen. Die einen Artikel, die preiswert sein sollten hier – und die anderen, die Qualität haben sollten dort (oder so ähnlich). Und jetzt? Gehe ich jetzt noch mal hier hin und mal dort hin? Nö. Nicht wirklich. Ich schlappe bloß noch in den Discounter bei mir um die Ecke. Zum einen, weil ich ja nicht bloß um einkaufen zugehen das Auto benutzen will. Und zum anderen, weil … weil … weil ich einfach zu faul bin. Meine Ärzte habe ich auch schon gewechselt. Warum? Ach was soll ich da ewig durch die Gegend fahren. Ist ja nur Spritverschwendung. Und – ehrlich gesagt – ich hab gar keinen Bock, gar keine Energie mehr, mich weit von zu Hause wegzubewegen. Ich werde von Tag zu Tag lethargischer. Antriebsloser. Müder. Dabei schlafe ich aktuell sogar echt gut. Mit kleinen Unterbrechungen auch die *gesunden* acht Stunden. Trotzdem fühle ich mich äbsch. Wie man sich fühlt, wenn man sich äbsch fühlt? Na eben äbsch. Ist das Dialekt? Auch egal. Ach es ist irgendwie alles doof. Mein Handy piepst:

> Gib jedem Tag die Chance, der schönste deines Lebens zu werden.

Aha ... auch diesem? OK – er hat mir noch nichts getan. Weder negativ noch positiv. Ist ein ganz neutraler Tag. Sowas von neutral aber auch. So super neutral wie er überhaupt nur neutral sein kann. Der schönste meines Lebens? Ich denke, dieser Tag hat noch ein hohes Potenzial sich zu entfalten! Und prompt zeigt er sich von seiner besten Seite: Die Kasse ist leer! Na, wenn das mal kein Omen ist.

„Ein Zeichen, ein Zeichen – er hat uns eine Sandale als Zeichen gegeben!" OK – das war mal wieder das Leben des Brain. Ist aber auch ein toller Film. Und passt in sooo viele Lebenssituationen. Sei es politisch, philosophisch oder banal. Wie leere Kassen. Wobei ... leere Kassen haben in meinem ganz persönlichen Fall einen Nachteil: Ich bin viel zu schnell wieder zu Hause. Bleibe ja nicht freiwillig aufm Discounter Parkplatz stehen, nur um mir die Zeit zu vertreiben. Im Gegenteil: Selbst wenn ich viel zu viel Zeit habe und nicht weiß was ich damit anfangen soll, renne ich. Hetzte ich. Nicht mehr so doll wie früher, aber relaxed würde ich das nicht nennen. Wie soll ich eine solche Lebens-Angewohnheit auch in ein paar Wochen abschalten? Jahrelang laufe ich gegen die Uhrzeit. Immer ist sie schneller als ich. Ewig hab ich das Gefühl unpünktlich zu sein, zu spät zu sein, nicht fertig zu werden. Und jetzt hab ich plötzlich Zeit. Und nix zu tun. Welch dämliche Kombination. Wird Zeit, dass ich den Aushilfsjob anfange. Aber bis dahin liegt noch das ganze Wochenende: zwischen jetzt und dann. Also was mache ich mit meiner vielen Zeit: Einkaufen war ich nun. Wandern fällt aus. Badewanne – nicht schon wieder. Freunde besuchen. Suuuper Idee – ist bloß niemand da dieses Wochenende. Alle sind irgendwie, irgendwo, zu irgendwas verplant. Humpf. Wohnung aufräumen? Ich glaube, sooo schlimm fühle ich mich doch noch nicht. Bilder einkleben? Fahrrad putzen? Shoppen gehen? Die Lust reißt mich ja direkt aus den Schuhen. Ich könnt ja mal ein Buch schreiben. Wie es so ist, wenn man / frau arbeitslos oder arbeitssuchend ist und zu viel Zeit hat, aber nichts Gescheites zu tun. Und wenn frau am Wochenende alleine ist und ihr nicht einfällt, was sie tun könnte. Und wie es sich so alles in allem anfühlt. ... Aber auch dazu müsste ich mal den Arsch hochkriegen. Bildlich gesprochen. Beim Schreiben sitzt man ja wohl eher. Aaach jaaa ... seufz ...

Hundert Meter vor zu Hause habe ich dann doch eine Idee: Ich backe einen Kuchen für morgen. Nicht, dass jemand zum Kaffee käme, aber *wenn* jemand käme, *dann* hätte ich zumindest schon mal einen Kuchen. Da ich aber werde Mehl noch Zucker, geschweige denn ausreichend Butter zu Hause habe ... richtig! ... muss ich einkaufen gehen! Wie die jungen Erst-Mütter. Die gehen auch tagtäglich mit ihrer Brut spazieren zum Supermarkt. Gassi mit Ziel. Zwei Fliegen mit einer Klappe geschlagen. Wenn man den Schreihals schon nicht darf. (Pfui ich bin wieder böse). Und so stehe ich nun in der Küche und lege selbige in einen Mehl-Mantel. Muss die olle Packung auch umfallen. War nicht so geplant. Hausschuh-Spuren im Mehl. Sieht interessant aus. Ich habe mich für einen Käsekuchen mit einem Boden aus Knetteig entschieden. Und so knete ich denn mal los. Die Butter ist noch ganz schön hart. Aber Margarine geht gar nicht. Wenn ich schon mal backe, dann nur mit richtig guten Zutaten. Und ich knete und knete. Und meine Gedanken erinnern sich quasi an sich selbst: An die Zeit der Kündigungsphase, als ich gedanklich *Rosinen geknetet* habe. Den Gedankenbrei voller Ängste und Ungewissheit. Wobei die Angst erst durch die Ungewissheit entsteht. Habe ich jetzt Gewissheit? Nö – nicht wirklich. Ich weiß jetzt bloß, dass es auch mal eben fast sechs Monate lang zum Stillstand kommen kann. Rien ne va plus – nix geht mehr. Oder so. Wenn ich am Montag mal wieder früh aufstehen muss, wird mein Körper sich sicherlich wundern.

„He was is'n hier los? Jeck oder was? Was soll 'n das olle Ge-bimmel? Ich bin noch müde!" Bin echt gespannt, wie es sich an-fühlen wird. Und was fühlt sich da gerade ganz sonderbar in mei-nem Handgelenk an? Au scheiße – das tut ja plötzlich richtig weh! Autsch, autsch, autsch. Automatisch schüttle ich meine rechte Hand wie wild. Ich hab nen Krampf im Handgelenk! Hab ich ja noch nie gehört. Autsch, autsch. Ich fange an durch die Küche zu hüpfen. Nicht, dass das hilft. Aber das macht mein Körper irgendwie automatisch. Logik ist gerade abgeschaltet. Hüpf, hüpf. Schüttel, schüttel. Ja hört das denn nie mehr auf? Ich halte die Hand unters kalte Leitungswasser. Wird's besser? Merk ich was? Nö. Schüttel, schüttel. Schleudertrauma in der Hand? Bei meinem Glück bestimmt. Haaallo aufhören bitte. Ich biege die Hand nach hinten um. Oh – das tut gut. Also weiter biegen. Klick – abgebrochen. Nein Quatsch. Es lässt ganz langsam nach. Das Kuchenteig kneten sooo gefährlich sein kann. Puh. Jetzt ist erst mal ne Pause angesagt. Doofer Teig.

Irgendwann ist der Käsekuchen dann doch fertig. Er dampft heiß und hüllt meine Wohnung in einen betörenden Duft. Hm… wie lecker. Und genaugenommen kann ich dieses Meisterwerk der Backkunst sogar ganz alleine essen. Brauche gar nicht zu teilen. Aber was kann man denn wirklich toll empfinden, wenn man es nicht mit jemandem teilen kann? Neulich haben Luna und ich uns über die „Löffel-Liste" unterhalten. Also die Liste mit den Dingen, die man unbedingt gemacht haben will, bevor man stirbt. Und die Löffel abgibt. Ich wüsste schon eine Menge Din-ge, die ich noch tun bzw. sehen will. Es gibt zum Beispiel so vie-le tolle Orte auf der Welt, die ich alle noch entdecken möchte … aber alleine? Sonnenuntergang am Strand. Die letzten Strahlen spiegeln sich golden auf dem Wasser. Wellen plätschern leise. Eine angenehme, leichte Brise weht unters T-Shirt. Und … meine Hand greift ins Leere. Will man so etwas? Nein! Besonders schöne, besonders bewegende, besonders tiefgehende Momente will ich teilen. Ja, es gibt auch Menschen, die Bangee springen auf ihrer Löffel-Liste stehen haben. Aber selbst dann müsste in meinem Fall jemand dabei sein, der ich nach dem Sprung alles erzählen kann. Egal, ob ich einen Berg hochklettere, einen Ozean durchschwimme oder einen Drachen töte – spätestens im Anschluss daran möchte ich mit jemandem reden. Wobei reden und reden auch zweierlei ist. Mit Anke kann ich über alles reden. Fast schon tabulos. Aber mit einer Partnerin ist es nicht nur reden, sondern teilen. Erfahrungen teilen, Momente teilen, das Leben teilen. Bin ich eine rosa Romantikerin? Eine Rosamunde Pilcherin? Hm? Eigentlich nicht. Ich halte mich bloß an alte Weisheiten. Denn wie heißt es doch: Zu zweit ist man nicht so alleine.

Ich stehe in der Küche an der Anrichte, schaue auf meinen dampfenden Kuchen und werde (mal wieder) schwermütig. Was ist eigentlich mein Problem? Kein Job? Keine Freundin? Mit etwas Überlegung finde ich bestimmt noch fünf weitere Dinge, die mich runterziehen. Ich mag jetzt nicht alleine sein. Doofes Wochenende, wenn alle irgendwo weg sind. Irgendwo – bloß nicht erreichbar für mich. Ich setzt mich aufs Sofa und fange an Leute anzurufen. Dann muss halt der Berg zur Prophetin kommen. Irgendwer wird schon zu Hause sein. Und vielleicht sogar auch gelangweilt oder schwermütig. Wobei Schwermut ja eher ein Sonntags-Gefühl ist und wir heute Samstag haben. Ich versuch's trotzdem mal. … Wie unterschiedlich die Ansagen auf Mailboxen doch sind. Von einem unpersönlichen, automatischen Ansagetext „is not available at the moment" bis hin zu: „Hallo ihr! Schade, dass ihr uns nicht erreicht. Aber wir sind gerade nicht in der Nähe des Telefons. Wenn ihr uns aber eure Telefon-Nummer hinterlasst, rufen wir euch garantiert umgehend zurück." Ihr? Euch? Single-feindliche Ansage. Muss ich Nina mal drauf ansprechen. Unerhört. Mein Handy piepst. Anke denkt an mich. Leider ist sie mit ihrer Mutter on tour. Soweit man das noch *on tour* nennen kann.

> Den größten Fehler, den man im Leben machen kann, ist, immer
> Angst zu haben, einen Fehler zu machen. – Dietrich Bonhoeffer

Hm? Was soll mir das jetzt wieder sagen? Wovor habe ich
Angst? Vor welchem Fehler? Na ja schon. Also, so ein bisschen.
Also, ich hab schon Schiss bei Luna anzurufen. Also, einfach so
– wenn nix passiert ist. Wenn ich keinen Grund habe. Habe ich
auch erst zweimal gemacht. Und da bin ich fast gestorben dabei.
Soll ich sie jetzt anrufen? Einfach so?

„Hallo Luna ich hab hier einen Käsekuchen und wenn ich den
alleine essen muss, wird mir schlecht." Wobei … somit ist es ja
schon gar kein Anruf *ohne Grund*, sondern es handelt sich um
eine Magen-Verstimmungs-Prophylaxe. Jawohl! OK. Ich bin
mutig. Fehler kommt von falsch und es ist nicht falsch sie anzurufen.

„Estou? Tut mir leid – aber ich bin nicht da … piep" Mist!
Auch nicht zu Hause. Aber warum auch? Es ist Samstag, früher
Abend. Als ich noch jung war, war ich samstags auch nicht zu
Hause. Also noch vor kurzem. Dabei fällt mir auf, dass ich niemanden aus ihrem Freundeskreis kenne. Ich war jetzt schon so
oft bei ihr am Stand. Da hätte doch mal eine Freundin oder so
auftauchen können.

Das einzige was ich bis jetzt herausgefunden habe war, dass
sie keinen großen Freundeskreis hat. Sie sagte neulich nämlich,
dass sie vor ca. einem Jahr mit einer Möbelspedition umgezogen
sei – von Darmstadt nach Frankfurt – weil sie nicht genügend
Leute kenne, die ihr hätten helfen können. Und von einer Lena
hat sie schon ein paar Mal gesprochen. „Lena und Luna" und
dabei hat sie gelacht. Und das war mit Sicherheit nicht das herzli-
che Lachen, an dem ich mich einfach nicht satt hören kann. Ob
Lena die verflossene Liebe ist, wegen der sie nach Frankfurt gezogen ist? Das könnte auch zum Imbiss-Stand passen: Hier her-
gezogen, ohne einen Job zu haben – nur wegen der Liebe – und
dann ohne alles auf der Straße stehen. Na und dann den erst bes-

ten Job annehmen. Sie ist nämlich definitiv zu intelligent für einen Imbiss-Stand. Hm …? Und während ich so anderer Leute Leben gedanklich zu durchdringen versuche, merke ich, dass ich Käsekuchen mampfe! Habe gar nicht mitbekommen, wie ich den angeschnitten habe. Na sowas! OK – erste Pflicht in der Achtsamkeit: den Käsekuchen schmecken …

Montag 25.05

Pünktlich um 8 Uhr finde ich mich am Eingangstor zur großen Werkshalle ein. Von Herrn Wohling weit und breit nichts zu sehen. Also bleibe ich geduldig stehen und warte. Es gibt hier auch kein Pförtnerhäuschen oder so was. Also niemanden, den ich mal fragen könnte. Hm. Na gut. Ich warte. Ich *hasse* es zu warten! Gefühlte zwanzig Minuten später kommt ein kleiner rundlicher Mann um die Ecke geschossen. Also so doll *geschossen* wie er mit guten 30 Kilo Übergewicht schießen kann.

„Hallo sie! Sie sind bestimmt Frau Kuhn. Entschuldigen sie, dass ich sie habe warten lassen. Kommen sie doch bitte direkt mit in die Halle." Sagt's und marschiert auch schon los.

„Wir produzieren hier Fahrkartenzangen für die ungarische Bundesbahn. Ihr heutiger Auftrag ist, diese Farbrolle hier. Die hat am Rand so einen kleinen Nippel, der bei der Produktion entsteht. Und der zerreißt das Farbband. Sie müssten ihn einfach mit dieser Zange hier abpetzen. Ganz einfach. Und dann hier in die Kiste werfen. Die Rolle – nicht den Nippel. Ganz einfach. Hier ihre Zange. Viel Spaß. Bis heute Abend!" Schwups und verschwand … unerkannt … in Lummerland. Oder so ähnlich. Hm …? Das soll ich jetzt acht Stunden machen? Oder was meint der mit *heute Abend*? Tja. Naja. Dann man tou. Los geht's.

Nach einer dreiviertel Stunde schaue ich zu den Werkshallenfenstern hoch, um zu sehen, ob es schon dunkel wird. Es müsste doch schon Abend werden. Mindestens sechs Uhr. Aber nein. Die

Sonne strahlt. Es scheint ein schöner, sonniger Tag zu sein. Da draußen. Da wo ich nicht bin.

> Denke nicht so oft an das, was dir fehlt, sondern an das, was du hast. – Marc Aurel

Wenn das so leicht wäre ... Jetzt hab ich einen Job – wenn auch nur einen Aushilfsjob – und wünsche mir Freizeit. Oder Freiheit. Wie auch immer. Ich bin nie mit dem zufrieden, was ich habe. Das geht sogar so weit, dass ich mir *Arbeit* wünsche! Die müssen mich ja für verrückt halten. Oder? Oder für ganz besonders normal? Im Grunde sollte es mir eigentlich (für jedes eigentlich ein Haar ausreisen und ich hätte bald einen kahlen Kopf) egal sein, was andere von mir denken. Die größte Freiheit ist die Unabhängigkeit von der Meinung von anderen. Ist leider nicht von mir. Wird vermutlich mal ne SMS von Anke gewesen sein. Ja Anke. Auf die ist Verlass. Auf ihre SMS und auf ihr Dasein, wenn ich sie brauche. Bloß gerade jetzt ist sie nicht da. Sie nicht und Marc Aurel auch nicht. Aber ob der jetzt mit mir ein Eis essen gehen würde, sei auch erst mal dahin gestellt.

Donnerstag 28.05

Manchmal zweifle ich ja am Verstand meiner lieben Mitmenschen. Nein – eher an der Ehrlichkeit. Oder am freien Willen. Oder noch eher an der Courage. Ich habe für Chrissi – ja sie hat sich tatsächlich mal gemeldet – eine Rede zum Geburtstag ihrer Mutter geschrieben.

„Du kannst so schön schreiben und ich will nicht so irgendeine abgedroschene Rede halten. Es soll nicht wie eine Rede klingen, sondern so, als könnte ich frei Schnauze und spontan etwas ganz tolles erzählen. Ich gebe dir alle Fakten und du bastelst etwas daraus. Es darf nur nicht wie eine Rede klingen." OK – gesagt getan. Chrissi hat mir Eckdaten geliefert und ich hab verfasst. So im Stil von „Hallo du – was ich dir unbedingt mal sagen wollte." Freischnauze. So war der Auftrag. Gesprochene Sprache ist nun mal was anderes, als geschrieben Sprache. Beim *Schwätze* kümmert sich niemand so wirklich um die Grammatik. Würde ja viel zu lange dauern. Das macht's bei den Fremdsprachen so schwierig: Da denkt man immer erst die ganze Grammatik rauf und runter, alle unregelmäßigen Verben, alle Zeiten usw. und dann ist das Thema, wo man etwas zu sagen wollte, vorbei und man hat wieder nur debil gelächelt. So geht's mir jedenfalls meistens. Egal. Also die Rede – die ja keine Rede sein soll – hatte ich genau so zu Papier gebracht, wie Chris oder ich reden würden. Also „Nix" statt „Nichts." Oder „Nö" statt „Nein." Oder „dolles" statt „tolles." Und auch bei der Satzstellung bin ich konsequent am Sprachgebrauch geblieben. Richtig gut. Ich glaub, ich schreib jetzt wieder alle meine Briefe und Zettelchen so. Hab ich früher schon mal. In der Schule. Damals keine gute Idee. Die Korrekturen meiner Aufsätze aus dieser Zeit haben die Lehrkraft bestimmt mehrere rote Filzstifte gekostet. Nichtsdestotrotz – ich also voller Stolz mein Werk übergeben – Chrissi liest – Chrissi runzelt die Stirn – Chrissi schaut mich an – Chrissi liest weiter – Chrissi sagt:

„Nee sooo geht des net. Des versteht ja kahner. So kann isch unmöschlich schwetze." Na großes Kino! Und Chrissi meinte das wirklich ernst! Und ich bin fast im Hochdeutschen geblieben. Also wirklich nur hochdeutsch-redeflüssig. Sozusagen. Ja will sie nun eine Festtagsrede oder eine Frei-Schnauze-Ansprache? Davon mal abgesehen, dass es egal ist, *wie* ich es schreibe – wenn Chrissi redet, wird es immer Dialekt sein. Sie *kann* gar nicht anders reden. Gar net annersder schwetze. Warum muss ein Text schul-grammatisch korrekt sein, sobald er zu Papier gebracht wird? Ausnahme sind Mundart-Stücke. Warum? Singen darf ja auch jeder wie er oder sie will. Sogar reimen, dass es weh tut.

„Und dein Cello steht im Keller. Komm hol das Ding doch noch mal raus und spiel so schön wie früher." Als ob sich Keller und Früher reimen würden. Nö. Aber Udo Lindenberg darf das. Überhaupt darf gesungen werden was beliebt. *Richtige* Mundart

darf auch geschrieben werden. Aber moderne hessische Groß-
stadt-Mundart ist *falsch*. Daran hat sich scheinbar seit meiner
Schulzeit nix geändert. Jawoll – Nix un net Nichts! Wenn ich mal
promoviere, dann schreibe ich alles in großstadt-hessisch und nur
in der weiblichen Form. Die Herren sind natürlich genauso angesprochen. Nur damit es leichter lesbar und verständlich ist. Klar
doch.

Chrissi hat dann selbst im Text rumgekritzelt und gemalt. Keine
Ahnung was genau sie *verbessert* hat. Mir auch egal. Ich bin sauer. Dann soll sie nicht frei Schnauze bestellen.

„Wenn der des net passt, dann sollse ihrn Scheiß halt allein
schreibe. Kannse misch mal. Habisch net nödisch so Ferz. Isch
weiß, dass isch schreibe kann. Auch ohne dere ihrn blede Kom-
mentar.“

Samstag 30.05

Ich sitze im Bett und weiß nichts mit mir anzufangen. Meine
Energie … tja, wenn ich das wüsste. Hab sie wohl verloren. Irgendwo zwischen erstem Elan und aktuellem Frust. Ich weiß
nicht warum und wozu ich aufstehen soll. Ist ja e egal. Könnte
auch bis Montagfrüh im Bett bleiben. Würde gar keinem auffal-
len. Könnte 48 Stunden an die Decke starren bis die Augen tränen. Oder bis ich Rückenschmerzen vom Liegen bekomme. Klar
könnte ich dies oder das machen. Ablage meiner Post. Oder
durchsaugen. Oder, oder, oder … Ach was weiß ich.

Ich sitze im Bett, halte meine zwischenzeitlich bereits leere
Kaffeetasse in der Hand und schaffe es nicht, wenigstens aufzustehen. Ich sollte mich bewegen. Meinen Kreislauf ankurbeln.
Aber mehr als mit den Füßen wackeln packe ich nicht. Und das
kostet schon mehr Energie, als ich habe. Es ist so trostlos. Mir
fehlt das *wozu*. Wozu soll ich aufstehen? Wozu mich anziehen?
Wozu meine Wohnung saugen? Wozu auf meine Gesundheit
achten? Ich könnte ja im bett-sitzend nur noch Süßigkeiten essen

und Alkohol trinken bis ich dick und fett bin und dann einfach platzen. Ach ne – was'n Dreck. Das will ich auch niemandem zumuten. Also wozu was? Wozu, wozu, wozu? Es fühlt sich so ein bisschen an wie eine Straße, der die Fahrbahnmarkierung fehlt. Klar kann man darauf fahren – aber sicherer fühlt man sich mit den kleinen weißen, deutlich sichtbaren Richtungsweisern in der Mitte. Spur halten sagen sie. Spur halten beim Fahren. Spur halten im Alltag. Im Leben. Ob außer mir noch jemand den alten Schlager kennt, der heute Namenstag hat: *Am 30. Mai ist der Weltuntergang – wir leben nicht mehr lang, wir leben nicht mehr lang.* War bestimmt mal ein Karnevals-Schunkler. Mit sprühend witzigem Text.

OK – ich muss wenigstens mal aufstehen. Mich bewegen. Am besten Bewegung in frischer Luft. Sauerstoff. Durchatmen. Kreislauf spüren. Mich spüren. Ich sammele alle meine Kräfte. Wie eine Sprinterin kurz vor dem Startschuss. Spanne meinen Körper an. Spanne alle Muskeln an … und … stehe auf! Ja sie hat es geschafft! Herzlichen Glückwunsch unserer neuen Europameisterin im Aufstehen. Welch grandiose Darbietung! Welch Elan. Welche Geschmeidigkeit. Ich schleiche aufs Klo. Ziehe mich an und habe das nächste Problem: Wo will ich denn laufen gehen? Also, nicht laufen wie joggen, sondern laufen wie träge einen Fuß vor den anderen setzen. Hauptsache Luft. Das einhunderttausendste Mal ums Feld spazieren habe ich wirklich keine Lust. Also beschließe ich in den Taunus zu fahren und eine Runde zu Wandern (hört-hört!). Nicht die mega-Wanderung über 15 Stunden, sondern einfach ein Stündchen bergauf und bergab, damit ich ins Schnaufen komme und meinen Puls – und somit mich selbst – spüre.

Dieser Entschluss gibt mir etwas Kraft. Einfach einen Plan zu haben, was ich tun will. Anziehen, losfahren, wandern, zurückkommen und einen Kaffee trinken. Als Belohnung. Und bis dahin ist es bestimmt auch schon Nachmittag und ich hab den Tag fast schon hinter mich gebracht. Welch sinnlose Vergeudung von Zeit. Von Lebenszeit.

Es ist nicht weit zu fahren und als ob es so sein soll: Ich finde einen freien und noch dazu kostenfreien Parkplatz! Da es gestern geregnet hat, ist es heute matschig, aber die Luft ist herrlich frisch. Ich habe meinen kleinen Rucksack auf und sogar mal was zu Trinken mitgenommen. Man soll ja viiieeel mehr trinken. Ja ja, gute Vorsätze ... ich wandere los. Die Erinnerung wandert neben mir. Wenigstens eine, die mit mir wandert. Leider packt sie mir ständig Dinge in meinen Rucksack. Dinge, die ich weder brauche noch schleppen will. Aber Madame ist zu faul, sie selbst zu tragen. Und so muss ich ran. Bouh – ist der jetzt schwer. Was da alles drin steckt?
Manchmal taucht Madame aus dem Nichts auf – manchmal weiß ich schon im Voraus, dass sie kommt. Aber fast immer ist ihre beste Freundin – die Schwermut – in der Nähe. Sind unzertrennlich die beiden. Wobei Madame Erinnerung eindeutig moderner angezogen ist: Hat meist eine rosa-rote Brille auf. Echt schickes Modell. Und was die für ein Gedächtnis hat! Wahnsinn! Und sie redet. Wenn es mir nicht gelingt sie zu unterbrechen, redet sie ununterbrochen. Heute erzählt sie mir von der Clique, in der ich früher war. Wie wir uns getroffen und tolle Dinge gemacht haben. Unsinnige oder manchmal auch leichtsinnige Dinge. Wie wir rumgeblödelt haben. Geträumt haben von einer Zukunft, die einfach nur offen und frei war. Auf die wir neugierig waren. Und ganz besonders natürlich auf das nächste Wochenende. Denn entweder hat jemand Geburtstag gefeiert (Party!) oder wir sind mit den Mopeds weggefahren. Oder getrampt. Oder es war ein cooles Konzert in einer der vergammelten Hallen in der Nähe. Madame lässt mich noch einmal das Gefühl der Jugend spüren. Der Tatkraft. Des Optimismus. Und vor allem der Gruppenzugehörigkeit. Der Verbundenheit. Kurz um: der Freundschaft. Ein schönes Gefühl .... Aber es wäre zu schön um wahr zu sein, wenn Madams Freundin ausnahmsweise mal die Klappe gehalten

hätte. Die olle Schwermut (nein sie ist nicht meine beste Freundin) hat auch eine Brille auf: Eine grau gefärbte. Und sie redet nicht viel. Seufzt meistens mehr. Und wenn sie was sagt - naja, könnt ich drauf verzichten.

„Ach ja. Schön war's. Aber es ist vorbei. Ende. Kommt nie wieder. Und schau dir doch das Elend heute an. Alleine im Wald. Keine Clique mehr. Nicht mal ne Partnerin. Ja ja. Aber auch keinen Job mehr. Was'n Leben. Seufz ..." Ich könnt ihr den Hals umdrehen! Es ist schön hier im Frühlingswald. Es riecht herrlich. Das Wetter ist gut. Und bis vor ein paar Augenblicken habe ich mich auch noch gut gefühlt. In dem Roman, den ich zu Hause gerade lese, sagt der *Sohn der grünen Insel*:

> Die Vergangenheit sieht man mit einer Klarheit, die einem in der Gegenwart fehlt. Die Erinnerung ist die Illusion, welche zu gleichen Teilen aus Erkenntnis und Bedauern besteht. Nichts ist je das, was es zu sein scheint.

Ich persönlich finde ja, dass man die Vergangenheit gerade *nicht* klarer, sondern eher verzerrt, übermalt oder zumindest durch einen farbigen Filter sieht. Das liegt vermutlich an der rosa-roten Brille von Madame Erinnerung. Die Psychologie nennt es das *false-memory-Syndrom*: wir halten unsere eigenen Märchen und Erinnerungen für wahr. Unabhängig von ihrem Realitätsgehalt. Realität und Fiktion haben sich zu einem *Rosinenteig* verbunden. *Früher* war eben alles anders. Alles besser. Das Heute kann dem Früher nie das Wasser reichen. Ob die Zeit deswegen so rast, damit wir sie nicht einfach mal festhalten, ihr eine Ohrfeige geben und sie zurück in die Vergangenheit schicken.

„So – und jetzt strengst du dich mal ein bisschen an und kommst nochmal hier her und überraschst mich positiv. Geb dir mal etwas mehr Mühe."

Das Café hat geöffnet und ich gehe in den großen, hellen Saal. An allen Tischen sitzen Menschen und unterhalten sich. Wie schön: Hier schienen Handys oder Smartphones nicht wichtig zu sein. Haben sich wohl alle was zu erzählen. Tja – und ich? Ein Tisch ist nicht mehr frei. Müsste mich wo dazu setzen. Und mit wem rede ich dann? Wieso haben die hier überhaupt alle frei? Müssen die nicht arbeiten? Sind aber fast alle zu zweit. Oder zu dritt. Ach ne – es ist ja Samstag. Ich komme immer häufiger mit den Wochentagen durcheinander. Am deutlichsten merke ich es entweder, wenn ich am Sonntag vor einem geschlossenen Supermarkt stehe oder wenn ich Anke auf dem Handy anrufe und frage, ob sie Zeit hat. Wenn sie dann nicht gleich antwortet, weiß ich schon, dass ich eine *falsche* Frage gestellt habe. Ist ja auch kein Wunder. Ohne strukturierten Tagesablauf kann das schon mal passieren. Aber ich habe ja jetzt einen Job.

Ach ja … und was für einen. Die letzte Woche habe ich jeden Tag etwas anderes gemacht. Abwechslungsreich könnte man meinen. Aber eine Tätigkeit war so langweilig wie die andere. Am Anfang war … das Nippel-Abpetzen. Ich saß an einem Werkstisch und führte die kleinen Kunststoffrollen in den Schlitz einer Schneidevorrichtung – zick-zack ein kleines, überstehendes Plastikeckchen wurde abgeschnitten – und ich warf die Rolle in eine Kiste. Fertig. Nächste Rolle. Ich weiß gar nicht mehr, wie ich das zwei Tage lang ausgehalten habe. Etwas Stumpfsinnigeres kann ich mir gar nicht vorstellen. Außer vielleicht immer einen Hebel umlegen, eine Schraube festdrehen oder im olivgrünen Tarnanzug angeln gehen. Aber so etwas wird es ja wohl nicht als Job geben. Folter ist in Deutschland doch schon ewig lange verboten. Außer an Fasching per Lautsprecher. „Ich bin der Ötzi aus Tirol" ach ne der Anton. Oder „Obdachlos durch die Nacht." Atemlos. Arbeitslos. Ha-ha. Moderne Foltermethoden also. Nach dem Abknipsen des Nippels durfte ich fegen. Also eine klassische Azubi-Arbeit (wie böse…). Dabei durfte ich sogar selbstbestimmt entscheiden mit welchem Besen ich fegen wollte: der mit den Plastik- oder der mit den *richtigen* Borsten. Schwarze Bürstenborsten, bürsten besser, als weiße Bürstenborsten bürsten. Und Fischers Fritz fischt frische Fische. Aber fischen brauchte ich zum Glück nicht. Aber Regale aus- bzw. aufräumen. Seit Jahren haben offensichtlich alle das Lager als Rumpelkammer genutzt. Da standen sowohl Kisten mit Ware – die noch hätte verkauft werden können, als es noch keine Handys gab – als auch Ordner mit Buchhaltungsunterlagen rum. Zwar nicht mehr in Sütterlin geschrieben, aber per Hand. Vermutlich gab es noch keine Drucker. Dazwischen ein paar Heizungsrohre, Türklinken, Farbeimer, ein Kotflügel, Tennisbälle usw. Das hieß für mich, dass ich ständig zum Müllcontainer auf dem Hof laufen musste. Am Anfang hab ich ja noch im Assistentinnen-Büro im ersten Geschoss nachgefragt, was ich mit diesem oder jenem Teil machen sollte. Aber zum einen hat es immer ewig gebraucht, bis ich eine Antwort bekam („Ach neee! Des ist ja schon uuuuur-alt! Frau Brosnieck gugge se a mol hier!") und zum anderen musste ich die Sachen anschließend ja doch wieder runter schleppen. Ohne Aufzug versteht sich. Also vom Keller in den ersten Stock und wieder runter in den Hof. Abends hab ich mich wie Arnolda Schwarzenegger gefühlt und bin nach einer – ausgiebigen – Dusche nur noch ins Bett gefallen. Dann – am Freitag – wurde ich befördert! Jawohl – in den ersten Stock des Bürogebäudes schräg gegenüber der Assistentinnen. Wollte mich ja schon freuen – endlich raus aus dem stickigen Keller und rein in ein modernes Büro. Aber … Fehlanzeige. Ich wurde in die Registratur gesetzt und habe zuerst sich ablösende Ordner-Rückenschilder wieder festgeklebt und dann die Ordner des letzten Jahres nach oben ins Regal verfrachtet, damit die neuen von diesem Jahr unten leichter erreichbar sind und mehr Platz haben. Alles kein Thema. Das muss ja wirklich mal gemacht werden. Mich wundert es nur, dass die bis Ende Mai und einer verzweifelten Arbeitslosen gewartet haben, um dieses Projekt zu starten.

Nach fünf Arbeitstagen war mein Gehirn wegen Kurzarbeit auf 10% Aktivität heruntergefahren, mein Kopf nur die Haltevorrichtung für meine Stirn. Und die nur zum Schweiß abwischen. Meine Füße und mein Hintern platt und abgenutzt.

> Lebenskunst ist die Fähigkeit, gerade das Einfache besonders zu genießen.

Danke Anke! (Nein – keine ironische Wortspielerei). Das werde ich jetzt und auf der Stelle tun: Nach dieser herrlichen Taunus-Frühlings-Wanderung werde ich mich für diese Arbeitswoche mit einem leckeren Cappuccino hier im Café zu belohnen. Ich setze mich an einen Tisch, an dem ein Pärchen mittleren Alters sitzt.

„Deine Mutter treibt mich noch in den Wahnsinn! Nimm ihr endlich den Hausschlüssel ab. Sie muss jetzt nicht mehr nach dem Rechten sehen. Ich bin wieder zu Hause und kann auch mit einem Baby einen Haushalt führen!"

„Ach Schatz – sieh das doch nicht nur von der negativen Seite. Sie will uns doch nur etwas Gutes tun." Und in diesem Moment bin ich wirklich froh alleine zu wohnen und immer noch eine Freiheit genießen zu können, die andere bereits (freiwillig) aufgegeben haben. Die beiden bemerken, dass sie etwas laut reden und dass ich mithören kann. Sie reden leise. Es klingt, als ob sie sich jetzt nur noch anzischen. Da gehen also zwei Menschen verbal aufeinander los, obwohl der Grund des Disputs eine dritte, nicht anwesende Person, ist. Mir fällt auf, dass dies häufig der Fall ist. A und B kämen prima miteinander zurecht. Könnten sich vermutlich schnell einigen und gut wär's. Aber die dritte Person, die nicht mal weiß, dass sie ein Zankgrund ist, lässt eine Einigung nicht zu. Der Mensch ist schon was Sonderbares. Das liegt aber auch daran, dass wir ja immer versuchen uns in andere hineinzuversetzen. Zu erahnen, was die andere Person will. Als ob wir in eine Kristallkugel blicken würden. Und wir sind uns dann auch ganz sicher, dass die andere das *nur* so gemeint haben kann. Wir sind ja die großen Menschen-Versteher. Würden wir mehr fragen und weniger vermuten, gäbe es garantiert weniger Krach und Ärger. Und Tränen. Und hoch rote Köpfe. Wie bei der Frau am Tisch. Gleich explodiert ihr der Kopf. Wie sich ein Gesicht innerhalb von Sekunden zur Fratze verändern kann. Mädchen ich glaube, was du gerade machst, ist nicht gut ... Und kaum habe ich's gedacht, als sie aufspringt, ihre Kaffeetasse umstößt, ihre Jacke schnappt und theatralisch nach draußen stürzt. Er schaut ihr mit großen Augen hinterher – bleibt aber sitzen.

„Ich könnt sie erwürgen. Alle beide", zischt er. Oh, oh, da hängt heute Abend aber der Haussegen schief. Ich fühle mich sau unwohl in meiner ungewollten Zuhörerinnen-Rolle und rühre meinen Cappuccino in Grund und Boden. Herr Sitzengelassen hat wohl auch keinen Bock mehr. Er seufzt noch einmal, steht auf und geht zur Theke, um zu bezahlen.

Jetzt hab ich einen Tisch für mich alleine. Schön. Hm ... nö eher doof. Denn jetzt bin ich wieder auf mich selbst zurückgeworfen. Jetzt muss ich wieder selbst etwas denken und kann nicht einfach nur zuhören. Ich schaue mich im Lokal um. Die Menschen sehen im Großen und Ganzen zufrieden aus. Glücklich? Weiß nicht. Wie sieht jemand aus, der glücklich ist? Debil grinsend? Glück ist eine Momentaufnahme. Zufriedenheit ein Zustand. Wünschen entsteht aus einem Defizit heraus. Wir wünschen uns das, was wir nicht haben, aber glauben haben zu müssen. Würden wir die Welt, unsere Welt, so wie sie gerade ist, akzeptieren und für uns annehmen, dann wären wir auf der Stelle glücklich. Wunschlos glücklich. Weil kein Defizit vorhanden wäre. Logisch, oder? Wenn mir nichts fehlt, brauche ich mir nichts zu wünschen. Ist ein Gedankengang, der von Rainer Grunert und seinem Buch inspiriert wurde. Aber gewusst hab ich das, auch ohne ihn, schon lange. Oder eher gefühlt. Oder wie auch immer. Bin ich glücklich? Nein. Bin ich zufrieden? Leider auch nicht. Will ich etwas haben, was ich nicht habe? Jaaaaaa! Einen Job? Nein – ich will mehr. Ich will etwas zu tun haben, was Sinn macht. Etwas worauf ich mich freue. Etwas worauf ich stolz bin. Etwas wofür ich Anerkennung erhalte. Etwas Utopisches also. Ich stehe auf und gehe ebenfalls an die Theke, um zu zahlen.

Freitag 05.06

Mein Wecker klingelt. Der nächste Tag in meinem Aushilfsjob. Der letzte in dieser Woche. In der zweiten Woche. In der zweiten sehr, sehr langen, sozusagen super langen, gefühlt ewig langen ... langen Woche. Ich sollte dankbar sein. Dankbar dafür, dass ich endlich mal wieder etwas zu arbeiten habe. Das erinnert mich an die Transaktions-Analyse in der Psychologie: Lieber negative Zuwendung als gar keine. Also lieber angemotzt werden, als nicht beachtet werden. Lieber einen absolut langweiligen, eintönigen, nervigen, lebenszeitvergeudenden Job als gar keinen. Nicht wahr, oder? Ich will nicht mehr. Will diesen Job nicht noch länger machen. Scheiß auf's Geld! Da verdiene ich 8 Euro jede Stunde – und was mache ich mit meinen 48 Euro pro Tag? Leider nicht in Kaffee und oder Bier ausgeben. Wenn ich zu Hause ankomme bin ich a) müde und habe b) schlechte Laune.

> Wenn die Zeit kommt, in der man könnte, ist die vorüber, in der man kann. – Marie Freifrau von Ebner-Eschenbach

Hä? Da kommt endlich mal wieder eine SMS von Anke ... aber was will sie mir sagen? Wenn die Zeit kommt, in der man könnte ... was könnte? Kaffeetrinken gehen – weil man Geld verdient. ... ist die vorüber, in der man kann ... die Zeit, in der man Zeit hat. Umpf – das passt ja wie Faust auf Auge. Wie Deckel auf Topf. Wie Wolken zu Regen. Wie Yin zu Yang. Und so wenig wie ich in diesen Laden. Und hiermit beschließe ich – Hille die Erste ... und Einzige ... heute zu kündigen. Man soll die Mitarbeiterinnen dort ja auch nicht allzu sehr verwöhnen. Sonst können die auf einmal nicht mehr ohne mich. Wäre ja auch nicht schön. Hm? Oder bin ich jetzt rücksichtslos? Weil die sich auf mich verlassen. Nö – ich bin bloß selbstbewusst und achte darauf, was mir gut tut und was nicht. Und der Job tut mir nicht gut.

Selbstbewusstsein ist wie eine Brille, mit der ich den schmalen Grat zwischen zu viel Empathie und Rücksichtslosigkeit erkennen kann. Mit zu wenig Selbstbewusstsein nimmt man zu viel Rücksicht, ist sich selbst nicht wichtig genug. Und daher ... ewig unzufrieden. Mit zu viel Selbstbewusstsein sind die Mitmenschen nicht mehr wichtig. Man zieht sein eigenes Ding durch. Komme, was wolle. Aber – mal weniger dramatisch aufgetischt – ich bin dort bloß ne kleine Aushilfe. Ob ich da bin oder nicht, merkt e niemand. Also: Heute nach Dienstschluss werde ich kündigen. Jawohl! Dann doch lieber, wieder nichts mit mir und meiner Zeit anzufangen wissen, als sie hier systematisch in den Schredderer des Lebens zu stecken. Und überhaupt: Warum arbeitet eine so philosophisch hochtalentierte Frau wie ich nur als Aushilfe? Aber *das* Thema vertiefe ich jetzt lieber nicht.

> Prognosen sind schwierig – besonders wenn sie die Zukunft betreffen. – Karl Valentin

„Ja also Herr Wohling – ich hab doch meine alte Mutter. Und der geht´s gerade echt nicht besonders gut. Ne echt. Die ist gestern gestürzt. Also hingefallen. Ja und ... also ich muss der jetzt echt dringend helfen und kann daher nicht länger hier arbeiten. Obwohl es echt Spaß gemacht hat! Doch echt. Aber ... Sie verstehen das doch, oder?" Herr Wohling lächelt mich an. Wobei sein Lächeln so echt wirkt wie meine Entschuldigung.

„Ja das ist schade. Aber da geht ihre Mutter natürlich vor." Er schüttelt mir die Hand und macht ein Gesicht, als hätte er Verdauungsprobleme. Ich glaub, der ist heute irgendwie nicht gut drauf. Und das ganz unabhängig von mir. Und so ist der Job so schnell wieder Vergangenheit, dass ich das Gefühl habe, mich eben selbst überholt zu haben.

Tja und nun? Jetzt hocke ich wieder zu Hause. Müde bin ich auch wieder, aber meine Laune ist besser. Nicht gut, aber besser. Was könnte ich denn mal anstellen, um meine Laune zu heben?

Hm …? Ja …? Oder …? Och …? Von Luna habe ich auch schon
ewig nix mehr gehört. Eine SMS am Mittwoch:
„Alles OK bei Dir?" Was soll ich da antworten?
„Ja klar. Aber ich habe nach meinem Hawaii Urlaub noch Jet-
lag." Ne, ne – und zum Glück muss ich auch nicht mehr lügen.
Sie weiß jetzt, dass ich meinen Job verloren habe, dass ich auf
Suche bin und dass ich nen Aushilfsjob angenommen habe. Dass
ich gekündigt habe, weiß sie allerdings noch nicht. Guter Punkt!
Ich fahre sie besuchen! Ja, das mache ich!

Obwohl es bereits nach sechs ist, ist es noch hell. Ich könnte
nie in Skandinavien leben. Ein dreiviertel Jahr fast völlige Dun-
kelheit – da würde ich wahnsinnig werden. Oder depressiv. Und
Alkoholikerin. Depressive Alkoholikerin. Also ganz normale
nordische Durchschnittsfrau.

Die S-Bahn zuckelt in Richtung Hauptbahnhof. Wir halten an.
Wir fahren weiter. Wir halten an. Wir fahren weiter. Die S-Bahn
ist wie das Leben: Von Zeit zu Zeit steigen Menschen ein. Und
andere Menschen steigen aus. Manche sagen Tschüss und andere
sind auf einmal verschwunden. Wutsch und weg. Gut wer ein
Ziel hat. Sonst kann so eine Fahrt ziemlich lange dauern. Obwohl
… das ist ja sogar gut: Ohne Ziel lebt's sich länger. Hey dann
werde ich ja 100! Hundert Jahre alt werden. Und die letzten 30
Jahre mit Rollator. Klar – da freue ich mich jetzt schon drauf.

Wenn man in die falsche Richtung läuft, hat es keinen Zweck, das Tempo zu erhöhen.

Prima Anke – super Tipp. Da schlender ich mal ganz gechillt
weiter durch mein Leben. Ganz cool. Nur keine Hektik. Immer
lässig. Daumen in der Hosentasche. Ray Ban aufm Kopf. Nicht
auf der Nase, sondern hochgeschoben. Sieht *noch* cooler aus.

Wer das Ziel nicht kennt, wird den Weg nicht finden.

Soll das jetzt eine Lebens-Sprüche-Landkarte per SMS werden? Und das heißt? Langsam aber zielorientiert? Oder vielleicht: festen Schrittes zum Ziel? Und wo ist die SMS bezüglich des Ziels? Bei Routenplanern im Internet reicht es ja oft, nur die Stadt ohne die Straße einzugeben. Dann errechnet das Programm immer die Strecke zwischen Stadt-Mitte und Stadt-Mitte. OK – übertragen auf das Leben heißt das dann …? Hm …? Keine Ahnung. Hier blockiert mein Denkapparat. Schaltet auf *Betriebsferien* um, schließt die Rolltore und macht die Halogen-Werbe-Beleuchtung aus. Dunkel ist´s. Na gut. Dann schau ich halt wieder aus dem Fenster.

Wir halten an. Wir fahren weiter. Der Typ mir gegenüber hört Musik. Ich versuche zu erraten was es sein könnte. Bumm, bumm, bumm, … Seine Kopfhörer müssten sich eigentlich bei jedem Bumm mindestens drei Zentimeter von seinem Kopf abheben. Bumm, bumm, bumm … Ne, ich kann kein Lied erkennen. Ich selbst würde mich ja nie trauen in der Bahn so laut Musik zuhören. Ich würde damit ja andere Reisende stören. OK – ich bin spießig. Klar bin ich. Ich hab ja auch ne Haftpflicht-Versicherung, fahre mit meinem Auto durch die Waschanlage, trinke gerne Filterkaffee, schaue öffentlich-rechtlich und habe noch ne Kuschel-Rock CD, die ich ab und an mal höre. Dass ich auch eine Operetten CD habe, würde ich allerdings nie und nimmer verraten. Wir halten an. Wir fahren weiter. Und der Hauptbahnhof kommt und kommt nicht näher. Hat das immer so lange gedauert? Oder fahre ich in die falsche Richtung? Hups und schon saust mir der Magen in die Kniekehle: Fahre ich echt in die falsche Richtung? Nein Quatsch. Blödsinn. Alles in bester Ordnung. Ich kann mich selbst innerhalb von Sekunden aus dem Gleichgewicht bringen.

Hauptbahnhof. Der Imbiss-Stand liegt etwas abseits, außerhalb der Bahnhofshalle. Zum Glück. Sonst käme ich mit Luna ja gar nicht zum Quatschen. Ob es Zufall war, dass ich mir gerade hier im Dezember einen Kaffee geholt habe? Oder Vorhersehung? Schicksal. Kismet. Aber warum habe ich es dann bis heute nicht geschafft diese Frau mal außerhalb dieses blöden Imbiss-Stands zu treffen? Mal woanders. In einem schönen Café. Oder im Irish Pub. Oder von mir aus auch – ganz spießig – in einer Pizzeria bzw. in einem Bistrorante. Also nix mit Pizza to go. Sondern Holzkohle-Ofen und Servietten auf den Tischen. Ich sag doch: spießig.

„Hei Luna. Ich hab meinen Job geschmissen. Ich hab das nicht mehr gepackt." Sie starrt mich an. So viel Direktheit kennt sie sonst gar nicht von mir. Mal nix drum herum gestottert. Ja ich lerne! Vermutlich hat sie genau das Gleiche gedacht, denn sie lächelt mich an. Oh, diese kleinen Grübchen…!

„Da kommt was Besseres. Ganz bestimmt. Du musst nur daran glauben."

„Meinst du? Ich weiß nicht. Ich habe jetzt schon tausende Bewerbungen geschrieben – aber nichts tut sich. So ganze gar nix."

„Tausende? Ja klar. Du finanzierst die deutsche Post." Wir lachen beide und meine Stimmung hellt sich auf. Schon komisch: Da ändert sich in der Realität ja nicht wirklich etwas. Habe einfach nur gelacht. Und trotzdem geht's mir besser. Man sagt ja immer:

Lachen ist die beste Medizin

Und da ist wirklich enorm viel dran. Das war schon früher so. Also *neulich,* als ich noch in Lohn und Brot war: Egal wie meine Stimmung an dem betreffenden Tag war und egal wenn ich im Arbeitsstrudel war und mein Gehirn einen auf *Business* gemacht hat, eine Alber-Kaffeerunde, und schon waren alle Depri-Gedanken weg. Oder wenn ich mit Luna über Göttin und die Welt lästere und wir manchmal fast schon kindisch rumalbern – dann sind die Gedanken an negative Dinge einfach nicht im Arbeitsspeicher meiner Gehirn-Festplatte aktiv. Irgendwo abgespeichert ja, aber nicht angeklickt. Neulich habe ich sogar mal ausprobiert, ob ich Traurigkeit durch Lachen vertreiben kann. Bin leider gescheitert, weil ich nicht lachen konnte. Dafür habe ich dann gesungen. Einfach so was mir gerade einfiel. Und das hat geklappt. Kurzfristig war meine Stimmung aus der Talsohle raus. Ob ich nachher auf dem Rückweg in der S-Bahn singen sollte? Vielleicht keine so gute Idee für die Öffentlichkeit.

Wir blödeln noch etwas rum. Philosophie geht heute gar nicht. Das macht nichts. Mir tut gerade dieses Lockere total gut. Ich spüre, dass Luna mich annimmt. So wie ich bin. In der Situation, in der ich bin. Und das fühlt sich einfach nur gut an. Und wer weiß – vielleicht kommt ja doch noch was Besseres. Ein besseres Jobangebot.

Montag 06.07

Wie heißt das doch immer: Wenn man vom Teufel spricht ... ja was dann? Dann kommt er. Wobei er auch in Form einer Mail kommen kann. Und sein Absender der Jobcenter ist. Und auch, wenn aufm Amt niemand einen Pferdefuß hat und es dort eher unterkühlt, als lodernd heiß zugeht. Montag ist mein Jobbörsen-Tag. Da habe ich es mir zur Gewohnheit gemacht mich erst bei der Arbeitsagentur einzuloggen – dann *unsere Internetauftritte* anzuklicken – wobei dann die *Jobbörse* erscheint, in die ich mich auch wieder einloggen muss. Dann steht da ... in der Regel gar nichts. Aber manchmal steht da auch: *Neue Aufforderung zur Bewerbung*. Und dann ist meist Eile geboten. Denn meistens ist die Aufforderung von Dienstag letzter Woche. Irgendwie ist die immer von Dienstag letzter Woche. Ich wette, wenn ich dienstags abrufen würde, wäre sie von Mittwoch letzter Woche.

Wer Arbeitslosengeld bekommt, muss sich brav und folgsam hier rückversichern, ob das Amt etwas von einem will. Oder nicht. Heute will es was von mir. Selbstverständlich sind die, nun auf meinem Monitor erscheinenden Meldungen, nicht nach Datum sortiert, sondern nach dem dritten Buchstaben der Betreffzeile dividiert durch die erste Ziffer der Steuernummer der Sachbearbeiterin. Oder so ähnlich. Suchen ist angesagt. Dienstag der 2.7! Na sag ich doch: Dienstag!

Die beste Aufforderung war die im Januar für den Datenresearcher. Ich weiß bis heute nicht was der beruflich macht. Mal sehn, mit was man mich heute erfreut ... „Bornemann & Söhne suchen eine Fachkraft für die Mahnbuchhaltung." Hä? Was habe ich denn mit Mahnbuchhaltung zu tun? OK – es ist eine Bürotätigkeit. Und OK – es hat etwas mit Sorgfalt, Konzentration und Genauigkeit zu tun. Naja. „Sie bringen mit: kfm. Abschluss" Hab ich. „Erfahrung im Mahnwesen" Kein bisschen. „Starke Affinität zu Zahlen." Ja – auf meinem Girokonto. „Sie beherrschen das SAP Programm BBKP" Noch nie gehört. Kurz um: Ich werde mich bewerben. Dem Arbeitsamt zu liebe. Und meinem eben erwähnten Girokonto zuliebe. Eine Sperre meines Arbeitslosengeldes kann ich mir nämlich nicht erlauben. Und so versende ich eine Standard-Bewerbung an Herrn Bornemann und seine vielen Söhne. Bornemann – das klingt irgendwie wie ... wie ... Schuhputzcreme. „Bornemann's best – damit glänzen Sie immer und überall." Keine Ahnung wie ich da drauf komme. Zehn Bewerbungen muss ich im Monat schreiben. Sonst gibt's Ärger. Ob ich zehn sinnvolle Bewerbungen schreibe, ist egal. Quantität schlägt mal wieder Qualität.

Dienstag 07.07
„Sie sind also zurzeit ein Arbeitsloser."
„Arbeitslose."
„Sag ich doch."
„Nein. Sie sagten Arbeitsloser."
„Hä?"
„Arbeitsloserrrr – ich bin eine Arbeitslose. Arbeitsloser ist ein Kerl. Ich bin eine Frau. Und auch nicht arbeitslos, sondern arbeitssuchend." Ich lege mich so richtig ins Zeug und lasse die

Super-Sprach-Emanze raushängen. Ich will dieses Mal ja gerade *keinen* guten Eindruck machen.

Gestern – keine zehn Minuten, nachdem ich meine Bewerbung gemailt hatte, kam schon eine Antwort! Unverschämtheit. Warum passiert das nie, nie, nie, wenn ich die Stelle wirklich haben will? Die melden sich meistens gar nicht. Und die Bornemanns hier …. *„Wir freuen uns Dienstag den 9.7 um 14:00 Uhr auf Sie."* Ja glauben die denn, ich hocke den ganzen Tag nur zu Hause rum und habe nichts Besseres zu tun, als mich bei denen vorzustellen? Oh ich hätte platzen können. Ganz ruhig brauner … OK – dann Ring frei zur zweiten Runde.

Mein *ganz besonderer* Charme und ich machen uns um 13:45 Uhr auf den Weg. Zu spät kommen, sollte schon mal einen guten Eindruck machen. So gut, dass mich Bornie gleich fallen lässt. Und was passiert? Keine einzige rote Ampel und ein Parkplatz direkt vor der Türe! Ja wo gibt's denn so viel Ungerechtigkeit? Das Leben ist nicht fair. Ich will hier nicht Mahnungen tippen! Das Büro im fünften Stock eines Bürohochhauses in der Innenstadt erweckt einen fast manikürten Eindruck. So sauber und steril ist es. Mit was handeln die hier? Vielleicht ja doch mit Hochglanzpolitur? Ups – dabei fällt mir ein, dass ich vor lauter Zorn ganz vergessen habe, womit Bornemännchen überhaupt sein Geld verdient. Naja – jetzt ist es auch egal.

Irgendwie sieht es nett aus, als er mich jetzt völlig verständnislos ansieht.

„Nun – wie auch immer. (Räusper) Wie viele Jahre haben Sie denn Erfahrung im Mahnwesen?" Er sieht mich an wie jemand, dem es gerade so gelungen ist, meine fast unverschämte Antwort in eine „da-habe-ich-wohl-etwas-falsch-verstanden" Antwort zu transferieren. Im Zweifel für den Angeklagten. Leider muss ich ihn bei dieser und allen weiteren Fragen enttäuschen. Keine Erfahrung. Keinen Plan. Keine Begeisterung.

„Vielen Dank, dass Sie sich die Zeit genommen haben. Wir werden uns in Kürze bei Ihnen melden." Shake hands. Und Tschüssikovski.

Fünfzehn Minuten später stehe ich wieder im Treppenhaus. Fast zu schnell, um die Sache richtig wahrnehmen zu können. Richtig genießen zu können. Zwischen Bewerbungsmail und Händeschütteln lagen jetzt gerade mal knapp 24 Stunden. Ich seufze mein Spiegelbild im Aufzug an. Warum passiert das nicht mit einem Traum-Job? Oder wenigstens mit einem guten. Oder wenigstens mit einem recht guten. Also nicht das Tschüssikovski, sondern das Bewerben – Vorstellen – Einigen. Und nochmal Seufz. Piep.

Das Leben ist eine große Abenteuerreise. Wir können den Wind nicht lenken, aber die Segel richtig setzen. – evtl. Aristoteles

---

Eine anke-warische Lebensweisheit. Der Wind ... ist das Arbeitsamt. Kann ich nicht lenken. Windet mich an und will mein Lebenssegelschiff irgendwohin pusten. Und ich kreuze im Wind. Ich durch-kreuze. Ich spiele mit und doch wieder nicht. Oh das gefällt mir. Aber die Segel *richtig* setzen? Hm ...? Da wären wir wieder bei der Sache mit dem Ziel. Wohin soll mein Schiff denn segeln? In den Süden? Den Norden? Zu einem verantwortungsvollen Beruf, der mich stark beansprucht und mir vielleicht viel Zeit nimmt. Freizeit. Lebenszeit. Oder segle ich zu einem einfachen nine-to-five Job, wo ich den Kuli fallen lasse, den PC runterfahre und keinen Gedanken mehr daran verschwende? Tja, wenn ich es selbst schon nicht weiß, wie soll dann das Schicksal, die Bestimmung, Kismet wissen wo mein Zielhafen ist? Oh das ist gemein. Ich würde die Verantwortung so gerne abgeben. Das erleichtert das Leben ohnehin sehr: Verantwortung abgeben ... und dann heftig motzen und sich beschweren, weil man nicht das bekommt, was man will. Und sich – als Opfer vom bösen Schicksal – so richtig bedauern lassen.

„Ich arme – nie bekomme ich, was ich mir wünsche. Alle anderen haben einfach mehr Glück als ich. Immer erwische ich das leere Papierchen in der Pralinentüte. Die mit Marzipan hat jedes Mal schon jemand aufgegessen." Jammer jammer. Sich dann aber trösten lassen. Armer schwarzer Kater. Kraul das Köpfchen. Wie schön … OK – so gaaaanz abwegig ist das ja nicht. Ja, ich gebe zu, dass ich das hin und wieder auch mache. Aber natürlich nur ganz, ganz selten. Mitleid ist nicht so mein Ding. Logo. Oder?

Und was mache ich jetzt mit dem angefangenen Nachmittag? Es ist erst kurz nach zwei und die Sonne scheint. Zwar nicht so ganz richtig, aber so relativ richtig. Also so schleirig richtig. Dann gehe ich halt in den Park. Zum Bahnhofskiosk und zu Luna ist es mir jetzt zu weit. Und irgendwie bin ich in so ner komischen Stimmung, von der ich noch nicht sagen kann, wohin sie mich führt. Ups – schon wieder das navigationslose Lebensschiff. An einem Konkurrenz-Kiosk hole ich mir einen Togo – also einen Kaffee to go und setzte mich auf eine Bank. Mit Blick auf … auf was eigentlich? Einen See? Ne zu klein. Einen Tümpel? Ne zu gepflegt. Eine Vertiefung mit Wasser?

„Oh Frau Kuhn – jetzt ist aber mal gut. Kannst du nicht ein Mal etwas einfach so wahrnehmen, wie es ist? Musst du immer alles zerfragen?" Meine innere Glucke meldet sich zu Wort. Ist ja echt ne ganz liebe. Sorgt sich immer um mich. Will, dass es mir gut geht. Dass ich auf mich und meine Bedürfnisse achte. Die Bezeichnung *Glucke* trifft diese innere Stimme sogar besser als Luke Skywalker. Weil Glucke *keine* Kämpferin ist. Hat garantiert Seminare in Psychologie und Pädagogik besucht. … Und wird regelmäßig vom Antreiber zum Schweigen gebracht. Vom Darth Vader in mir. Der Böse. Der Kämpfer. Der mit der meisten Energie.

Ich will gerade eine Philosophie-Stunde in meinem Gehirn starten, als sich ein Mann auf meine Bank setzt. Fragt nicht mal, ob mir das recht ist. Rüpel! Aber ich sage nichts. Er sitzt einfach nur da und schaut gerade aus. Vielleicht eher ins Leere. Sieht ansonsten ganz normal aus – also nicht wie ein Penner oder so. Ob er die Amseln auf der Wiese beobachtet? Oder ob ihm schlecht ist? Jedenfalls hat er eine ganz eigentümliche Ausstrahlung.

„Welch ein Paradoxon: Man kann nie *dort* sein. Denn wenn man dort ist, ist man augenblicklich *hier*. Man kann immer nur hier sein. Im Hier sein." Hä? Was will er? Dort sein – hier sein? Redet der mit mir oder führt der Selbstgespräche?

„Vielleicht … ja vielleicht außer beim Lesen. Da ist man körperlich hier, aber geistig in der Welt von dort. In der Welt, in die man sich flüchtet. In der Welt von klar unterscheidbarem Gut und Böse. Verstehen Sie?" Nein, verstehe ich gerade nicht. Ich war eben noch im Kampf der Laser-Schwerter. Obwohl …

„Gut und Böse sagen Sie?"

„Ja einer Fiktion. So wie die Zeit. Gemacht vom Menschen, um andere zu versklaven." Wir schweigen eine Weile. Wer ist dieser Mann? Ein Durchgeknallter oder ein Professor für Philosophie? Oder gibt es da keinen Unterschied? Und wieso labert er mich einfach so voll? Er kneift die Augen zusammen und es sieht aus, als ob er in seinem Kopf herum kramt und etwas sucht. Er schüttelt kaum merklich den Kopf. Hat wohl die falsche Schublade geöffnet.

„Fiktionen sind Illusionen. Realität auf kleinstem Niveau. Das Heute ist die Ebene der Beziehungen. Aber nur, wenn unser gemeinsames Heute in der gleichen Dimension stattfindet." Er starrt mich an und erzwingt mit diesem Blick fast schon meine Zustimmung.

„Ja klar. Klingt plausibel", sage ich und erhebe mich langsam, „aber ich muss jetzt weiter. Habe noch eine Verabredung. Tschüss." Ich drehe mich nicht noch einmal um. Wer weiß, wie er mich dann anstarrt. Ich verstehe zwar immer noch nichts, aber jetzt auf einer viel höheren, hoch philosophischen Ebene. Kann man sich als Park-Bank-Seelsorgerin nicht vielleicht sogar selbstständig machen? An Kunden wird es vermutlich nie mangeln. Und Taxi-Fahrer und Friseurinnen hätten endlich mal eine Unterstützung.

Irgendwie hat mich dennoch etwas in seinem Monolog getroffen. Betroffen. Ich strudel hinab in einen Sog aus Gefühlen, die ich doch gar nicht haben will. Ich hatte doch gerade ein Vorstellungsgespräch. Es ist doch alles gerade auf dem Weg des Besser-Werdens. Ist es doch? Oder? Meine Gedanken überholen mich rechts, ohne zu blinken. Gut und Böse sind nur eine Fiktion. Da stimme ich mit ihm überein. Eine Absprache, an die sich alle halten. Zumindest halten sollen. Und diese ändert sich. Mit der Mode. Mit der Gesellschaft. Mit der Zeit. Warum hetzen wir immer gegen die Zeit? Warum leben wir nicht einfach für oder mit der Zeit? Zeit. Lebenszeit. Freizeit. Arbeitszeit. Die Zeit verrinnt, verstreicht, vergeht. Zeitlos. Zeitig. Beizeiten. Zeitzonen. Zeit vergeuden, verplempern. Das Zeitliche segnen. Die Zeit segnen? Das Geschenk Zeit erkennen? Anerkennen. Dankbar sein für Zeit. Meine Zeit. Für das Jetzt. Das Heute. Den Augenblick. Ohne Wertung. Ohne Gestern und Morgen. – Bis vor ein paar Wochen war Zeit etwas so kostbares für mich. Beschränkt auf das Wochenende. Jetzt bin ich arbeitslos. Habe viel Zeit. Kann jeden Tag machen, was ich sonst nur am Wochenende machen konnte. Und plötzlich verliert die Zeit ihren hohen Stellenwert. Wird zu einer Ware, die ich zu viel habe. Die Inflation frisst ihren Wert. Ihre Bedeutung. Wie traurig. Wann hat das bei mir angefangen? Langsam. Schleichend. Jetzt kann ich mich nicht mal mehr auf Wochenenden freuen. Tage sind beliebig. Austauschbar. Sind sie deswegen schlecht? Ist ein schöner Tag weniger Wert, nur weil ich mehrere davon habe? Ist es weniger schön morgens ohne Wecker wachwerden zu dürfen, nur weil ich es jeden Tag darf? Müssen Dinge denn wirklich ihre Bedeutung verlieren, bloß weil ich viel davon habe? Oder bin ich es, die ihnen ihren Wert gibt? Jeden Tag aufs Neue. Und kann ich nicht endlich diese Warterei bleiben lassen? Erich Kästner sagte einmal:

„Am Schluss ist das Leben nur eine Summe aus wenigen Stunden, auf die man zulebte. Sie sind. Alles andere ist nur langes Warten gewesen." Wie traurig. Wie wahr. Morgens wartete ich auf den Feierabend. Montags wartete ich auf das Wochenende. Monatelang wartete ich auf den Urlaub. Seit Jahren warte ich auf die Rente. Und dann? Warte ich nicht irgendwie auf das große Ende? Das Finale zum Schluss. Denn dann herrscht Ruhe. Nichts und niemand, der was von mir will. Keine Ansprüche, die ich erfüllen muss. Auch keine eigenen. Und warum fange ich nicht jetzt schon damit an? … Ich gehe zum Auto zurück und fahre gedankenverloren nach Hause, nehme mir einen großen gelben Zettel und schreibe darauf:

Heute gönne ich mir einen Tag ganz ohne Erwartungen.

Das ist jetzt mal keine Lebensweisheit von Anke, sondern eine Erkenntnis von mir. Es sind meine eigenen Erwartungen an mich, an mein Handeln, mein Denken, mein Leben, das mich unglücklich macht. Weniger die äußeren Umstände. Anderen Menschen unter den gleichen Umständen geht es gut. Also liegt es an der Sicht der Dinge. Und die entsteht in meinem Kopf. Ich bin der Kapitän meines Lebensschiffs.

Ich sitze am Fenster und schaue auf die Straße. Eine Frau mit Kinderwagen. Ein Mann mit Hund. Zwei Kinder mit Schulranzen und Tretroller. Eine Omi mit Einkaufs-Trolley. Alle haben ihr Leben. Ihre Sicht auf Dinge. Ihre Sicht auf das halbvolle oder halbleere Glas. In meinem Kopf drehen sich die Gedanken wie Knethaken in einem dicken, zähen Hefeteig. Oder wie in meinem Rosinenteig. Der Hund steht wedelnd vor der Omi und hofft auf ein Leckerli. Kennen sich wohl. Die Welt sieht von meinem Fenster aus betrachtet so friedlich aus. Wie schön. Und ich bin ein Bestandteil. Man braucht nur hinzuschauen und zu sehen. Nicht immer alles zu zerdenken. Sonst verliert die Situation ihren Zauber.

> Man sieht nur mit dem Herzen gut. Das Wesentliche ist für die
> Augen unsichtbar. – Antoine de Saint-Exupéry

Mittwoch 08.07

Die Bundesagentur für Arbeit ist mein treuster Fan in den letzten Monaten. Auch heute schreibt sie mir mal wieder. Sie fragt zwar nie, wie es mir geht, aber immer kommt sie mit einer tollen Idee um die Ecke. Einer Idee, was ich mit meiner vielen Zeit sinnvolles anfangen könnte: Bewerbungen schreiben, Vorstellungsgespräche führen, Formulare ausfüllen, recherchieren oder aber – ganz besonders reizvoll – an einer sogenannten *Maßnahme* teilnehmen. Das soll sehr lustig sein, habe ich gehört. Vor allem, wenn es sich dabei um eine der Basis-Angebote handelt. Und solch einen Glückstreffer habe ich erzielt. Juchu – da freue ich mich aber. Na gut – von Mittwoch bis Mittwoch von 8:15 Uhr bis 15:30 Uhr. Mitzubringen sind – kaum zu glauben – der Lebenslauf in digitaler Form und – wenn bereits vorhanden – ein Anschreiben. Bewerbungsfotos können vor Ort gemacht werden.

Das Gebäude war früher wohl mal eine Fabrik. Nun sind hier verschiedene Unternehmen sesshaft geworden. Vermutlich lauter kleine Ich-AGs. Am Eingangstor sind so viele Namensschildchen angebracht, dass ich erst mal eine kleine Ewigkeit suchen muss, um den Namen des vom Arbeitsamt beauftragten Bildungsträgers zu finden. Institut für arbeitsrelevante Weiterbildung – kurz IfaW. Zweiter Hinterhof rechts. Ein tolles Gebäude: Roter Klinkerstein, kleine Türmchen, große Werksfenster. Sogar eine riesige Werksuhr. Ich stelle mir vor, wie hier früher hunderte von Werksarbeitern in ihren Blau-Männern und mit Helm auf dem verschwitzten Kopf von Halle zu Halle eilten. Wie sie Rollcontainer schoben und sich Befehle zu riefen. Jetzt schlurfen hier hauptsächlich unwillige Jugendliche durch den ersten Hinterhof auf dem Weg zum WBZfS. Zum Weiterbildungszentrum für Schulabgänger. Schulabgänger<u>innen</u> scheint es keine zu geben.

Im zweiten Hinterhof schlurfen – nicht weniger unwillige – tendenziell eher ältere Erwachsene, sowie einige nicht sehr deutsch wirkende Jugendliche in die gleiche Richtung wie ich. Unser Ziel ist die IfaW. Und mein Ziel ist die dritte Etage, Raum 3.4 bei Herrn Müller. Die Türe ist noch verschlossen, obwohl es mittlerweile schon 8 Uhr 13 ist. Ich warte. Um 8 Uhr 17 erscheint Herr Müller – erkennbar an seinem großen klimpernden Schlüsselbund.

„Ich lass sie schon mal rein und gehe noch schnell eine rauchen. Die anderen kommen vermutlich e nicht vor halb." Sagte es und verschwand wieder. OK – über Pünktlichkeit brauche ich mir hier keine Gedanken zu machen.

Der Klassenraum sieht akzeptabel aus. Das Mobiliar ist noch intakt und optisch aus diesem Jahrzehnt. Sauber ist es auch. Schon mal gute Voraussetzungen. Ich nehme einen Sitzplatz relativ weit vorn in Beschlag, weil die Störer und ewig quatschenden Querulanten in der Regel hinten sitzen … damit sie nicht so schnell *entdeckt* werden. Ich will aber was von diesem Seminar – dieser Maßnahme – haben. Also etwas, das es rechtfertigt, meine Zeit hier zu verbringen. OK – ich habe mehr Zeit als mir lieb ist. Trotzdem möchte ich sie hier nicht einfach nur absitzen. Ich gehe positiv an die Sache ran. Oder ist das nicht positiv, sondern nur angepasst brav? Weil mir das Amt es vorschreibt? Hm …? Bevor ich mich mental mit dieser spannenden Frage beschäftigen kann, kommt die erste Mit-Teilnehmerin in den Raum.

„Ist hier Steuerrecht für Anfänger?" Ich bin geschockt!

„Ich hoffe nicht!" platzt es aus mir heraus „Was steht denn an der Türe?" Sie dreht sich um und schaut nach.

„Bewerbungstraining – dann bin ich wohl falsch." Dreht sich um und haut mit der flachen Hand gegen die Türe. Aha? Was soll das bitte heißen? Sie geht raus – zwei junge Kerle kommen rein. Ob sie zusammengehören kann ich nicht erkennen, weil beide konzentriert auf ihre Smartphones starren und *wischen*. Wie sind die bloß die Treppen hoch gekommen? So ganz ohne einen Blick vom Bildschirm zu wenden. Sie setzen sich. Bin mal gespannt was deren ersten Worte sein werden. Bestimmt was ober-cooles (und das kleine Läster-Männchen in mir reibt sich die Hände und grinst. Das kann eine lustige Woche werden). Dann kommen plötzlich alle auf einmal. Wahrscheinlich alle mit der S-Bahn gekommen. Auch Herrn Müller gesellt sich dazu. Ja schön, dass auch der Dozent jetzt so weit ist. Fein.

Organisatorisches. Inhaltliches. Vorstellungsrunde. Warum hatte ich bloß mal kurz daran gedacht, dass es anders beginnen würde? Es beginnt *nie* anders. Und ich *hasse* diese Vorstellungsrunden. Am meisten die, in denen jemand sagt:

„Ich arbeite bei der Lufthansa." Sofort und mit unumstößlicher Gewissheit sagt immer jemand in der Gruppe:

„Oh wie toll! Erzähl mal!" Und ab dem Moment ist die Lufthansa-Person etwas Besonderes. Warum bloß? Ist Stewardess in einem Flieger (Saft-Schubse ruft mein kleiner Läster-Männe) etwas Besseres als Krankenschwester in einer Kinderklinik? Oder als Sachbearbeiterin in einem Familienbetrieb? Zu meinem Glück ist in dieser Runde kein Kranich dabei. Aber Cool-Man Eins kommt an die Reihe:

„Isch? Isch bin de Cosda aus Trebber. Un isch suchn Job nach de Schul. Also, isch tu jetzt mein Abschluss mache und weiß net so, wie isch misch bewerbe soll." Costa *babbelt* besseres hessisch als ich! Das ist nun wirklich cool. Leider hat er der Klasse nicht mehr mitzuteilen. Cool-Man Zwei ist an der Reihe.

„Bin Ali." Ruhe. Alle Augen sind auf ihn gerichtet. Fragende Blicke: Kommt noch was? Vielleicht ein weiterer Satz? Oder ist der Sprachschatz bereits erschöpft? Ali kapiert nicht, dass alle darauf warten, dass er weiterspricht. Er grinst dämlich und schaut seine Nachbarin zur Linken an. Die schaut bloß zurück. Super Klasse, in der ich hier bin. Mittlerweile hat Herr Müller auch bemerkt, dass seine Unterrichtsstunde schon begonnen hat (mein Läster-Männchen fühlt sich wohl hier. Hier gibt es so viel zu lästern und grinsen, dass man einen prima Vorrat davon anlegen kann. Mindestens bis zum Herbst.)

„Ja Ali. Dann erzählen Sie der Klasse doch noch etwas mehr von sich. Woher Sie kommen und was Sie von der Woche hier erwarten." Ali grinst weiter und sagt noch einmal:

„Bin Ali." Na das kann ja lustig werden …

In der Mittagspause stehen wir alle im Innenhof rum. Ein paar Frauen haben geschmierte Brote dabei und kauen darauf herum, als ob es ein PVC Bodenbelag-Sandwich wäre. Besonders bei der großen, dürren Hilde (oder Helga? Oder war das die kleine dicke?) treten die Kiefermuskeln bei jedem Bissen extrem hervor. Die kann bestimmt eine Perforation in ihre Tupperware-Box beißen. Die beiden coolen Jungs stehen zwar nebeneinander, aber Unterhaltung klappt wohl nicht so recht. Naja – mit: „Bin Ali" läuft eine Konversation auch nicht sonderlich lange. Und mit starrem Blick aufs Smartphone wird gesprochene Sprache ohnehin überflüssig. Die anderen in der Klasse sind sehr unterschiedlich, sowohl vom Erscheinungsbild als auch von der Art. Die kleine dicke Helga (oder doch Hilde?) steht nur wortlos in der Gegend rum wie ein Ausstellungsstück und grinst. Vielleicht hat sie auch lediglich verkürzte Gesichtsmuskeln und kann gar nicht anders kucken als lächelnd. Die Hosenbeine Ihrer Jeans hat sie, dank ihrer kurzen Beinchen, so oft hochkrempeln müssen, dass sie eine richtig dicke Stoffwurst an jedem Bein hat. Muss nachher mal darauf achten, ob sie überhaupt normal laufen kann. Hotte ist der Freak der Klasse. Sieht aus, als käme er gerade aus einem Bhagwan Meditationszentrum. Mir würde jetzt mal so spontan gar kein Beruf einfallen, auf den er sich bewerben könnte. Selbst für ne Kita ist das over-done. Und Männerhäuser für geschlagene Ehemänner … gibt's die überhaupt? Ja und dann gibt es noch Herrn Schneider – der Klassen Opa. Allerdings nicht unbedingt vom Alter her (keine Ahnung wie alt der ist. Sowas zwischen 30 und 60 schätze ich), aber auf jeden Fall von seiner Art. Er ist auch der einzige, der sich nicht duzen lässt. Ob Hotte das hinbekommt? Bis jetzt hat er ihn noch nicht angesprochen. Über was sich wohl die Bewohner zweier so unterschiedlicher Welten unterhalten werden? Sprechen die überhaupt die gleiche Sprache? Herr Schneider ist Finanz-Fachwirt – auch jetzt, obwohl er genauso arbeitslos ist wie wir alle. Aber nomen est omen. Und er will sich seinen hart erarbeiteten Staus nicht nehmen lassen. Schon gar nicht von so einem Haufen Arbeits-loser. (Arbeitslooser?)

Der erste Tag vergeht recht ereignislos, da wir nur in Einzelarbeit an den PCs schreiben. Wir sollen unser Profil optimieren. Hm ... wie oft habe ich das jetzt schon optimiert? Wie oft habe ich jetzt schon gehört, dass man das *nur* so und so macht und alles andere völlig falsch bzw. veraltet ist. Ja Herr Müller – ich ändere es genau so, wie sie es gerne hätten. Und nach dem Seminar mache ich alle Änderungen wieder rückgängig. Aber dank der vielen *Tipps,* habe ich mir mittlerweile mein eigenes Profil gebastelt. Habe aus allen Seminaren und Coaching Stunden das für mich passende herausgesucht und zusammengestellt. Alle sagen ja auch immer wieder, dass man authentisch sein soll. Na, das bin ich dann ja wohl.

Donnerstag 09.07

Heute bin ich gleich erst um 8 Uhr 30 vorm Klassenraum aufgetaucht. Und das war auch gut so, denn nicht mal jetzt sind wir komplett. Hotte fehlt. Hat wahrscheinlich den Absprung ins Hier und Jetzt bei seiner Morgen-Meditation verpasst und sitzt noch *Om* summend auf seiner Iso-Matte. Wir starten unseren zweiten Maßnahmen-Tag trotzdem. Thema: Das Anschreiben ... ich kann's bald nicht mehr hören. Das Anschreiben, das ich beim Coaching erstellt habe – und auch schon einige Male in abgewandter Form verschickt habe – ist jetzt gaaaaanz falsch. Viel zu kurz. Da muss mehr Leben rein. So langsam hab ich echt keinen Bock mehr. Alle predigen, dass ihre Art und Weise die einzig richtige ist. Dabei gibt es gar kein *Richtig*, sondern nur ein *empfehlenswert*. Und das ändert sich je nach Branche usw. Aber jede Ex-Hartz4lerin wird früher oder später selbst Dozentin und verkauft ihre Lebenserfahrungen, als in Stein gemeißelt. Und die Jobcenter? Damit die Statistiken besser klingen, werden Arbeitslose einfach mal in irgendwelchen Maßnahmen zwischengeparkt. Sind dann ja aus der Anzahl der *Suchenden* erst mal raus. Und ob die Maßnahmen überhaupt passen oder ob die Maßnahme schon x-Mal durchlaufen wurde, das ist sch... egal! Es geht nicht um die Menschen, sondern um Zuständigkeiten und Budgets.

Teilnehmer Schneider nimmt als einziger die Sache noch richtig ernst. Es handelt sich bei ihm ganz offensichtlich, um seine erste Maßnahme dieser Art. Schön, wenn jemand noch an das Gute glaubt. Er hat seine Anschreiben-Version auf Briefpapier ausgedruckt und mitgebracht. Und zwar *nicht* auf Briefpapier seines vorherigen Arbeitgebers, sondern auf seinem eigenen. Dem Schneider-Briefpapier. Eigentlich fehlt bloß noch das Familienwappen. (Vorschlag meines Läster-Männchens: Der kleine Schneider aus dem Brüder Grimm Märchen, der gerade alle sieben auf einen Streich erledigt. Hi-hi). Jetzt diskutiert er angeregt mit dem Dozenten, wo der beste Platz auf dem Papier für die Adresse ist. Wir einfaches Fußvolk haben es da einfacher. Wir schreiben sie dorthin, wo sie schon seit Generationen steht: oben links. Darunter die Anschrift des Unternehmens, bei dem wir uns bewerben. Wenigstens dabei sind sich alle DozentInnen bisher einig. Obwohl ... wie war das denn bei dem Webinar? Da war doch irgendwie alles anders. Na egal. Wobei mir hier e alles egal ist. Wann ist Pause – ich habe Hunger!

Freitag 10.07

Inhaltlich kommt hier leider echt nichts rüber. Ziemliche Zeitverschwendung finde ich. Und auch wenn ich kaum etwas so viel habe wie Zeit, muss ich sie ja nicht sinnbefreit verschwenden.

Wenn Herr Müller anfängt etwas zu erklären, was ich bereits x-Mal gehört habe, triften meine Gedanken automatisch ab und suchen sich einen Ort, an dem sie lieber wären. Das geschieht ganz von alleine. Da kann ich nix für. Und ich schaue aus dem Fenster und denke an meinen Urlaub auf Malle. Und an die dicken Männer mit den weißen Tennissocken. Und an deren rote Gesichter. Ich denke ans Meer. An die Wolken und den Wind. Und an das nette Café am Strand. Die Wellen rauschen. Und von irgendwoher höre ich meinen Namen. Von weit her kommt er über das Meer und wird an mein Ohr getragen.

„Frau Kuhn? Sie lächeln ja so. Was hat sie denn derart amüsiert?" Müller schaut mich fragend an.

„Ich? Äh … amüsiert? Ja also ich … öh …" Nein, so schlagfertig bin ich leider nicht, dass mir jetzt aus dem Stegreif eine passende Ausrede einfallen würde. Aber Herrn Müller scheint es auch egal zu sein, denn er wartet gar nicht auf meine Antwort, sondern erklärt der Klasse weiterhin, wie man im Internet auf Informationssuche gehen kann.

Von Ali habe ich bis heute – und dies ist unser dritter Tag – noch nichts gehört außer „Bin Ali." Ansonsten gilt seine gesamte Aufmerksamkeit seinem Smartphone. Costa der Ober-Hesse spielt zwar auch permanent mit dem Ding, aber zumindest in den Pausen schafft er es, das Gerät mal in die Hosentasche zu stecken und sich mit den anderen zu unterhalten. Also *unterhalten* im Sinne von:

„Warum bist du arbeitslos?"

„Weil die da Oben nur junge Leute wollen." Oder:

„Weil die da Oben Personal sparen." Gefolgt von:

„Wie viel Bewerbungen hast du schon verschickt?"

„Unzählige. Aber … a) ich bin zu alt b) ich bin zu jung oder c) ich bin krank. Ich habe …" Costa hält sich für zu jung. Mit 29 Jahren. Naja – ob er sich da nicht mal ein klein wenig falsch einschätzt. Egal – wir haben alle etwas an uns, das uns aus dem BewerberInnen-Sammeltopf als *unbrauchbar* heraus katapultiert.

Und vermutlich hilft da auch das 97 Coaching nicht weiter. Aber die Hoffnung stirbt ja zuletzt. Und da fällt mir Anke ein: Wann habe ich meine letzte Lebens-SMS von ihr bekommen? Ist schon ne Weile her. Gefühlt schon eeeewig her. Und Luna? Auch sie habe ich schon eeeewig nicht gesehen. Bloß mal ein paar SMS hin und her geschickt. Das liegt aber eher an diesem blöden Kurs hier. Der findet am anderen Ende der Stadt statt. (Am Ende der Stadt statt ... nett klingendes Wortspiel ...) Heute ist Freitag – oder Freutag – ich könnte ja mal am Imbiss-Stand vorbeifahren.

Noch 15 Minuten, dann wird dieser Zeit-Vernichtungs-Maschine der Strom abgedreht. Noch 14 Minuten. Noch 13. Es ist irre, wie langsam die Zeit vergeht, wenn man auf die Uhr schaut und auf den wichtigsten Satz des Tages warten: „Tschüss – bis Montag." Doch dann ertönt die Stimme von Herrn Müller mit dem erlösenden Satz. Ich springe auf und renne fast schon in die Freiheit. In Höhe des zweiten Hinterhofs, vibriert mein Handy:

> Die Dinge geschehen, und zwar eins nach dem anderen. Sie scheren sich nicht darum, wer darüber Bescheid weiß. – Terry Pratchett

Eine SMS von Anke! Oh wie mich das freut! Vorhin hab ich's noch gedacht – und jetzt ist sie da. Vielleicht kann man sich ja doch Dinge beim Universum bestellen? Zumindest so kleine. Und dass sie auch noch ein Zitat aus einem Terry Pratchett Roman geschickt hat, finde ich besonders schön. Der Kerl versteht es wie kein zweiter, Dinge so zu übertreiben, dass sie super real wirken. Und vermutlich hat er – bzw. Anke auch recht: während ich hier rumkasper, geschehen Dinge, die mich irgendwann auch betreffen werden. In einem Spielfilm würde daraus eine Parallel-Montage: Die Zuschauer sehen abwechselnd zwei voneinander unabhängige Situationen – wissen aber intuitiv, dass beide Sequenzen bald zusammenstoßen werden. Dumm, dass die DarstellerInnen dies nicht wissen. Sonst würde es viel weniger Film-Tote geben. Da ich aber in meinem Lebensfilm die Hauptdarstellerin bin, weiß ich natürlich auch nichts von der Sequenz, die zeitgleich irgendwo anders passiert und schnurstracks auf mich zugerollt kommt. Ich kann nur hoffen, dass sie mich nicht überrollt. Mein Handy piepst erneut:

„Magst du heute Abend mit mir ein Bierchen trinken gehen?" Und da wir jungen Leute noch sehr spontan sind, schreibe ich ihr: „Na klar!" zurück. Den Besuch bei Luna am Stand verschiebe ich. Eine SMS tut's für heute auch.

Wir treffen uns wieder im Café. Ist einfach nett hier. Ist sowas wie ein Außenstützpunkt der eigenen Wohnung. Anke erzählt von meiner ex-Firma. Ich erzähle von meinem Seminar. Aber irgendwie habe ich das Gefühl, die Unterhaltung kenne ich schon. Da gibt es nichts wirklich Neues.

„Sonst gibt es nichts Neues", sagt Anke in diesem Moment. Im Job drehen sich die Dinge ständig um die eigene Achse. Und im Nicht-Job auch. Murmeltier-Tag. Und selbst diese Einsicht wiederholt sich, wie die Folgen der Linden-Straße. Über was haben wir uns denn früher unterhalten? Über die Firma. Klar. Damals – als es noch unser beider Arbeitgeber war. Und über was sonst? Wir haben doch nicht nur über den Job geredet? Nein – wir haben uns über Kleinigkeiten unterhalten. Über die unzähligen kleinen Dinge des Lebens.

„Hast du dir den grünen Pulli gekauft?"

„Weißt du, wo ich die zweite Socke gefunden habe?"

„Der Tipp mit den Eierschalen beim Kochen war klasse." Und heute? Heute wollen wir einander *wirkliche Neuigkeiten* erzählen. Nicht solche Banalitäten. Aber es passiert nicht wirklich etwas Neues. Also schweigen wir. Es fühlt sich ganz furchtbar an. Wir haben uns nichts mehr zu sagen … Stimmt das denn? Oder glauben wir bloß, dass unsere – mittlerweile eher seltenen – Treffen diese Banalitäten nicht aushalten? Dass sie zu einem Smalltalk verkümmern würden, wenn wir uns auf dieses Niveau hinablassen würden. Aber wer sagt das denn? Bla-Bla ist ja vielleicht auch eine Brücke ... hinüber in eine andere Zeit. In eine andere Freundschaft. In eine job-unabhängige Freundschaft. Wir haben das Zeug dazu: Offenheit, Ehrlichkeit und Wohlwollen. Und die Erfahrung über viele gute – nein – sehr gute – Gespräche.

Ich mache meine Gedanken zum Thema – und erzähle Anke meine Befürchtungen und meine Hoffnung. Sie strahlt mich an und lächelt ein *Dickes-Freundschafts-Lächeln*, das nur zwischen echten Freundinnen möglich ist. Wenn Ehrlichkeit auf Übereinstimmung trifft, dann ist das etwas ganz besonders Großes und Tolles. Und dann schnacken wir über lauter belangloses Zeug. Über Zeug, das unseren belanglosen Alltag ausmacht. Zeug, das *meinen* Alltag, das *ihren* Alltag ausmacht. Ganz gewöhnliche Dinge. Sonst gibt es nichts Neues? Von wegen! Ganz viel gibt es zu schnacken! Und wir werden immer lustiger. Und werden immer alberner. Und biegen uns vor Lachen. Und müssen noch mehr Lachen, als wir die verständnislosen Gesichter der anderen Gäste sehen. Ach ist das schön eine echte Freundin zu haben!

Montag 13.07

Das Wochenende hat, glaube ich, nicht stattgefunden. Oder ich habe es nicht mitbekommen? Ich habe nur undeutliche Schemen in meinem Kopf, die so spannend sind, wie Socken stopfen. Nein, ich war keinen Saufen – das wäre ja wenigstens was gewesen. Am Samstag war ich klassisch unterwegs: Einkaufen und Wohnung aufräumen. Samstagabend? Hm ...? Hab ich nur vorm Fernseher gehockt und mich berieseln lassen. Wollte nicht selbst denken. Und Sonntag? Hm ...? Da habe ich mit ein paar Anrufbeantwortern telefoniert. Und meine Ablage gemacht und einige Briefe überhaupt erst mal aufgemacht und gelesen. War aber auch nix spannendes dabei. Und jetzt ist schon wieder Montag. Wie die Zeit vergeht, stelle ich meistens beim Zähneputzen fest: Gerade noch habe ich mir meine Hackerchen geputzt, um ins Bett zu gehen – schwupps – schon stehe ich wieder vorm Spiegel und putze, weil es der nächste Morgen ist.

Mein aktueller Bespaßer – Herr Müller von der IfaW – hatte offensichtlich ein eher anstrengendes Wochenende. Er sieht übermüdet und wie von der Couch gefallen aus. „Der Coach, der von der Couch fiel" – das klingt doch mindestens so gut wie „Der hundertjährige, der aus dem Fenster sprang." Vielleicht sollte ich doch mal ein Buch schreiben. Aber hier im Seminar wird gerade erwartet, dass ich meine Stärken aufschreibe. Also nicht, dass die irgendjemanden interessieren würden. Nö. Aber sie zu Papier zu bringen und durchzulesen, das fühlt sich für mich schon irgendwie gut an. Macht man sich ja sonst auch keine Gedanken dazu. Was ist an mir gut? Nö – das fällt eher hinten runter.

Herr Müller teilt eine Liste mit Stärken aus, die wir durchsehen sollen und im Anschluss daran sollen wir unsere *vermeintlichen* Stärken zu Papier bringen und … klar, dass es einen Haken an der Sache gibt … begründen, warum wir der Meinung sind, dass hier etwas Positives in uns steckt. Na gut. Was steht denn so zur Auswahl?

Selbstkompetenz – das klingt interessant: Flexibilität, Kreativität, Lernbereitschaft, Sorgfalt, Zuverlässigkeit. Sollte ich eigentlich alles besitzen. Hm … mal sehn. Wenn ich lerne, bin ich oft sehr flexibel in der Zeiteinteilung und kreativ im Finden von Ausreden, die ich mir mit großer Sorgfalt überlege und zuverlässig durchziehe. Yepp! Na wer sagt´s denn – alle Kompetenzen in einem einzigen Satz unumstößlich bewiesen. Die H^0 Hypothese wurde mit einer Wahrscheinlichkeit von 95% verifiziert! Und schon sind wir bei Kompetenz zwei:

Methodenkompetenz – klar hab ich die – habe ich ja wohl eben bei der Selbst-Kompetenz unter Beweis gestellt. Das war Problemlösefähigkeit mit einer Prise Entscheidungsfähigkeit und ganzheitlichem Denken als Beilage. Und dass meine Auffassungsgabe brillant ist, merkt man, ohne dass ich das extra betonen muss. Oder? Hä?

Sozialkommunikative Kompetenz – Unterpunkt Einfühlungsvermögen – z.B. in den armen Herrn Müller. Sein Kopf hat eben auffällig gezuckt. Wahrscheinlich Sekundenschlaf. Wie im Zug, wenn man todmüde ist, aber trotzdem nicht schlafen kann, aus Angst, dass man dann super bescheuert aussieht, wenn der Kiefer so nach unten wegklappt. Kurz um: einfühlen kann ich mich. Unterpunkt Teamfähigkeit – ... hm ... doch na klar! Meine Kaffee-Mädels! Da habe ich die Initiative ergriffen und alle im Team zur Kaffeemaschine geführt, um abteilungs-übergreifend zu kommunizieren. Und schon wieder eine bedeutsame Kompetenz, die ich besitze.

Aktivitäts- und Umsetzungskompetenz – Unterpunkt Belastbarkeit. Wenn ich die nicht hätte, dann würde ich keine vier Tage dieses Seminar aushalten. Mein Abschluss-Zertifikat wird der gedruckte Beweis sein. Ebenso ist es mit dem Unterpunkt Motivation. Da braucht es schon eine gehörige Portion, um sich morgens für diesen Mist hier aus dem Bett zu quälen. Masochismus zählt leider nicht zu den verlangten Kompetenzen. Unterpunkt selbstständiges Arbeiten – Naja. Also gestartet bin ich meine Jobsuche ja echt beherzt und voller Elan. Habe mich motiviert und zielstrebig einer Bewerbung nach der anderen hingegeben. Und noch einer. Und noch einer. Und noch einer. Bis ... bis die Luft draußen war.

Meine Stimmung sinkt auch jetzt wieder. Denke an meine Kaffee-Mädels. Denke an die schönen Pausen. Denke *nicht* an die teilweise echt nervige Arbeit, durch die ich mich quälen musste. Denke *nicht* an Frau Schwermut und deren Begleit-Truppe, ohne die ich keinen Schritt vor die Türe mache.

„Kann ich Ihnen weiterhelfen?", fragt eine Stimme direkt an meinem linken Ohr und ich zucke derart zusammen, als ob ich wer weiß was Unanständiges gemacht hätte. Herr Müller ist wohl wacher als es den Anschein erweckt.

„Nein, nein vielen Dank. Denken kann ich noch alleine." Und so lasse ich meine Gedanken auch gleich wieder abgleiten. Es gibt wichtigeres, als blinden Schul-Gehorsam.

Zum Beispiel die Neuro-Psychologie. Ja. Die neuere Hirnforschung schreckt ja auch vor nichts zurück. Nicht mal vor philosophischen Fragen. So hat sie sich zum Beispiel auch mit der Frage nach Glück bzw. dem Unterschied zwischen Glück und Zufriedenheit beschäftigt. Wenn das Reagenzglas rot ist, ist es Glück – wenn es grün leuchtet, ist es Zufriedenheit. Nein Quatsch. Kein Labortest. Glück ist etwas Flüchtiges. Ein Zustand, der in Erwartung von etwas entsteht. Im Gehirn wird dazu ein Bereich aktiviert, in dem der Botenstoff Dopamin ausgeschüttet wird. Es kommt zu einem Feuerwerk, das aber schnell abbrennt. Genauso wie männliche Begeisterung für ein neues technisches Gerät. Da ist der neue Rasenmäher das Super-Ding überhaupt. Der Hausherr saust damit über die 10qm große Rasenfläche und fühlt sich wie ein Herrscher beim Blick über sein Reich. Ein Reich, in dem die Sonne niemals untergeht. Spätestens jedoch nach dem dritten Mähen wird die Sache langweilig und der Mäher wird der Ehefrau schmackhaft gemacht:

„Du, der ist kinderleicht zu bedienen. Probier's mal!" Zufriedenheit ist etwas völlig anderes. Sie entsteht, wenn Bedürfnisse auf Dauer, zumindest weitgehend, befriedigt werden. Dazu dienen langsam wirkende Belohnungsstoffe, vor allem: Morphium und Endorphine. Die kennt man ja beide: Morphium bekommen die Kranken, damit sie die Schmerzen nicht mehr so wahrnehmen. Und Endorphine schüttet der Körper aus, wenn man Bananen isst. Was sagt mir das nun? Mit einem Rasenmäher fühle ich mich nur kurzfristig gut. Zugedröhnt schon länger, aber auch weniger klar was die Wahrnehmung betrifft. Also? Bananen essen? Ist das die Antwort auf meine Sinnkrise? Hm? Ja klar will ich Zufriedenheit. Will mich langfristig gut fühlen und nicht nur mal kurz Jubeln. Und das hat *auch* etwas mit meiner Arbeit zu tun. Ich sage ja immer:

„Ich will etwas er-arbeiten, statt nur ab-arbeiten. Also Qualität statt Quantität." Aber manchmal glaube ich genau *diesem* Irrtum aufgesessen zu sein. Ja, ich verwechsele er-leben mit leben. Ich jage neuen, interessanten, aufregenden Situationen nach – und übersehe die sanften, stillen, gewöhnlichen Wunder des Alltags. Übersehe den Unterschied zwischen Glück und Zufriedenheit. Zwischen Flüchtigkeit und Beständigkeit.

Der Tag verflüchtigt sich und wir dürfen nach Hause. Wie dankbar man der Zeit sein kann ...

Dienstag 14.07

Der Dienstag lässt sich kurz zusammenfassen: er kam – und verging. Das war's. Mehr gibt's zu diesem Tag nicht zu sagen. Nicht mal was Negatives. Herr Müller quälte sich durch die Stunden, indem er möglichst viele Aufgaben verteilte, die in stiller Einzelarbeit erledigt werden sollten. Herr Schneider war immer noch motiviert – zwar mit sinkender Amplitude, aber immerhin noch etwas. Ali spielt Smartphone. Costa mittlerweile auch. Hilde und Helga tauschen auch nur noch super tolle Tipps über Männer, Restaurants oder Vorabend-Serien aus. Und unser Freak Hotte ist den ganzen Tag über irgendeine Zeichnung gebeugt – lässt aber niemanden draufschauen. Keine Ahnung was der da treibt. Und ich? Ich fühle mich fremd zwischen diesen Menschen und fühle mich beraubt. Meiner Zeit beraubt. Und dabei ist es egal, wie viel ich davon habe. Wenn ein Millionär 1000 Euro geklaut bekommt, ist das auch Diebstahl. Egal ob es nur die Portokasse war oder das Portemonnaie aus dem die Trinkgelder bezahlt werden.

Mittwoch 15.07

Endlich ist es Mittwoch! Endlich hat dieser Wahnsinn ein Ende. Und da sowieso niemand etwas Sinnvolles gelernt hat, hören wir auch schon um 12:00 Uhr auf. Juchu! Schon ein bisschen gaga von mir: Da hatte ich endlich mal wieder etwas *Geregeltes* zu tun – und freue mich, wenn es vorbei ist. Aber es geht mir ja auch nicht darum *irgendetwas* zu machen, sondern etwas, was mir Spaß macht. (Ich höre Anke schon singen: dream on …). Muss es denn wirklich *Spaß* machen? Spaß wie lustig? Will ich im Job immer lachen? Nö Blödsinn. Doofe Redewendung. Ich will etwas Sinnvolles machen, das einen Anfang und ein Ende hat. Und wo ich meine Arbeit als solche auch erkenne. Etwas, wo ich erkenne, für was es gut ist. Und ich meine damit *nicht*, dass meine Excel-Tabelle im Ordner *Lieferanten A – E* abgeheftet wird.

Ich stelle fest, dass ich mich noch nicht viel weiter, als bis zum ersten Hinterhof der Schule vorgearbeitet habe und auf die große Uhr starre. Die hat früher bestimmt mal vielen Fabrikarbeitern (gab es auch Fabrikarbeiterinnen?) angezeigt, wann die Mittagspause vorbei war. Heute sagt sie mir, dass ich bereits 20 Minuten hier rumstehe. Der Rest meiner Klasse ist schon längst über alle Berge. Ich trete auf die Straße vor dem Fabrikgebäude und überlege, was ich mit diesem geschenkten Mittag alles anstellen kann. Und da ich schon eeeewig nicht mehr bei Luna war, scheint mir ein kleiner Besuch am Imbiss-Stand eine gute Idee zu sein. Mein Handy piepst:

> Man kann keine neuen Ozeane entdecken, hat man nicht den Mut, die Küste aus den Augen zu verlieren. – André Gide

„Komm lass uns neue Ozeane entdecken. Am besten bei einem Käffchen! LG Anke" Na das nenn ich doch mal eine gute Interpretation eins Aphorismus. Bloß … hm … ich wollte doch zu Luna. Wie entscheide ich mich denn jetzt? Hab mich ja neulich schon gegen einen Trip quer durch die Stadt entschieden. Bouh, schon wieder eine Entscheidung. Fällt dem Leben denn nichts anderes mehr ein? Eine Entscheidung jagt die andere. Das fängt schon morgens bei der Auswahl der Socken an. Obwohl ... muss ich mich in diesem Fall denn entscheiden? Nö! Muss ich nicht. Ich tippe:

„Magst Du mit zu Luna an den Stand kommen? Könntest sie ja mal kennenlernen." Fünf Minuten und eine freudige SMS später steige ich in die S-Bahn und fahre zum Bahnhof.

So ganz wohl ist mir bei der Sache ja nicht. Was, wenn die beiden sich nicht verstehen? Nicht leiden können. Wie verhalte ich mich dann? Ergreife ich Partei? Stopp! Jetzt ergreife ich erst mal die Initiative und lenke meine Gedanken aktiv in eine andere Richtung. Immer dieses Gaggern um ungelegte Eier. Warum sollten sie sich nicht verstehen? Ich verstehe mich doch auch mit beiden. Halt Halt – Themawechsel! Ääääh ... welches Thema? Etwas Belangloses am besten. Die Maßnahme. Was hat mir die Maßnahme gebracht? Hm ...? Ausgefüllte Tage! Na immerhin etwas! Noch zwei Stationen und ich bin da. Eins. Zwei. Aussteigen.

Ich bin vor Anke am Stand. Das ist gut. Kann ich Luna sagen, dass eine gute Freundin von mir dazu kommt. Oder – dass meine beste Freundin dazu kommt. Oder – dass meine ehemalige Kollegin und jetzige beste Freundin ... Ach herrje ist das kompliziert.

„Hi Luna. Ich hab die Maßnahme überlebt. Das sollte gefeiert werden. Was meinst Du? Anke kommt auch noch." Und so nahm ein herrlicher Nachmittag seinen Lauf. Und nicht nur das: Es geschehen auch noch Wunder! Der Papst kam auf'n Käffchen vorbei? Nein, nicht so was Banales. Sondern: Luna schließt ihren Stand ab, verkündet:

„Ich mach jetzt einfach Feierabend." Und dann kommt sie mit einem Tablett nach draußen! Ich trau meiner eigenen Wahrnehmung nicht. Hab ich irgendwelche Halluzinogene genommen? Müsste ich ja wissen. Nö – hab ich nicht. Das muss wohl die

Realität sein. Auf dem Tablett stehen drei Tassen mit dampfendem Kaffee und drei Piccolo-Flaschen mit … Sekt natürlich. Was soll denn sonst in einem Piccolo drin sein? Gläser zum Sekt gibt's nicht. Auch egal. Auf dieses *Feierabend-Wunder* trinke ich auch aus der Flasche. Wir gehen ein paar Meter vom Bahnhof weg und hocken uns auf eine Bank unter einem dicken Kastanienbaum. Wir babbeln und lachen, lästern und frotzeln. Thema? Keine Ahnung. Irgendwie reden wir alle einfach gut gelaunt drauf los. Es ist ein schier undefinierbar tolles Gefühl zwischen diesen beiden Menschen zu sitzen und gemeinsam zu Lachen. Ich komme mir vor wie … wie … wie … ja was weiß ich denn wie … einfach toll halt. Glücklich. Rundum glücklich. Auch wenn mir klar ist – oder besser – auch wenn ich befürchte, dass es morgen wieder anders aussehen kann, könnte, wird … gegen einen perfekten Moment, kämpft die Vernunft vergebens an. Man merkt gar nicht, dass sich Anke und Luna nicht kennen, so wie die sich die verbalen Bällchen hin und her spielen. Und ich mitten drin (statt voll daneben!). Leider sind die Tassen Kaffee und auch das kleine Fläschchen Piccolo bald ausgetrunken. Anke erzählt gerade einen Schwank aus ihrem Leben, als mich Luna anschaut. Also so irgendwie anders anschaut. Sie ist ganz ruhig. Lacht gerade mal nicht. Schaut mir einfach nur in die Augen. Was heißt *einfach* – sie schaut so … so … so anders. Ich bekomme eine Gänsehaut und muss schlucken. Und so plötzlich wie der Moment kam – so schnell war er auch schon wieder vorbei.

„So Mädels – ich muss denn auch mal los. Das sollten wir ganz arg bald wiederholen." Sagt's und wart verschwunden.

„Na das war jetzt aber abrupt!" Anke wirkt sichtlich verwirrt.

„Habe ich gerade etwas verpasst?" Ja ich glaube schon …

Montag 20.07

Kein Wecker. Der Sonnenschein, der sich durch die schmalen Ritze des Rollladens in mein Zimmer schlängelt, weckt mich. Das könnte ein guter Tag werden. Ich schalte meinen Kopf-Kino-Projektor ein und lasse den gestrigen Nachmittag noch einmal Revue passieren. Was ein Nachmittag! Der Knaller! Ich rekle mich wohlig in meinem Bett. Und heute habe ich kein Seminar. Heute habe ich nix was ich tun *muss*. Ja ein guter Tag, denn ich werde die Zeit als Geschenk betrachten. Zeit, mit der ich machen kann was ich wirklich will. Nicht mit der ich etwas machen muss. Was ich will … Was ich wirklich will … Und was will ich wirklich? Oh nein – nicht schon wieder! Und der zunächst gute Tag ballt sich zu einem Klumpen aus Selbstmitleid und Frustration zusammen.

Frau Knatschig kickt den Klumpen vor sich her. Dumpf klatscht er gegen die Wände meines Schlafzimmers. Was soll das Frau Knatschig? Habe ich nicht erst gestern erkannt, wie schön das Leben sein kann, wenn man ihm eine Chance gibt und sich ganz entspannt einfach mal treiben lässt? Aber irgendwie lässt sie sich nicht verscheuchen. Das dämliche *Job-Thema* hat mich wieder erwischt. Und wenn es darum geht von einer Sekunde zur nächsten, von einer Stimmung in die nächste zu stolpern – darin bin ich ganz groß. Leider nur in eine Richtung: Abwärts. Von happy zu *alles Scheiße*. Als ob da jemand steht und mit einem Hammer meine gute Stimmung zerkloppt.

„He, aufhören! Ich will dieses gute Gefühl behalten!" Und die Gegenwart sagt:

„Ich fühle mich gut." Die Vergangenheit ruft dazwischen:

„Denk mal an all die Situationen, in denen du dich mies gefühlt hast." Und die Zukunft zischt mir ein gehässiges:

„Das wird doch e nix" zu. Mein Kopf ist immer wieder eine Projektionsfläche für den *Krieg der Zeiten*. Gestern, heute, morgen. Und der Projektor ist so verstellt, dass alte Erfahrungen und neue Ängste das schöne Bild, das sein *könnte*, unscharf werden lässt. Ich drehe mich noch eine gefühlte Ewigkeit im Bett hin und her. Hätte ich früher nie gemacht. Dann gehe ich in die Küche, um mir einen Kaffee zu machen. Es sieht unordentlich aus, da ich gestern alles stehen gelassen habe. Hätte ich früher nie gemacht. Während der Kaffee durchläuft, ziehe ich mich an. Das T-Shirt müsste eigentlich in die Wäsche. Hätte ich früher nie gemacht. Auf Zähneputzen hab ich auch keinen Bock und lass es zunächst mal sein. Auch das hätte ich früher nie gemacht. Ich sitze am Küchentisch und starre vor mich hin. Ich blicke in ein dickes imaginäres Fotoalbum. Sehe mich lachend in der Runde meiner Kaffee-Mädels. Sehe mich diskutierend mit Anke im Café. Sehe mich lästernd mit Hannes und Anke im Pub. Und mit Luna philosophierend am Imbiss-Stand. Dazwischen sind leere Seiten. Tage, die einfach so verstrichen sind, ohne ein Foto wert zu sein. Wann fing das an? Wann fing es an, dass ich mich so leer fühle und nur noch ab und zu wirklich spüre? Wann war der letzte Tag, an dem ich mich nicht selbst bemitleidet habe?

Und wie beschreibt es Rainer-Maria Rilke:

> *Es bleibt uns die Straße von gestern – und das verzogene*
> *Treusein einer Gewohnheit, der es bei uns gefiel, und so*
> *blieb sie und ging nicht.*

Rilke kennt anscheinend Frau Knatschig. Und Frau Melancholie, sowie Frau Schwermut. Was ne Truppe! Die bleiben auch und gehen nicht. Und er versteht meine Straße von gestern. Meine Vergangenheit, an der ich klammere („Früher war alles besser") und die ich nicht loslasse. Es kann ganz schön zermürbend sein,

> wenn *die großen fremden Gedanken bei dir (mir) aus und*
> *ein gehn und öfters bleiben bei Nacht.*

Der Rilke war vielleicht auch gerade Single und arbeitslos, als er sich so seine Gedanken über das Leben gemacht hat.

Meine eigenen Gedanken gehen mir auf die Nerven. Mein Gehirn sollte doch eigentlich den Anstand haben auf der gleichen

Seite zu stehen wie ich und mir nicht hinterhältig in den Rücken zu fallen. Aber manchmal entsteht aus so einer Null-Stimmung eine ganz witzige Idee. Bei mir jedenfalls. Nicht gerade oft – aber heute mal. Das liegt wohl doch an gestern Nachmittag. Hat mir Energie gegeben. Zumindest ein wenig. Die Idee steckte vermutlich schon länger in meinem Kopf und hat dann plötzlich Schiss gekriegt, dass sie es nie bis zum realen *Gedacht-werden* schafft, wenn sie sich nicht augenblicklich bemerkbar macht. Und so fahre ich den PC hoch – gehe auf ebay Kleinanzeigen – und gebe eine Such-Anzeige auf:

„Suche: Ambitionierte Zukunftsperspektive – mindestens fünf Jahre Berufserfahrung – gute Referenzen unabdingbar – gerne mit berechenbaren Teilzielen – Teamfähigkeit und Bereitschaft zur Durchsetzung sollten vorhanden sein. Biete: flexible Zeiteinteilung (24 oder 26 Std. tgl.) – flache emotionale Hierarchien – abwechslungsreiche Gedankengänge – intensive Einarbeitung ins Psycho-Dream-Team" – senden – und schwupps, ist das Ding online. Mal gespannt wer hierauf reagiert. Ich schließe die Seite, bleibe aber an den News Überschriften hängen:

„Hund rettet Herrchen durch 48 Stunden Jaulen"

„Nordrhein-Westfale verkauft seine Frau bei ebay"

„Dramatische Szenen im Hochwasser Dorf – Baby alleine im Schlauchboot."

Das Thema *Opfer* scheint für gute Schlagzeilen zu taugen. Und wie ein Opfer fühle ich mich auch. Dabei gebe ich mir doch sooo große Mühe alles richtig zu machen. Warum habe ich nie mit irgendetwas Erfolg? Und stimmt das überhaupt? Habe ich wirklich *nie* Erfolg? Mir fallen spontan eine ganze Menge Dinge ein, die man durchaus *erfolgreich* nennen könnte. Oder kann. Zum Beispiel: Ich habe (damals) meinen Job bekommen, ... obwohl sich noch viele andere darauf beworben hatten. Ich habe meine Wohnung bekommen ... auch hier gab es Konkurrenz. Ich habe mehrere Ausbildungen erfolgreich abgeschlossen. Ich habe ... Ich habe ... Ich gerate ins Stocken. Was habe ich denn noch erfolgreich gemeistert? Ich habe die Kaffeemaschine repariert, war im REWE an der richtigen Kasse und habe einen Käsekuchen gebacken, der nicht verbrannt ist. Zählt das auch? Opfer werden doch oft beklaut. Kann mir bitte mal jemand meine doofen Gedanken klauen? Oder sollte ich mal wieder S-Bahn fahren? Und dann vergesse ich die Grübeleien einfach in der Bahn. Ich steige schnell aus und meine negativen Gedanken bemerken das zu spät – die Türen schließen sich – und sie müssen weiter fahren. Und Tschüs! Doch negative Gedanken haben einen Saugnapf. Einen der hält. Im Gegensatz zu denen, an die man versucht seinen Waschlappen zu hängen. *Die* fallen natürlich immer von den Kacheln ab. Kann man sich drauf verlassen. Der mit den Gedanken hängt. Und hängt. Und hängt. Genau! Die Gedanken hängen wie der Tonarm meines alten Plattenspielers früher – kaum war die Single zu Ende, fing sie auch schon wieder von vorne an. Und immer wieder. Cut! Aus! Schluss! … Piep

> Wie glücklich man am Lande war, merkt man erst, wenn das Schiff untergeht. – Seneca

Ich habe es längst aufgegeben, mich zu fragen, woher Anke weiß wie es mir gerade geht, um immer die passenden Sprüche im passenden Moment zu versenden. Ist ja auch egal. Es passt halt. Geht mein Schiff denn gerade unter? Jammere ich deswegen so, weil ich meinem Land nachtrauere? Irgendwie schon. Ich klammere mich an *es war einmal* und will es nicht wahrhaben, dass sich immer irgendetwas ändert. Ändern muss. Veränderung heißt Unsicherheit. Denn etwas Verändertes ist nicht mehr das Vertraute, das Bekannte. Es ist etwas Neues. Unbekanntes. Das kann Angst auslösen. Angst vor der Veränderung. Aber … andererseits: Bei mir ändert sich doch gar nichts. Wenn mein Job das Land war und meine Arbeitslosigkeit das offene Meer – dann bin ich jetzt schon verdammt lange auf See. Und immer nur Wellen. Und Wellen. Und zwischendurch mal … Wellen. Ich wache auf und sehe … Wellen. Ich gebe mir Mühe und kämpfe gegen … Wellen. Ich mache nichts und lasse mich ziellos treiben auf ... Wellen. Ich suche eine Perspektive, ein Ziel, einen Horizont, Land, etwas anderes als ... Wellen. Ich klettere zum tausendsten Mal auf den Ausguck und sehe bis zum Horizont nichts als ... Wellen. Auf und Ab. Und auf und ab. Mal sehe ich gar nichts. Mal sehe ich viele Wellen. Mal mit weißem Krönchen und mal ohne. Mal Welle im Sonnenschein und mal Welle im Regen. Sozusagen eine Dauer-Welle. Wo die doch sooo aus der Mode sind. Mini-Pli hießen die mal. In den 70ern – als ein Lockenkopf als schick galt. Ach ...? Es hat sich also doch etwas geändert? Ja klar – gesellschaftlich ändert sich ja ständig etwas. Oder in der Mode, der Kunst, der Literatur, dem Klima, der Stimmung, der Hosengröße, dem Staub-Belag auf dem Regal. Wie auch immer. Klar ändert sich was. Aber nicht das, was ich will. Das, was ich mir wünsche. Aber vielleicht sind meine Wünsche auch einfach viel zu vage. Wie war das doch gleich in dem Film *Per Anhalter durch die Galaxis*? Der Computer Deep Thought soll die Antwort auf die Frage aller Fragen, nämlich die *nach dem Leben, dem Universum und dem ganzen Rest* errechnen. Nach einer Rechenzeit von 7,5 Millionen Jahren liefert er die Antwort:

„Zweiundvierzig." Knackpunkt sei – so Deep Thought – dass die Fragesteller keine Ahnung von der Frage hätten:

"I think the problem, to be quite honest with you, is that you've never actually known what the question is."
Ist das nicht herrlich? 7,5 Millionen Jahre für eine absolut sinnfreie Antwort! Und vermutlich geht es mir genauso: Ich stelle die Frage falsch. Oder die Wünsche. Positive Affirmationen dürfen nicht negativ formuliert werden. Also statt „*Ich will nicht rauchen*" (= negative Formulierung) soll man sagen „*Ich genieße die frische Luft um mich herum.*" Oder statt „*Ich will nicht arbeitslos sein*" soll ich sagen „*Ich freue mich auf meinen neuen Job.*" Ach nö – das soll ich ja auch nicht sagen, weil dann die Erfüllung meines Wunsches in die Zukunft projiziert wird und vermutlich dort an Altersschwäche stirbt. Also „*Ich freue mich über meinen*

tollen Job." Und an dem Punkt komme ich mir blöd vor. Über was soll ich mich denn freuen, wenn es doch gar nichts zu freuen gibt? Selbstverarschung ist das. Aber es soll funktionieren. Soll. Hm ...? Immer? Hm ...? Bei allen? Hm ...? Ach verdammt ist das alles kompliziert. Kann denn nicht einfach mal was einfach sein? Also einfach einfach? Scheinbar nicht. Warum auch? Manchmal hasse ich mich für meine komplizierte Art zu denken. Es ist, wie es ist. Punkt. Aus. Ja aber ... Nix ja aber. Ruhe im Karton.

Samstag 25.07

Wie schön – es ist mal wieder Wochenende. Ist es doch oder? Ich rechne noch mal nach: Montag hab ich die Anzeige aufgegeben. Dienstag hab ich ... hab ich ... ja was hab ich denn? Mir fällt es absolut nicht mehr ein. Also ist vielleicht doch erst Dienstag? Ne, ne denn am Mittwoch war ich in der Sauna. Alleine. Ganz alleine. Außer den anderen Gästen natürlich. Aber so alleine, dass ich mich herrlich hätte entspannen können. Hätte hätte Fahrradkette. Na gut – ich brauche zum Entspannen wohl ein Gegenüber. *Der Mensch wird am Du zum Ich* – leider nicht von mir, sondern von Martin Buber. Trotzdem schön. Donnerstag? Ach, da kamen die ersten Angebote zu meiner nicht ernst gemeinten Stellenanzeige. Leider nix dabei wo es sich rentiert hätte mal in Kontakt zu treten. Entweder platte Sprüche oder durchgeknallte Weltanschauungen. Noch durchgeknallter als meine. Freitag war dann gestern. Na, ich werde mich wohl noch daran erinnern was ich gestern gemacht habe. Abends habe ich ferngesehen. Es gab ne richtig gute Doku über die Auswirkungen des Wetters auf die Menschheits-Geschichte. Sehr interessant. Die Völkerwanderung war zum Beispiel eine Auswirkung des schlechten Wetters. Sieht man auch heute noch jeden Sommer, wenn hunderttausende deutscher Urlauber die südliche Weltkugel erstürmen. Und heute? Ups – heute ist ja Samstag. Also doch. Und weiter? Was mache ich mit diesem Samstag?

> Das Telefonbuch ist voller Fakten, aber es enthält nicht eine
> einzige Idee. – Mortimer J. Adler

Na das ist doch mal ein nettes Zitat. Und jetzt piepse bitte noch
einmal und schicke die Idee hinterher! Aber natürlich piepst es
nicht noch einmal. Wäre ja auch zu schön gewesen. Aber ich
habe schlicht und ergreifend keine Idee. Irgendwie könnte ich
gerade mal mit den Kaffee-Mädels ne Runde quatschen. Sozusagen Quatsch quatschen. Ach verdammt. Ich vermisse die Meute.
Aber sind es wirklich meine Mädels, die ich vermisse? Sind es
Anne, Andrea und Jessi? Oder vermisse ich nicht viel eher unser
Ritual? Ein Ritual, was mir jeden Tag zeigte, dass ich dazu gehö-
re. Zu einer Gruppe. Zu einer Gruppe mit festen Abläufen. Und
ich mitten drin. Statt außen davor. Im Team. Statt alleine. Arbeiten ist mehr als Geldverdienen. Arbeiten ist *auch* soziale Kontak-
te pflegen. Trotzdem pflege ich diesen Kontakt nicht mehr. Weder gehe ich hin, noch rufe ich an. Und warum? Weil ich mich
schäme? Schäme, dass ich immer noch keinen Job habe? Weil
ich es nicht ertragen kann oder will, dass sie mich alle mit fra-
genden Augen ansehen, die sagen:

„Oh Du Arme – du tust uns sooo leid. Fühlt sich das nicht
schrecklich an?" Argh – humpf – nein ich will ihr Mitleid einfach
nicht! Und das heißt? Ich werde meine Gang wohl verlieren.
Langsam aber sicher. Auf der Straße der Zeit sind wir in unterschiedliche Richtungen abgebogen.

Piep – mein Handy piepst nun doch! Oh bitte, bitte lass es eine
Idee sein. Eine gute Idee!

„Hi Du Ex-Kollegin! Lust auf nen flotten Dreier? Mit Hannes
und mir aufn Bier ins Café? Treffpunkt um 8 drinnen. Es regnet
ja doch. Bis denne Anke." Jipp jipp hurra! Das ist genau das, was
ich heute brauche: Dummes Zeug reden und Alkohol. Aber nur
noch wohldosiert. Auf nen Kopf wie letztes Mal habe ich echt
keinen Bock. Dummerweise ist es erst 11:00 Uhr und bis 20:00
Uhr ist es noch eeewig lange hin. Na gut, dann mache ich mir

jetzt erst mal noch einen Kaffee, lege eine Maschine Buntwäsche ein und gehe dann unter die Dusche, creme mich ein und … dann ist es 12:00 Uhr und es ist noch fast genauso eeeewig bis acht. OK – dann wage ich es. Ich mache Ernst. Ich mache es einfach. Mutig gehe ich da dran. Todesmutig sozusagen. Einfach so. Ich Heldin. Ich nehme meinen Karton mit den unzähligen Belegen, Zetteln, Rechnungen, Bescheinigungen und … mache meine Einkommensteuerjahreserklärung! Und das, obwohl es erst Juli ist. Binnen kürzester Zeit sieht mein Schreibtisch aus, als ob ich mich dahinter verstecken wollte. Komisch – im Job hat der nie so ausgesehen. Vielleicht wollte ich mich da ja auch nicht verstecken.

Ich fühle mich ausnahmsweise mal fast lebendig. Das wird die Vorfreude auf heute Abend sein. Und voller Energie haue ich auf den Locher. Und – schwups – tacker ich einen Beleg an die Rechnung. Ich bin so richtig in Steuererklärungs-Stimmung. Und dann hab ich wohl so etwas Banales wie die Waschmaschine vergessen. Denn als ich in die Küche gehe, war sie schon so lange fertig, dass nicht einmal mehr ihr *Programm-ist-zu-Ende Piepsen* ertönte. Die Buntwäsche lag demzufolge schon länger nass und zerknittert aufeinander. So sah sie jetzt auch aus: Der weiße Kragen des blauen Hemdes hatte einen blauen Streifen vorne links, weil da das Bein der Jeans draufgelegen hat. Na toll. Und dem Gesetz sunny side down folgend, liegen alle leicht knitternden Hemden natürlich unten. Ob ich die jemals wieder knitterfrei bekomme … überlege ich mir morgen. Heute habe ich wichtigeres zu tun: Zum Beispiel mich schick zu machen für heute Abend.

Pünktlich um acht bin ich im Café. Ich bin die Erste. Egal. Hier traue ich mich auch alleine rein, denn es ist ja so was Ähnliches wie ein outgesourcestes Wohnzimmer. Ich setze mich an unsern Stammtisch und bestelle mir erst einmal ein Radler. Kann mich ja langsam steigern. Als Nächste kommt Anke. Wir fallen uns in die Arme, als hätten wir uns jahrelang nicht gesehen und fangen sofort an wie wild durcheinander zu quatschen. Ich weiß nicht mal was genau ich sage, aber das ist auch nebensächlich. Wichtig ist bloß *dass* wir quatschen. Ach das fühlt sich einfach nur gut an!

Doch plötzlich zieht uns jemand auseinander und schiebt sich zwischen uns.

„Auszeit die Damen. Bitte erst mal den Herrn begrüßen!" Es ist Hannes. Und postwendend wird er genauso stürmisch umarmt. Na, das kann ja ein lustiger Abend werden. Äbsch drauf ist zumindest mal niemand. Also hocken wir uns wie in alten Zeiten – wie in gaaanz alten Zeiten – an unseren Stammtisch und erzählen uns die letzten und ersten Neuigkeiten. Und die dazwischen natürlich auch. Bei Ankes Erzählungen kennen Hannes und ich sogar noch die eine oder andere Kollegin. Das macht die Sache natürlich hochgradig spannend:

„Was, die ist jetzt auch weg?"

„Nein *die*? Die hat was mit *dem*? Nicht zu glauben!"

„Na das ist mal wieder typisch für den Laden!" Anke erwähnt zwar auch, dass sie sich nicht mehr wirklich wohl dort fühlt, aber sie erzählt es eher so *nebenbei*. Der Fokus liegt auf den Sensationen und den lustigen Ereignissen. Ich erzähle von meinen Maßnahmen und den sonderbaren Leuten, von den Vorstellungsgesprächen und den hochglanzpolierten Büroräumen. Von Luna erzähle ich nicht so viel. Da schlängel ich mich eher so drum herum. Ich weiß nicht, aber irgendwie ist das Thema Luna entweder ein *Drama,* eine never ending story des Kaffeetrinkens ohne Konsequenzen – oder es gestaltet sich zu einer Schwärmerei und Lobhudelei. Beides nix für einen feucht-fröhlichen Kneipenabend. Da machen Herr Müller & Co echt mehr her. Dass ich mich oft elend fühle – nein auch das passt nicht hier her. Mit den beiden könnte ich natürlich darüber reden – aber dann wäre der ganze Abend viiiiel zu ernst. Nö – nicht heute.

Und dann erzählt Hannes von seiner Unternehmensberatung. Auch hier gibt es Anekdoten über die wir uns schickelig lachen. Gerade beim Thema betriebliches Gesundheitsmanagement – also zum Beispiel beim Thema Sport im Büro – ereignen sich immer wieder fernsehreife Slapstick Comics. Da hatte beispielsweise ein Marketing Fuzzi die Idee Yoga-Kurse anzubieten. Ist ja erst mal grundsätzlich nichts Schlechtes. Doof nur, dass es in diesem Gebäudekomplex nur Zimmer mit Glasscheiben in Richtung Flur gab. Das heißt, alle TeilnehmerInnen lagen sichtbar für alle auf dem Boden rum. Auch das würde ja noch funktionieren. Aber die Übung *Katzenwäsche* (oder so ähnlich) ist mitnichten etwas für Vorbei-Gehende: Seiten-Bodenlage und ein Bein in die Höhe gereckt. Und wenn dann auch noch gerade in diesem Moment wichtige Kunden vorbei kommen ... Wir stellen uns das bildlich vor und können uns fast nicht mehr einkriegen, so doll lachen wir.

Und dann wird Hannes doch noch nachdenklich:

„Manchmal wächst mir das Alles über den Kopf. Ich kann mich dann gar nicht mehr richtig auf die Neu-Kunden-Akquise konzentrieren, bei all den organisatorischen Aufgaben. Ich bräuchte eine organisationsstarke, zuverlässige, freundliche, intelligente Assistentin."

„Und bestimmt soll sie auch noch toll aussehen" frotzelt Anke und stupst ihn in die Seite.

„Na klar!" Hannes setzt wieder sein charming Lächeln auf, dem er diesmal noch eine Prise Schelm dazu gibt. Der Schelm bestellt die nächste Runde.

„Nein im Ernst: Ich habe mir wirklich überlegt, ob ich mir nicht eine Hilfe suche, der ich ganz und gar vertrauen kann und die sich um alles, was Recherche von geeigneten Räumen und TrainerInnen dreht, um die Einholung von Angeboten, die Abwicklung von Verträgen oder die Erstellung von PowerPoint Präsentationen und so weiter und so weiter, ... ob ich da nicht mit ner *Überlebens-Hilfe* besser dran wäre."

„Kein dummer Gedanke", trage auch ich meinen Senf dazu bei „eine Basis-Station im Büro, während Du den Charming-Boy in der großen weiten Welt mimst." Hannes ignoriert meinen leicht ironischen Unterton und führt seine Überlegungen weiter aus. Klingt wirklich nicht schlecht, muss ich anerkennend feststellen. Die Arbeit klingt abwechslungsreich und das Thema dahinter hat einen sinnvollen Tenor: Gesundheit. Und dem Hannes würde ich das auch alles zutrauen, denn auch wenn er Mister Optimismus persönlich ist, ein Traumtänzer ist er nicht.

Wikipedia sagt: *Coaching bezeichnet strukturierte Gespräche zwischen einem Coach und einem Coachee (Klienten) [...] Dabei fungiert der Coach als neutraler, kritischer Gesprächspartner.* So gesehen findet also in unserem Café gerade ein Coaching statt. Denn natürlich beraten wir unseren Freund Hannes völlig neutral und strukturiert. Klar doch. Wir ballern ihn mit unseren Tipps zu, bestehen auf unsere Sicht der Dinge, werfen ihm vor, dass er keine Ahnung von Frauen im Allgemeinen und Mitarbeiterinnen im Besonderen hat. Wir konfrontieren ihn mit sich selbst – zum Beispiel mit seinem Bedürfnis nach Anerkennung. Kurz um: Wir leisten Schwerstarbeit. Und Hannes strahlt.

„Genau *so* habe ich mir diese Unterhaltung vorgestellt Mädels – ihr seid halt echte Freundinnen. Kein Pardon vor der Wahrheit – selbst wenn diese völlig verzerrt ist!" Er ist jetzt so richtig in seinem Element und erzählt was von: *Siegen beginnt im Kopf* und dass wir eine defizitäre Sichtweise der Welt hätten, da wir immer nur nach Fehlern und Hindernissen suchen würden.

„Geht nicht – gibt's nicht" sei seine Devise. Und das Thema Gesundheit sei der neue Shooting-Star am Themenhimmel.

„Wer Prophylaxe nicht korrektiv, sondern präventiv versteht – der kommt an Gesundheitsprophylaxe nicht vorbei!" Hätte er das nicht drei Gläser Bier früher erzählen können? So ganz kann ich ihm nicht mehr folgen. Aber irgendwie erscheint mir das auch gerade nicht wichtig zu sein. Es ist so ein schönes Gefühl ihm in die, vor Begeisterung strahlenden, Augen zu schauen und ihn schwärmen zu hören. Er hat noch den Glauben an … an eine Zukunft. An seine Zukunft. Zwar noch chaotisch und von Struktur nur eine zarte, scheue Andeutung, aber eine Vision, die er erreichen will. Und wird. Da bin ich mir sicher.

„Und dann kommst du auf den Plan!"

„Welchen Plan? Es gibt doch gar keinen Plan."

„Ja eben! Genau das ist es ja: Ich habe noch gar keinen Plan! Ist das nicht irre?" Ja das finden Anke und ich auch. Irre beschreibt die Sache recht gut. Hannes ist irre? Nein – normalerweise ja nicht. Aber gerade im Moment würde ich dafür meine Hand nicht ins Feuer legen. Wobei … wieso legt man auch seine Hand ins Feuer? Was ist das denn für eine blöde Redewendung? Garantiert wieder so ein Ding aus der katholisch-mittelalterlichen Rechtsprechung. Also OK: Auch wenn ich meine Hand in kein Feuer (nicht mal eine Kerzenflamme) halte, bin ich sicher, dass Hannes nicht irre ist, sondern ein kritischer und reflektierter Geschäftsmann. War er zumindest immer.

„Ich habe so viele Ideen in meinem Kopf – mir fehlst bloß noch du, die mir den Rücken stärkt und frei hält. Was meinst du: Könntest du dir vorstellen für mich zu arbeiten?" Ich schaue in die Richtung, in die sein Blick geht – aber da ist niemand. Der meint doch nicht etwa mich? Ich? Diese wichtige Position? Das kann er nicht ernst meinen. In Bruchteilen von Sekunden wirbeln die unterschiedlichsten Gedanken durch meinen Kopf. Zum einen brennt dort ein Feuer vor Stolz. Aber auch mehr als genug große, knisternde Scheite des Zweifels. Mein Miesmacher in mir wird sofort aktiv:

„Du wirst schon in der ersten Woche den Überblick verlieren. Woher hat Hannes denn diese abgedrehte Idee? Du und sein Standbein im Büro. Das ich nicht lache. Du wirst deinen Freund in den Konkurs führen!" … Glaube ich mir denn eigentlich das, was ich denke? Oder versucht mein innerer Herr Miesepeter nur mal wieder, mich schlecht zu machen? Oder freundlich gesagt *auf den Boden der Tatsachen zu belassen.* So wie der römische

Staatssklave, der auf dem Triumphwagen hinter dem Kriegshelden stand, den Lorbeerkranz hielt und immer zu

„Respice post te, hominem te esse memento" also „Sieh dich um und denke daran, dass auch du nur ein Mensch bist" sagen musste. Bloß damit der Held nicht größenwahnsinnig wurde. Dabei würde *ich* mit Sicherheit nicht größenwahnsinnig, sondern bloß ein bisschen selbstsicherer. Ich bräuchte jetzt mal ne Stimme hinter mir auf dem Wagen, die sagt:

„Klar kannst du das! Du hast schon ganz anderes geleistet!"

„Klar kannst du das! Du hast schon ganz anderes gewuppt! Ich weiß das, denn ich habe schließlich jahrelang mit dir zusammengearbeitet!" Oh Anke – gäbe es dich nicht – du müsstest erfunden werden.

„Ich ja ... ich ... naja warum nicht. Also ... so grundsätzlich könnte ich mir das schon vorstellen. Ich müsste bloß ..."

„Ja suuuper!" brüllt Anke mir ins Ohr. Und in der gleichen Lautstärke brüllt sie durchs ganze Café:

„Drei Sekt zum Anstoßen auf einen neuen Lebensabschnitt!" Uff – das ist vielleicht jetzt doch etwas viel. Aber ehe ich mich recht versehe, sitze ich mitten zwischen zwei völlig ausgelassenen ex-Kolleginnen bzw. Kollegen, die beschlossen haben, dass heute ein Grund zum Feiern ist. Ihre Stimmung reißt mich mit. Plötzlich sieht meine Zukunft bunt und belebt aus. Diesem Gefühl gebe ich mich hin. Ohne den Miesmacher. Dem hab ich einen Kabelbinder ums Mäulchen gemacht und ihn in den Keller gesperrt.

„Maul Paul!"

Nach noch ein paar weiteren Sekt und einigen Bierchen lassen wir uns ein Taxi rufen. Ich bin die erste, die abgesetzt wird. Die anderen beiden fahren noch weiter. Ich tänzle durch meinen Flur. Es sieht aus, als ob hier ein Film gedreht werden würde und die Regisseurin angeordnet hätte alles mit rosa Licht auszuleuchten. Ich fühle mich leicht und beschwingt. Ob das jetzt die Kehrtwende für mich ist? Endlich einen Job? Endlich wieder morgens mit

dem Wecker wachwerden und auf das Mistding schimpfen? Endlich wieder Zeitdruck verspüren, schimpfen, konzentrieren und
alles organisieren? Endlich wieder so etwas wie Stolz empfinden? Sich freuen über eine abgeschlossene Aufgabe? Ich lasse
mich auf die Couch fallen und strahle debil in mein Wohnzimmer. Oh du mein Nest – ich liebe dich. Aber ich hätte gerne ein
bisschen mehr Abstand zu dir. Ich schließe die Augen ... und
verlasse selig grunzend den Tag ...

Sonntag 26.07

„Hallo Luna! Hab ich dich geweckt? Wenn ja: sorry – aber ich
muss dir ganz dringend was erzählen! Wann hast du heute Zeit?"
Dass ich so direkt bin, sie so direkt um etwas bitte gab's glaub
ich auch noch nicht. Aber ich habe einfach das dringende Bedürfnis meine Freude mit ihr zu teilen, denn geteiltes Leid ist
halbes Leid – aber geteilte Freude ist doppelte Freude! Das wäre
ein echter SMS Spruch für Anke. Aber sie ist da schon ne Spur
intellektueller als ich:

> Mit Kummer kann man allein fertig werden, aber um sich aus
> vollem Herzen freuen zu können, muss man die Freude teilen.
> – Mark Twain

„Na was ist bei dir denn passiert? Klingt zumindest nach etwas positivem."
„Das muss ich dir persönlich erzählen. Arbeitest du heute?
Dann könnten wir ja einen Kaffee zusammen trinken." Daran,
dass ich sie wohl niemals zu einem Kaffee außerhalb ihres blöden
Imbiss-Standes einladen werde, habe ich mich schon fast ge-
wöhnt. Also so ein bisschen zumindest.
„Kaffee? Bei der Hitze? Ich hätte ja viel mehr Bock auf nen
leckeren Eis-Kaffee. Was hältst du denn davon?" Und ich habe
das zweite Mal innerhalb der letzten 24 Stunden das Gefühl ich
bin im falschen – da viel zu guten – Film.

208

„Äh … ja … äh … im Portofino am Park?" Achtung jetzt kommt die verbale Ohrfeige …???
„OK – ich brauch noch einen Moment. Sagen wir in einer Stunde? Also so um 11:00?"
„Äh … ja … äh … ja OK." Man merkt deutlich, dass ich es gewohnt bin zu reden, zu verhandeln und zu überzeugen.

> Die schönste Freude erlebt man immer da, wo man sie am wenigsten erwartet hat. – Antoine de Saint-Exupery

Um halb elf sitze ich auf der Mauer gegenüber dem Eiscafé und warte. Bin lieber schon mal etwas früher hier. Wer weiß, ob nicht vielleicht gerade heute ein Stau in der Parkstraße wäre – und dann? Dann käme ich zu spät! Nicht auszudenken. OK – die Parkstraße ist eine reine Anwohnerstraße. Aber bei einem Wasserrohrbruch? Ja was dann? Dann wäre hier alles gesperrt und ich käme nicht durch. So was solls geben. Da warte ich lieber die paar Minuten. Zum Glück hatte ich zu Hause nicht allzu viel Zeit. Musste mich also ganz schnell entscheiden, was ich anziehen will. Ich will ja nicht wie das letzte Schnüfchen aussehen, wenn ich mich das erste Mal alleine mit Luna in freier Wildbahn treffe.

Nein, ich bin nicht aufgeregt. Nein, ich schaue nicht schon zum achten Mal auf die Uhr. Zum achten Mal innerhalb der letzten Minute. OK – neun Mal. Da kommt sie! Mein Herz beginnt zu rasen und ich bekomme Schnappatmung.
„Hi Luna. Na – gut durchgekommen?"
„Ja ich freue mich auch dich zu sehen." Sie lächelt mich schelmisch an.
„Und ich bin bis zum Platzen neugierig. Von deinem Tonfall her habe ich so eine Vermutung."
„Und die wäre?"
„Du hast ein Vorstellungsgespräch!"
„Nein – noch viel, viel besser: Ich habe einen Job! Ich habe dir doch schon von meinem ex-Kollegen Hannes erzählt…" Und ich

fange an Luna alles zu erzählen. Nicht immer chronologisch, aber dafür ausführlich. Und begeistert. Und auch konfus. Egal. Ich bin so happy. Aus doppeltem Grund.

Die Eis-Kaffees sind schnell getrunken.

„Magst du Bitterino?" Ich würde jetzt alles trinken, um bloß nicht aufstehen und gehen zu müssen.

„Warum durfte ich dich denn bisher nicht zu einem Drink einladen?" Achtung – gleich platzt mir der Kopf vor innerem Druck. Ich habe mich echt getraut sie das zu fragen. Ich Heldin!

„Weißt du ..." sie wird auf einmal ziemlich ruhig und ernst „... ich bin schon mal ganz bös auf die Schnauze gefallen. Da hab ich lange dran knabbern müssen. Ich hab einfach schiss, dass mir das wieder passiert. Aber dass du nicht wegen des Kaffees oder der Wraps zu mir an den Stand gekommen bist – das habe ich ganz schnell gecheckt." Ups – enttarnt.

„Du kleine Schauspielerin ..." und ihre Augen leuchten so groß und braun wie noch nie. Und sie kommen näher. Langsam. Immer näher ...

Ende

Nachwort und Danksagung

Gehören Sie auch zu den Leuten, die im Kino sitzen bleiben, wenn der Abspann läuft, weil ja *vielleicht* noch was passiert? So wie bei Sister Act, als plötzlich Zeitungsmeldungen eingeblendet wurden, die auf den weiteren Verlauf der Geschichte hinweisen. Wenn Sie eine solche Person sind, dann interessiert es Sie vielleicht auch in diesem Fall? Wie geht's jetzt weiter? Bzw. wie ging es mit mir und der Geschichte weiter?

Nun es ist ja keine Autobiografie, also kann ich auch nicht einfach so sagen „So ging es weiter." Aber zumindest habe ich – wie auf Seite 151 angesprochen – das Buch geschrieben. Hätte ich es nicht getan, würden Sie es jetzt nicht in Händen halten. Ob ich dadurch great and famous geworden bin? Googeln Sie doch einfach mal. Auf jeden Fall habe ich vier Exemplare verkauft. Allerdings alle an mich selbst. Die verschenke ich jetzt, um mich zu bedanken.

Wobei ich auch schon beim nächsten Punkt wäre: den Danksagungen. Kein gutes Buch ohne Danksagung. (OK – ich lasse das „gutes" weg und sage nur „kein Buch ohne Danksagung – besser?) Bei wem bedanke ich mich nun?

Also auf jeden Fall bei meiner Mutter Gisela. Hätte die mich als Baby von der Wickelkommode fallen lassen, dann hätte ich dieses Buch nie geschrieben.

Und bei meiner Freundin Bettina. Hätte die mir nicht mit einem genialen McGeyvr Kniff das Feldsalatblatt aus der Luftröhre hervorgepresst, dann hätte ich dieses Buch nie geschrieben.

Und bei meinem Nachbarn, den ich nie kennengelernt habe und den es vielleicht auch gar nicht gibt. Hätte er mich durch lautes Musik hören, Löcher bohren oder ähnliches zu einem Mord im Affekt getrieben, dann hätte ich dieses Buch nie geschrieben.

Und das vierte Buch erhält mein Verleger. Der würde sich sonst freiwillig nie eins kaufen. Was ich persönlich ein Unding finde.

Ach – und wenn Sie der Ansicht sind, dass die Anzahl der Fragezeichen mit 1.212 viel zu hoch angegeben sei: Zählen Sie es doch bitte einmal nach und mailen es mir. Meine Mail-Adresse ist: Uta-maria40@gmx.de. Vielen Dank schon mal.

> Alles nimmt ein gutes Ende, für den der warten kann.
> – Leo N. Tolstoi

Ein guter Aphorismus ist die Weisheit eines ganzen Buches in einem einzigen Satz. – Theodor Fontane

PS: Ich bin der deutschen Grammatik so halbwegs mächtig – zumindest so mächtig wie andere Menschen, die auf einer Gesamtschule waren. Aber das ist schon eeewig her! Damals waren wir noch bei der 26ten neuen Rechtschreibreform. Das ist keine Entschuldigung, sondern eine Erklärung. Für meine Fehler. Denn ein gescheites Korrektorat einer Fachfrau, fehlt meinem *Werk* leider. Es musste aus finanziellen Gründen ausfallen. Die betreffende wollte tatsächlich richtig echtes Geld von mir! Eine Widmung würde ihr nicht reichen. Leute gibt's! Wer also schwerwiegende Fehler im Text findet, ist hiermit ausdrücklich aufgefordert mir zu mailen!

Ein hamm´er noch: Ulla Meinecke´s „Beiß rein"

Sie macht das Radio an
und der Radiomann
mit der frischrasierten Stimme sagt:
„Ne neue Woche, Leute
es ist Montag heute,
beißt rein in den neuen Tag!"

Im Zimmer A - K
wo sie schon fünfzig Mal war,
sagt die Dame "Ich hab nichts erreicht –
es wird nicht einfach sein
doch irgendwo kriegen wir dich rein –
bis morgen, mein Kind, dann klappt's vielleicht."

Ein neuer Tag, 'ne Chance wie ein neues Schulheft
auf dem nur ihr Name draufsteht
– doch wenn sie abends sauer in ihr Bett geht, denkt sie
"Ausgerechnet mir haben sie wieder'n gebrauchten Tag
angedreht"

Beiß rein

Im Personalbüro -
"Na was können Sie denn so?"
Auf dem Schreibtisch lauern Formulare
"Haben sie was eingereicht?
Sind sie auch pflegeleicht?
und Berufserfahrung, wieviel Jahre?"

Absage wie gewöhnlich
"Nehmen sie's bloß nicht persönlich!"
Auf dem Heimweg sagt ein Herr im Bus:
"Die woll´n doch alle nichts tun,
auf unsre Kosten ausruhn!"
– da steigt sie aus und geht den Rest zu Fuß.

Ein neuer Tag, 'ne Chance wie ein neues Schulheft,
auf dem nur ihr Name draufsteht
– doch wenn sie abends sauer in ihr Bett geht, denkt sie
"Ausgerechnet mir haben sie wieder'n gebrauchten Tag
angedreht"

Beiß rein

Mit freundlicher Genehmigung von:

Ulla Meinecke „Beiß rein." *Lied für dich* – Teldec, 1978